Fantasy und Poesie dafür schlägt mein Herz, damit kann man Träume einfangen und jede Facette des Lebens spiegeln.

Alex C. Weiss

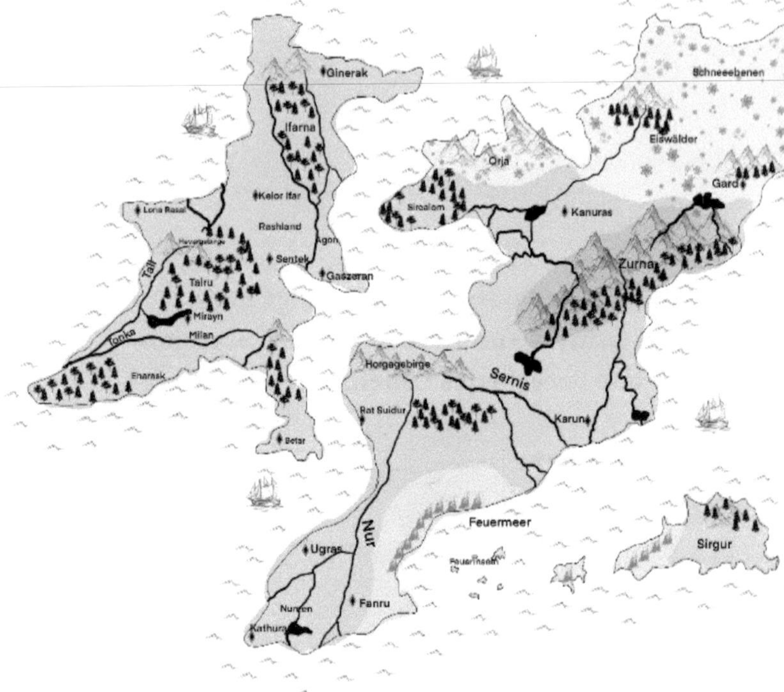

Ginerak
Ifarna
Kelor Ifar
Lona Rasal
Rashland
Agon
Havergaborge
Sentek
Talru
Talr
Mirayn
Gaszeran
Milan
Tonka
Enarask
Betar
Horgagebirge
Rat Suidur
Nur
Ugras
Nunren
Kathura
Fanru
Schneeebenen
Eiswälder
Orja
Gard
Siroalom
Kanuras
Zurnar
Sernis
Karun
Feuermeer
Feuerinsein
Sirgur

Arenlai Unsterblich

Alex C. Weiss

Pans Reise führt in die Dunkelheit,

nicht jeder Lesende ist dazu bereit.

Eine Inhaltswarnung findest du zum Schluss,

weil jede Person selbst entscheiden muss,

was ihr gut tut und was nicht gefällt,

was sie von Arenlais Themen hält.

Pass auf dich auf, geh nicht zu weit,

mach dich für die Reise bereit.

1. Eissplitter

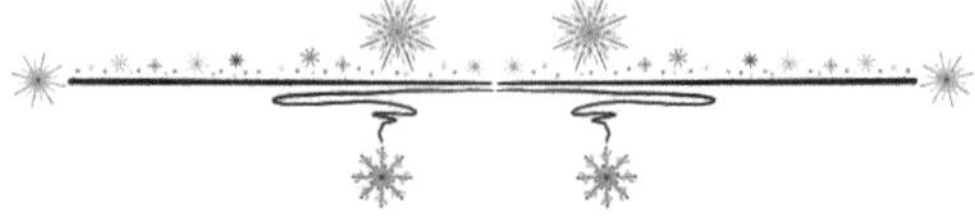

Über der weißen Stadt erhob sich der Sturm. Eklantas sah ihn aus der Ferne und spürte die Kälte, die von ihm ausging. Schon brachen die ersten Flüchtigen durch das Stadttor. Der Nachtalb zog sich zurück in die Schatten. Die nahe Stadt war hell erleuchtet und das Licht schmerzte ihn. Hier zwischen den Bäumen war er mit seiner schwarzen Haut kaum sichtbar. Nur seine gelben Augen leuchteten aus der Dunkelheit. Sein langer Schwanz, den Nachtalben auch verwendeten, wenn sie sich in den Wäldern von Baum zu Baum bewegten, blieb bewegungslos. Er wollte nicht gesehen werden.

Es schien, als würde der Sturm die Menschen verfolgen. Kaum hatte er sie erreicht, schrien die ersten gepeinigt auf. Ihre Augen weiteten sich in Todesangst und sie liefen, von Panik getrieben, hinaus in die Schneeebenen vor der großen Stadt Gard. Der Sturm schien nicht mehr nur aus kalter Luft zu bestehen. Eiskristalle bildeten sich in ihm, die wie Dolche auf die Fliehenden einprasselten. Schon fielen die Ersten getroffen zu Boden. Blutstropfen färbten den Schnee und ließen ihn aussehen, als verteilten sich die Beeren der Blutrebe darauf. Als hätte der Sturm einen Gebieter, bewegte er sich im Kreis um die Menschenmenge und kesselte sie ein. Die mit Eis angereicherte Luft sperrte die Menschen ein. Eklantas sah sie nur noch schemenhaft. Wie eine riesige bewegte Mauer aus Schneekristallen umschloss der unnatürliche Sturm die Gardener. Das Tosen des seltsamen Wetterphänomens erstickte die Schreie der Eingesperrten. Nun manifestierte sich vor dem Stadttor eine Gestalt. Zuerst war nur heller Nebel zu erkennen. Aus ihm heraus bildete sich der Körper einer Frau. Sie war weiß wie der

Schnee und eine Krone aus Eiskristallen zierte ihr Haupt. Langes Haar wallte, vom Wind in Bewegung gesetzt, über ihre zarten Schultern. Winzige Kristalle schmückten ihre Haut und glänzten in ihrem Haar und auf ihrem Kleid. Ein Lachen durchbrach die Stille und eine einzelne Handbewegung der weißen Königin gebot dem Sturm Einhalt. Eis und Schnee fielen zu Boden und ließen einen kreisrunden niedrigen Wall zurück, der die entsetzten Gardener umschloss. Haar und Kleid der weißen Königin legten sich fügsam und glatt über ihren Körper. Sie war klein, wirkte fast wie ein Kind, ein junges Mädchen nur und doch witterte Eklantas Gefahr. Kälte breitete sich von ihr aus und ließ die Menschen erschaudern.

Die Stimme der Königin war klar und hallte weithin durch die Nacht. „Ihr seid die Abtrünnigen, die meine Stadt in Verrufenheit gebracht haben. Ihr habt sie geöffnet für die niederen Völker, habt euch mit ihnen vermischt und so die Gefahr für uns hereingelassen. Beinahe wäre mein Plan gescheitert und ihr seid dafür verantwortlich."

Stumm und erstarrt standen die Leute vor ihrer Königin. Niemand wagte es, ein Wort zu sagen. Eklantas sah aus der Ferne zu. Er hatte die Menschen nie verstanden, die Gardener am wenigsten. Ein seltsames Volk waren sie, rein äußerlich spiegelten sie die Schneebenen wieder. Alle hatten sie weißes Haar, weiße Haut und sie trugen ausschließlich weiße Kleidung. Der Nachtalb war das absolute Gegenteil. Nicht nur äußerlich unterschied er sich von ihnen. Er liebte die Dunkelheit, die Gardener verehrten das Licht.

Die Königin fuhr fort: „Die von euch, die reinen gardenischen Blutes sind, erhalten nun die Möglichkeit, sich mir erneut anzuschließen und die Bande zu den Gefahren der Außenwelt zu kappen. Wir werden ein neues Gard aufbauen, ein sicheres Gard, größer und schöner als es je gewesen ist. Ich werde diese Welt in Kälte und Eis hüllen und alle Gefahren hinwegspülen. Ein weißer Schutzwall wird die Krusten Arenlais überziehen und das helle Licht Arins und Ifras spiegeln. Wir werden die Dunkelheit zurückdrängen, so wie Osar es wollte und für eine helle neue Welt sorgen. Für Gard, für alle Gardener, für unsere Kinder, die in Sicherheit aufwachsen sollen, ohne Gefahren. So viele Entbehrungen habe ich für euch in Kauf genommen, für eure Sicherheit. Nun kann ich euch auf ewig beschützen. Folgt mir und ihr werdet niemals wieder Angst haben müssen."

Eklantas erschauderte. Das war es, was sie wollte? Die Dunkelheit auslöschen? Alles in eine weiße Hülle einwickeln? Das sollte Sicherheit geben? Das sollte die Angst vertreiben? Sie war es doch, vor der man sich fürchten musste. Eine Stadt sicherer als das jetzige Gard? Drei Stadtmauern und ein Berg, in dem sich der Adel versteckte, waren nicht genug? Der Nachtalb bewegte sich nicht. Er stand im Schatten der Bäume und betrachtete die Szene weiter aus der Ferne. Wie gerne wäre er in die Stadt gegangen, hätte Pan gesucht und seine Herrin Gaszra. Aber Gard war so hell erleuchtet, dass ihm ein Eindringen unmöglich war. So blieb ihm nichts anderes übrig, als hier untätig zu warten.

„Wer mir folgen möchte und in Sicherheit und Wohlstand leben, der soll näherkommen und vor mir knien."

Einen Moment lang standen die Menschen unbeweglich, dann teilten sie sich in zwei Gruppen. Die einen stapften nach vorne und knieten sich vor die Herrscherin in den Schnee. Die anderen und es waren erheblich weniger, blieben stehen oder versuchten, sich unauffällig davon zu schleichen.

Einen Augenblick lang dachte Eklantas, die Königin würde es zulassen, sie würde die Leute frei lassen und nur ihre Anhänger mit sich nehmen. Doch genau in diesem Moment hob sie die Hände, nur sanft, kaum merklich. Der Wind erhob sich und nahm die Eiskristalle, die gerade noch auf dem Boden gelegen hatten in sich auf. Kalte Eissplitter, die scharf und glatt durch die Luft sirrten, ließen ein hohes Geräusch entstehen. Schnell entschieden sich einige der Menschen dazu, nach vorne zu treten und das Knie zu beugen. Die Königin ließ den Übrigen nicht viel Zeit, umzudenken. Zuerst hob sie ihre Hände, der Sturm folgte der Bewegung. Dann stießen beide Arme abrupt nach unten und mit ihnen prasselten die Eissplitter auf die Menschen herab, die sich gegen eine Folgschaft entschieden hatten. Sie fielen getroffen zu Boden. Und als der Morgen graute und ein flammendes Licht über den Bergkamm schickte, tauchte das Blut der freien Gardener den Schnee in sein helles Rot.

Die weiße Königin wandte ihren Blick gen Himmel. Als würden die Wolken ihren Gedanken gehorchen, fielen die ersten Schneeflocken herab. Schnell wurde daraus ein dichtes Treiben und die Leichen versanken im tiefen Schnee, als hätten sie niemals existiert. Eine unberührte weiße Schneedecke blieb zurück.

Die Königin wandte sich ab, führte ihre Gefolgschaft vorbei an der großen Stadt hinein ins Gebirge inmitten der Eiswälder. Eklantas sah sie davonziehen und mit ihnen verschwand die schützende Dunkelheit der Nacht und er war genötigt, sich vor den Strahlen Ifras zu verstecken, wie an jedem Tag seines Lebens.

2. Die weiße Ebene

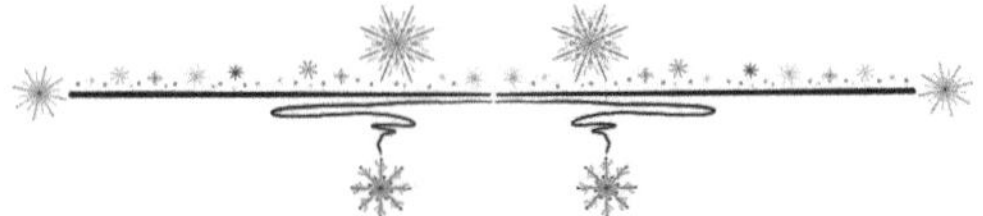

Die Strahlen des leuchtenden Planeten Ifras, hatten wenig Kraft, als Seth und Liar die Mauern Gards hinter sich ließen.

Das dichte Schneetreiben hatte sich in sanften Schneefall verwandelt. Dennoch lag der Schnee höher als gewohnt und die Reittiere der beiden sanken bei jedem Schritt ein. Es waren weiße Gelan, die sie aus dem Militärring Gards gestohlen hatten. Seth hatte schon früher so ein Tier besessen. Ein wenig ähnelten sie den Irjan aus Rashland und Talru, doch einige Punkte unterschieden die beiden Arten. Die Irjan waren hochgewachsene schlanke Tiere mit kurzem rotbraunem Fell und filigranem verzweigtem Geweih. Die Gelan waren stämmiger und kleiner, ihr Haarkleid war lang und weiß, fast ein wenig zottelig und schützte sie besser vor der Kälte der Schneeebenen. Statt einem Geweih trugen sie zwei in sich gedrehte Hörner auf dem Kopf. Es war ein Leichtes gewesen, sie zu stehlen, die Stadt war wie ausgestorben. Nur die Adligen, die im Berg selbst gewohnt hatten, schienen zurückgeblieben zu sein.

„Denkst du, die Leute sind ihrer Königin gefolgt?", fragte Liar. Er fuhr sich mit einer Hand durch das helle Haar und zog dann seine Kapuze tief ins Gesicht. In seinem Bart verfingen sich die Schneeflocken.

Seth nickte. „Ich gehe davon aus."

Zweifelnd schüttelte Liar den Kopf. „Vielleicht sollten wir sofort nach Kanuras aufbrechen. Wir müssen die Leute warnen. Die Königin hat Großes vor, so wie ich das sehe. Denkst du wirklich, dass wir in deiner Hütte sicher sind?"

„Ich möchte sehen, was sich hier in der Gegend entwickelt. Kanuras ist zu weit weg, da kann ich nicht abschätzen, was die Königin plant."

Liar nickte. „Vielleicht hast du Recht. Jemand sollte die Gegend hier im Auge behalten. Aber sobald wir mehr wissen, brechen wir auf nach Kanuras!"

Seth presste die Lippen aufeinander und nickte Liar zu. Von seinem Gesicht war dank seiner großen Kapuze nicht viel zu sehen, nur die Augen blitzten hervor. Eine braune Haarsträhne lugte aus seiner Kopfbedeckung. Sie trabten an der Mauer entlang. Die letzten Tage steckten ihnen in den Knochen. Still ritten sie nebeneinander her. Seth versank in Erinnerungen.

Liars Stimme durchschnitt seine Gedanken: „Was Pan nun wohl macht? Denkst du sie kommt zurecht? Seltsam, wie das alles gekommen ist. Ich wusste nicht einmal dass die Schutzgeister andere unsterblich machen können. Wusstest du das?"

Seth schüttelte den Kopf. „Nein. Es war ein seltsamer Augenblick, nicht wahr? Ol und Gaszra, ein Nagur und eine Gurdor arbeiten zusammen. Damit hätte wohl niemand gerechnet. Die Schutzgeister des Lichts und die des Dunkels haben soweit ich weiß noch nie zusammen gearbeitet."

Liar nickte. „Es war fast magisch. Als sich ihre Hände berührten war ein seltsamer Lichtschein zwischen ihren Handflächen. Und dann diese silbernen Tränen. Ich habe sowas noch nie erlebt. Pan wieder erwachen zu sehen, ar zutiefst erschreckend."

„Ich glaube, sie selbst hat sich auch erschrocken. Zumindest sah sie so aus."

„Sie sah überhaupt ganz anders aus. Sogar ihre Hautfarbe hat sich verändert. Ihre grüne Haut hat immer so gut zu den grünen Augen und dem schwarzen Haar gepasst. Als die Haut dann weiß wurde, sah sie fast aus wie ein Gespenst."

Seth runzelte die Stirn. „Sie war immer noch wunderschön."

Liar grinste, feine Lachfältchen bildeten sich um seine blauen Augen: „Schon gut, schon gut. Natürlich war sie immer noch wunderschön."

Ifra, der strahlende Stern, der Arenlai an jedem Morgen das Licht des Tages brachte, wanderte am Firmament nach oben. Die weißen Mauern Gards entfernten sich, bis sie

16

nur noch ein undeutlicher Umriss in der Ferne waren. Seths Gedanken kreisten weiterhin um Pan. Nie im Leben würde er den Schrecken in ihrem Gesicht vergessen, als sie realisierte, was geschehen war.

Er sah zu Liar hinüber. „Pan schien nicht begeistert davon zu sein, die Unsterblichkeit bekommen zu haben."

Liar lachte auf. „Nicht begeistert ist wohl untertrieben. Sie wollte es ganz eindeutig nicht. Naja, damit muss man wohl auch erst einmal zurecht kommen. Sie ist ja auch noch so jung. Ein junges Mädchen, gerade erst erwachsen geworden, fast noch ein Kind. Sie wird eine Weile brauchen, um das zu verarbeiten."

„Ich hoffe sehr, dass sie lernt, damit umzugehen. Sie ist so eine wundervolle junge Frau. Aber sie war schon immer etwas melancholisch, nicht wahr?"

„Sie geht dir wohl gar nicht aus dem Kopf, was? Ja, sie war immer ein wenig still und suchte die Einsamkeit. Aber sie ist stark. Sie wird das schon verkraften, da bin ich sicher."

Seth war sich nicht so sicher.

Hatte er ihre Melancholie unterschätzt? Sie hatte nie hilfsbedürftig gewirkt, im Gegenteil. Meist hatte sie Hilfe eher abgelehnt. Er hätte darauf bestehen sollen, hätte bei ihr bleiben sollen. Er hätte sie niemals allein in diese Gänge tief in den Bergen Gards gehen lassen dürfen. Vielleicht hätte er die weiße Königin aufhalten können. Vielleicht hätte er Pan vor dem Tod und damit auch vor dieser Transformation, bewahren können. Doch was sollte er jetzt noch ändern? Sie war fort.
„Denkst du sie kommt wieder?"
Liar sah ihn nachdenklich an. „Sie wird Zeit brauchen. Aber ja, ich denke, sie kommt wieder."

Als die beiden endlich an Seths alter Jagdhütte ankamen, dämmerte es bereits. In der Ferne hörte er vertrautes Heulen. Es erinnerte ihn, an den gemeinsamen Ritt mit Pan und den anderen Gefährten auf den riesigen Wölfen Galsars. Damals hatte sie sich frei gefühlt, zumindest für einen Moment, da war er sich sicher. Doch nun waren alle, die bei diesem Ritt dabei gewesen waren, tot, fort oder auf die Seite des Feindes gewechselt. Die Zeiten ändern sich, dachte er bei sich. Das war schon immer so. Damit muss man zurechtkommen. Sie kümmerten sich zuerst um die beiden Gelan, sattelten sie ab, rieben sie trocken und brachten sie in den kleinen Stall neben der Hütte. Schnell füllte Seth Heu in eine alte Futterrinne. Sie hatten Glück, es war noch genug Heu da, um die Tiere eine Weile zu versorgen.

Als Seth mit Liar die Hütte betrat, überfluteten ihn erneut die Erinnerungen an Pan. Hier war er ihr das erste Mal begegnet.

Wieder versuchte er, die Gedanken abzuschütteln. Er holte einige Holzscheite und schichtete sie im Kamin auf. Es dauerte eine Weile, bis er mit seinen klammen Fingern ein Feuer entfacht hatte.

Erst dann legte er seinen Mantel ab und schüttelte vor den Flammen sein hellbraunes Haar aus. Feine Eiskristalle klebten in den Strähnen und fingen nun an zu tauen. Die Kälte saß in seinen Gliedern und ließ sich nicht so schnell vertreiben.

Er sah sich um. War alles an seinem alten Platz? War in der Zwischenzeit jemand hier gewesen? Diese Art der Bestandsaufnahme hatte er immer nach Reisen gemacht und das gewohnte Ritual beruhigte ihn.

„Alles in Ordnung?", fragte Liar.

Seth nickte und sein Begleiter drang nicht weiter in ihn.

In dieser Nacht kam der Schlaf nur zögerlich und er fand sich in seltsamen Träumen wieder von dunklem Nebel und goldenen Augen.

Die nächsten Tage brachten sie die Hütte wieder in Schuss. Liar bei sich zu haben war ein Segen. Gemeinsam jagten sie, nahmen die erlegten Tiere aus und legten das Fleisch in Salzlake ein. Sie sammelten Beeren und Wurzeln und hielten dabei die Augen immer offen. Doch es gab keine Anhaltspunkte für eine Veränderung oder irgendwelche Neuigkeiten über die weiße Königin. Auch Edelsteine und Heilpflanzen fand Seth zur Genüge. Er war sicher, er würde sie bald brauchen. Im Grunde war vieles wie zu früheren Zeiten, doch die alte Gewohnheit wollte sich nicht einstellen. Seine Gedanken kamen nicht wie sonst zur Ruhe.

An manchen Tagen ritt er in Richtung Gard und holte Erkundigungen ein, doch es war nicht viel zu erfahren. Ein paar wenige Menschen waren zurückgekehrt in die weiße Stadt, jedoch blieben die meisten verschwunden. Der Militärgürtel war seltsam leer. Im Händlerviertel waren nur wenige der Häuser besetzt und es gab kaum etwas zu kaufen. Nur im Armenviertel waren mehr Menschen anzutreffen. In den Berg selbst, der von den Adligen bewohnt war, kam er nicht hinein. Die Türen waren verschlossen und niemand reagierte auf sein Klopfen und Rufen. Vielleicht besser so. Vielleicht war die Königin zurückgekehrt. Wer wusste schon, wie lange man sich überhaupt noch gefahrlos in die weiße Stadt begeben konnte.

Und dann kam die Kälte. Es war schon immer kühl gewesen in den Ebenen und Wäldern vor Gard, doch diese Kälte war etwas anderes. Kein Feuer konnte die kleine Hütte mehr erwärmen. Eis bedeckte die winzigen Fenster und einige Tage später war die gesamte Behausung mit weißen Eisblumen überzogen. Die Äste der Bäume erstarrten und brachen ab, sobald man sie berührte.

Jeder noch so kleine Windstoß schmerzte wie tausend Nadelstiche auf der Haut. Eines Tages fand Seth einen Schneefuchs steifgefroren im Wald. Er war ansonsten völlig unversehrt. Die Kälte musste ihn getötet haben. Es war wie ein Weckruf. Würden sie hierbleiben, so würden sie bald wie dieser Fuchs enden.

Seth packte alles Notwendige in seine Satteltaschen, hier würde er vielleicht nie wieder herkommen und machte sich daraufhin selbst für die Reise bereit. Seinen Körper und sein Gesicht rieb er mit einem speziellen Fett ein, das vor der Kälte schützte. Dann zog er drei Hosen an, schichtete vier Hemden übereinander und legte seinen Mantel an. Ein riesiges wollenes Tuch wickelte er sich zusätzlich zu seiner Pelzmütze über den Kopf und zog es hoch, um Nase und Mund zu schützen.

Liar tat es ihm gleich. „Wir hätten schon früher aufbrechen sollen."

„Dann hätten wir aber nicht gewusst, was die Königin im Schilde führt, dann hätten wir diese Kälte niemals gespürt und ihre Gefahr nicht erkannt."

„Du magst recht haben, aber wer weiß, ob wir unter diesen Umständen Kanuras überhaupt noch erreichen und irgendjemanden warnen können."

Liar hatte nicht unrecht, das wusste Seth. Er hatte hierbleiben wollen, hatte gehofft, Pan würde ihn hier finden. Fadenscheinig waren seine Begründungen und er war sich sicher, das Liar das schon vor längerer Zeit durchschaut hatte.

Ihren Gelan legten sie wärmende Decken unter die Sättel. Jeder Atemzug in der Kälte schmerzte und die Feuchtigkeit, die sie ausatmeten, kristallisierte sofort zu winzigen Eisklümpchen, die auf ihrer Kleidung und ihrer Haut hängen blieben. Ein letztes Mal sah Seth sich um, richtete den Blick auf die kleine Hütte, ließ ihn über den Platz davor und die Bäume, die er in- und auswendig kannte, schweifen, bevor er sich endgültig abwandte. Nur eine Bewegung seiner Fersen und schon trabte das sanfte Gelan los. Liar folgte ihm wortlos.

3. Verwirrung

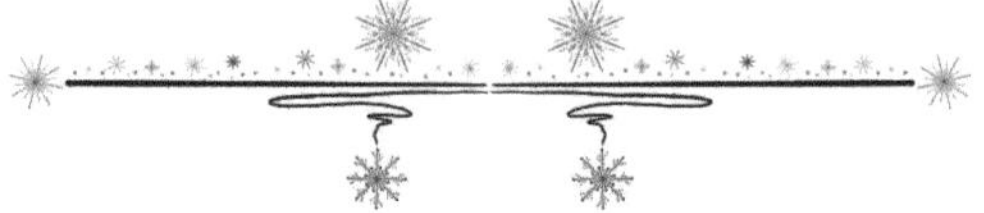

Über Pan leuchtete Arin am dunklen Nachthimmel, doch sein Licht drang nicht bis zu ihrem Geist durch. Einst hatte ihr Eklantas erzählt, dass Esher selbst den hellen Stern Arin erschaffen hatte. Arenlai hatte seinen Namen von ihm, da die Welt in seinem silbernen Schimmer entstanden war. Doch nun konnte dieses wundersam sanfte Licht ihren Geist nicht erhellen. Finsternis hatte ihre Seele befallen, so tief wie sie sie nie gekannt hatte. Eine einzelne silberne Träne bahnte sich ihren Weg an ihrer Wange entlang, an ihrem Mundwinkel vorbei und über ihr Kinn. Sie löste sich nur langsam und fiel dann glänzend auf den moosbewachsenen Waldboden. Sobald die Träne das Moos benetzte, veränderte es sich. Die dunkelgrünen Ästchen wurden silbern und wuchsen so schnell, dass in Windeseile eine größere verästelte Pflanze daraus entstand. Silberne Blüten formten sich an den Zweigen, starben ab und bildeten kurz darauf ebenso silbern schimmernde Beeren. Pan beachtete es nicht. In den letzten Wochen hatte sie dieses Schauspiel so oft gesehen, dass die Verwunderung längst nachgelassen hatte. Seit jenem Tag, an dem die beiden Schutzgeister Ol und Gaszra sie mit ihren silbernen Tränen vor dem Tod gerettet hatten und Pan damit unsterblich werden ließen, waren ihre eigenen Tränen ebenfalls silbern und sie weinte sie zu oft. Sie beweinte vor allem ihre Möglichkeit zu sterben. Die Unendlichkeit ihres Lebens bereitete ihr eine tiefe, quälende Angst, die sie nicht von sich schieben konnte. Der Tod war ihr immer als tröstendes Ende erschienen und als eine Erlösung. Das Leben hingegen empfand sie oft als eine Bürde. Die Schwermut trug sie schon lange mit sich. Doch bisher hatte Pan sie wie einen alten Bekannten behandelt, der sie immer begleitete. Nun aber war die Traurigkeit zu einem Ungetüm gewachsen. Sie war ein schwarzes riesiges Monster, das in ihr wohnte und drohte sie auszulöschen. Dazu kamen die Stimmen, die sie seit ihrer Transformation ununterbrochen in sich hörte. Pan hatte es immer geliebt, vollkommen allein zu sein. Das waren die einzigen Momente, in denen sie sich nicht beurteilt, ja sogar verurteilt fühlte. Nun war sie keine Sekunde ihres Lebens mehr allein. Sie war mit den anderen Unsterblichen Arenlais auf seltsame Weise verbunden und hörte sie ständig zu sich sprechen. Allerdings verständigten sie sich in einer uralten Sprache, die Pan nicht verstehen konnte. Hin und wieder erkannte sie zwei bekannte Stimmen, die Galsars und die Gaszras, die in ihrer eigenen Sprache Kontakt aufzunehmen versuchten. Beide Schutzgeister hatte sie auf ihrer Reise durch Arenlai kennengelernt. Gaszra war eine der Gurdor, dunkel und sanft erschien sie ihr damals. Und Galsar hatte ihr mit ihren Wölfen zur Seite gestanden. Wolfsfrau wurde die Nagur auch genannt. Pan hörte die beiden hin und wieder im Chaos ihres Geistes, doch sie verstand ihre Worte in dem Stimmengewirr nicht. Es waren nicht nur die Stimmen, die auf Pan eindrangen. Durch die Verbindung zu den Schutzgeistern konnte sie jetzt an all ihren Erfahrungen teilnehmen. Es war eine Flut an Wahrnehmungen, Gedanken, Gefühlen und Worten, die Pan ungefiltert durchflossen. Es ließ sie fast wahnsinnig werden. In einem Moment blitzte das Bild einer dunklen Kugel auf, die jemand in der Hand hielt. Kurz darauf sah sie sich selbst sterben. Dann wieder wanderte sie scheinbar endlose Schneefelder entlang. Einen Moment später hörte sie schrille Schreie. Sie sah riesige Vögel über ein brennendes Meer fliegen. Sofort wechselte die Szene. Winzige Blüten, die im Dunkel leuchteten, erblühten in Windeseile. Auch dieses Bild zerbrach und Pan sah vier menschliche Leichen neben einem Fluss liegen. Dazu redeten ununterbrochen zahlreiche Stimmen auf sie ein. Ein Kauderwelsch, dass nicht zu verstehen war. Es fiel Pan schwer, zu unterscheiden, was Realität war und was sie durch die

Verbindung zu den Unsterblichen sah. Zusätzlich hatte sie dieselbe geistige Wechselbeziehung zu der Katze, die an jenem Tag während ihrer Transformation auf sie gesprungen war und ihr Schicksal teilte. Schatten war ihr Name. Pan hatte sie einst nach dem Spitznamen Gaszras so getauft. Diese Verbindung hingegen verschaffte Pan zumindest manchmal ein wenig Ruhe. Wenn sie sich auf die Katze konzentrierte, wurden die anderen Stimmen in ihr leiser. Schatten war von wildem Gemüt, voll auf ihre eigenen Triebe ausgerichtet. Pan lenkte ihre Aufmerksamkeit auf das Tier, um einen Moment auszuruhen. Zusammen mit der Katze witterte sie die Moose des Waldes und die feuchten Spuren einer kleinen Maus, der Schatten nachjagte. Durch die Augen der Katze sah sie den Waldboden dahinrasen. Sie setzte zum Sprung an und landete genau auf der Beute. Die Tatzen hatten das kleine Tier erfasst und nun begann das Spiel, das Pan früher angeekelt beobachtet hatte. Jetzt, da sie die Triebe des Tieres selbst fühlte, da sie den Durst nach Blut kannte und den instinktiven Jagdtrieb, den die Bewegungen des Beutetieres hervorriefen, ekelte es Pan nicht mehr. Die Maus wurde hochgeworfen, wieder eingefangen. Die Katze biss leicht, fast spielerisch in das graue Fell des Tieres, schleuderte es dann von sich, nur um es zum wiederholten Male einzufangen. Erst als die Maus reglos am Boden lag, fanden die Zähne der Katze endlich ihr Ziel und Pan schmeckte Blut. Sie schüttelte sich und ihre Aufmerksamkeit ließ nach. Sofort wurden die Stimmen wieder lauter.

Rastlos wanderte Pan durch den Wald auf der Suche nach eben jenem Trost, den er ihr in früheren Zeiten immer gespendet hatte. Doch diesmal übertrug sich die Ruhe des Ortes nicht auf sie. Sie presste die Hände auf ihre Ohren, um die Stimmen zum Schweigen zu bringen. „Hört auf!", flüsterte sie immer wieder. „Bitte hört auf!" Wie so oft seit jenem Tag versuchte sie sich zu entmaterialisieren und zu Gaszra zu gelangen. Ein einziges Mal war es ihr gelungen, so zu reisen, gleich nach ihrer Rettung, aber damals war es vollkommen unbewusst geschehen und Pan versuchte es seitdem vergebens. So wanderte sie zwischen den hilflosen Versuchen immer weiter, doch zu Fuß würde sie niemals nach Zurna gelangen. Wenn nur diese Stimmen nicht wären, sie konnte keinen klaren Gedanken fassen.

„Panrah!"

Pan sah auf. Woher war das gekommen? Verwirrt blinzelte sie in die Dunkelheit des nächtlichen Waldes. Nur eine der Stimmen in ihr.

Doch da war es wieder: „Panrah!" Sie hörte Äste knacken, in den Bäumen näherte sich etwas. Da sah sie gelbe Augen leuchten und fiel erleichtert Eklantas um den dünnen Hals. Sofort befiel eine Flut aus Gedanken und Erinnerungen des Nachtalben Pan. Sie sah ihn gemeinsam mit Gaszra über zwei tote Artgenossen gebeugt. Das Bild wechselte. Neben ihm stand eine Nachtalbenfrau. Sie strich ihm liebevoll über die Wange.

„Lass das!", zischte Eklantas erschrocken.

Pan ließ ihn abrupt los. „Entschuldige, ich weiß nicht, wie man das kontrolliert!", wieder liefen die Tränen, fielen auf den Boden und verursachten erneut das Wachstum silberner Pflanzen.

Der dunkle Alb stützte die Hände in die Hüften. Sein langer Schwanz bewegte sich ungeduldig hin und her. Sein sehniger dünner Körper war so dunkel, dass er im nächtlichen Wald kaum zu sehen war. Nur die gelben schmalen Augen ließen ihn sichtbar werden. „Was machst du? Hör auf damit Panrah!", rief der dunkle Alb empört. „Du verschwendest deine Kraft sinnlos!"

Sie blaffte ihn wütend an. „Meine Kraft? Sinnlos? Das sind nur ein paar Tränen! Darf ich jetzt nicht mal mehr heulen, wenn mir danach ist?"

„Du machst das schon viel zu lange Panrah! Jetzt wird es Zeit nach vorne zu sehen und etwas gegen die weiße Königin zu unternehmen. Was machst du denn hier in diesem Wald?"

Pan riss die Augen auf. „Was ich hier mache? Frag das doch am besten Gaszra! Sie hat mich verwandelt und nun hab ich keine Ahnung wie man mit diesem Körper und mit diesen angeblich so wunderbaren Fähigkeiten überhaupt umgeht! Ich komm nicht mal hier weg! Und dauernd hab ich diese Stimmen in mir und diese Bilder! Ich

kann dich nicht mal umarmen. Ich will das nicht! Ich will nur Pan sein! So wie früher!"
Sie konnte die Tränen erneut nicht zurückhalten und sank hilflos auf den Boden. Aller Ärger war verraucht und zurück blieb nur die Verzweiflung und die Angst.
Der Alb kniete sich vor sie hin. „Panrah, du bist doch immer noch Pan. Du musst dir nur vertrauen! Dann kannst du das alles schaffen."
„Ich kann gar nichts schaffen! Ich will das einfach nicht! Bitte bring mich zu Gaszra! Sie muss mir helfen."
Der Alb schüttelte den Kopf. „Das kann ich nicht. Es ist zu weit für uns beide. Du musst es selbst machen und kannst mich dann mitnehmen."
„Ich kann es nicht!", schrie Pan Eklantas an.
Sanft berührte er mit seiner Stirn die ihre. Sofort mischten sich seine Bilder wieder mit den Stimmen. „Ich helfe dir!", flüsterte er in ihrem Kopf. „Hör mir zu, folge einfach meiner Stimme. Konzentriere dich nur auf mich. Nur Panrah und Eklantas Genefirat!"
Ausgerechnet dieser Name riss Pan aus ihrer Lethargie. Genefirat! Er hatte immer auf

diesen zweiten Namen bestanden und sie hatte ihn nur Eklantas genannt. Ein einsames Lächeln huschte über ihr gequältes Gesicht.

„So ist es gut, Panrah. Nur wir beide. Alle anderen werden leiser. Sie sind nicht von Bedeutung. Nur du und ich."

Die Stimmen wurden ruhiger und die des Alben trat in den Vordergrund. Es war eine Erlösung für Pan. Es tat so unbeschreiblich gut, dass sie aufpassen musste, diesmal nicht vor Erleichterung zu weinen. Doch sie hielt die Tränen zurück und konzentrierte sich auf Eklantas. Er zeigte ihr die dunklen Nebel rund um Zurna. Er führte sie in die Höhlen im Gebirge und rief ihr Gaszras Gesicht in Erinnerung. „Nun musst du dich auf Gaszra konzentrieren. Suche ihre Stimme! Zwischen den anderen ist auch ihre. Wenn du sie findest, kann sie uns beide zu sich holen!"

Pan horchte auf die Sprachmelodien, die leiser im Hintergrund murmelten. Eklantas löste seine Stirn, von der ihren und die Stimmen wurden lauter. Es tobte ein Chaos in ihr, das kaum zu bewältigen war. Warum nur mussten sie alle durcheinandersprechen? Wo war Gaszra? Pan versuchte, die Bilder auszublenden und sich nur auf die Stimmen zu konzentrieren. Sie schloss die Augen und blieb völlig unbeweglich auf dem Waldboden sitzen. Eine Ewigkeit suchte sie in sich, folgte mal der einen, mal einer anderen Stimme, bis sie endlich die der Gurdor fand. Den Schatten nannten die Menschen sie, Schutzgeist der Dunkelheit. Gaszra. Sie hörte sie plötzlich deutlich. Die Gurdor suchte nach ihr.

„Gaszra! Hier bin ich doch! Bitte hol mich zu dir.", flüsterte sie in ihrem Kopf.

Gerade noch konnte Eklantas ihre Hand ergreifen, um mit ihr zu reisen, da löste sich Pan auch schon auf und verschwand.

4. Einsamkeit

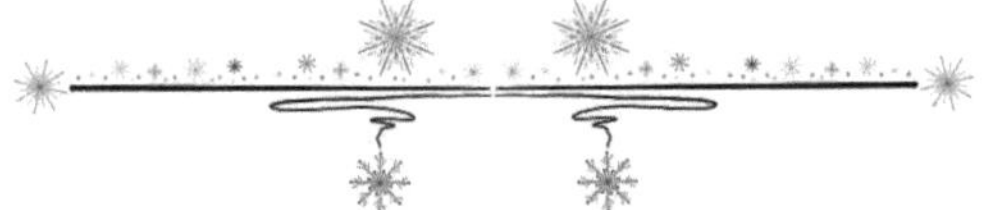

Der kurze Augenblick ihrer Reise war für Eklantas fast unerträglich. Millionen von Bildern, Gefühlen und Stimmen übertrug Pan ohne jegliche Kontrolle auf ihn und gleichzeitig nahm er ihre essenzielle Angst und diese tiefe schwarze Traurigkeit wahr. Nie zuvor hatte der Alb etwas Derartiges empfunden und erst jetzt verstand er Pan wahrlich. Als sie in Zurna ankamen, blieb Pan neben ihm liegen. Besorgt sah er auf sie herab. Pan lag gekrümmt in der dunklen Höhle mitten im Zurnagebirge vor Gaszra. Es wäre eine lange Reise gewesen von den Wäldern Talrus herüber ins Gebirge von

Zurna. Nicht nur das Land Talru, nein auch Rashland und ein ganzer Ozean lagen zwischen den beiden Orten. Sie hätten den Silberwald durchqueren müssen und die unbewohnten Ebenen, die das Zurnagebirge umgaben. Doch Gaszra hatte sie transformiert, hatte ihre Körper in Nebel gehüllt und innerhalb eines Augenblickes ins dunkle Gebirge geholt. Manchmal wünschte Eklantas, er wäre selbst fähig, auf diese Art zu reisen.

Noch immer beobachtete der Nachtalb Pan. Ihr Körper zuckte und krümmte sich, wie von Schmerzen heimgesucht. Für Eklantas war der Ausdruck auf Gaszras Gesicht noch erschreckender als der Anblick seiner früher menschlichen Begleiterin. Die Gurdor sah Pan völlig ratlos und aufgewühlt an. Hochgewachsen stand sie vor ihm. Ihre Haut war vollkommen schwarz, genau wie ihr langes glattes Haar. Goldene Augen leuchteten auf Pan herab. Gaszra hob die Schultern, so als wüsste sie nicht, was zu tun ist.

Eklantas kniete sich neben Pan. „Panrah! Panrah! Sieh mich an!"

Die Gurdor schüttelte den Kopf. „Sie nimmt dich nicht wahr, sie ist gar nicht wirklich hier angekommen. In sich selbst ist sie nun gefangen." Ihre Stimme klang so kraftlos, wie er es bei seiner Herrin nie gehört hatte. „Vielleicht war es ein Fehler sie zurückzuholen. Vielleicht ist ein Mensch nicht fähig mit unseren Fertigkeiten, mit der Unsterblichkeit umzugehen."

„Nein!", entfuhr es dem Nachtalb so entschlossen, wie er es noch nie gegenüber seiner Herrin gewagt hatte. Er folgte ihr, so lange er denken konnte durch die Zeit und sie hatte immer gewusst, was zu tun war. Doch diesmal irrte sie sich, da war er sicher.

Gaszra sah den Alb erstaunt von oben herab an. „Ich kann es nicht mehr ändern. Niemand kann das. Wenn sie nicht lernt damit umzugehen, wird sie in diesem Zustand bleiben. Ich kann nicht zu ihr durchdringen. Sie hört mich nicht."

„Aber ich kann es.", sagte Eklantas entschlossen. Er wusste, wenn er sie berührte, würde er erneut diese schrecklichen Gefühle in sich aufnehmen, doch das war es ihm wert. Das war Pan ihm wert. „Ich bleibe bei ihr!“

Vielleicht war es seine Entschlossenheit, die Gaszra zustimmen ließ. Sie zog sich zurück, blieb aber in der Höhle und beobachtete, wie der Alb sich Pan näherte. Er flüsterte leise: „Panrah. Ich bin hier. Eklantas und Panrah, so wie vorher. Ich zeig dir den Weg. Du kannst das. Ich weiß es.“

Pans Zustand veränderte sich nicht. Eklantas legte sich neben sie auf den Boden. Bei Gaszra erschienen weitere Gurdor. In der Dunkelheit der Höhle waren sie ebenso wie der Nachtalb fast unsichtbar. Nur ihre goldenen Augen leuchteten und beobachteten ihren Helfer. Sie waren größer als der Alb, schlanke hochgewachsene Wesen, die reglos bei Gaszra standen. Jeder von ihnen hatte schwarze Haut, doch manche waren von Mustern durchzogen oder schimmerten in verschiedenen Farben. Es gab neun Gurdor, neun Schutzgeister der Dunkelheit und sie alle waren anwesend. Sie alle beobachteten den dunklen Alb und das einstige Menschenwesen, dass nun zu ihnen gehören sollte.

Eklantas beachtete sie nicht. Er rückte näher an Pan heran, nahm sanft ihr Gesicht in seine Hände und berührte mit seiner Stirn die ihre. Sofort überkam ihn die Traurigkeit und die Bilder überfluteten ihn. Der Alb brauchte eine Weile, um in dem Chaos zu sich selbst zurückzufinden. Er bemerkte, wie Gaszra in Gedanken seinen Geist suchte, auch sie nahm das Wirrsal in Pan wahr. Wieder sagte sie ihm, er solle sie allein einen Weg finden lassen.

Doch der Nachtalb ignorierte die Stimme der Gurdor.

„Nur Eklantas und Pan!", flüsterte er. Dann suchte er in dem Durcheinander der Gefühle und Bilder solche, die zu Pan gehörten. Er sah sie als kleines Mädchen. Ihre Mutter stand neben ihr. Die beiden waren sich wie aus dem Gesicht geschnitten. Sie hatten das typische Aussehen der Bewohner Talrus, hellgrüne Haut, grüne Augen und schwarzes Haar. Ihre Gesichtszüge glichen sich ungemein. Gemeinsam sahen sie einem Schmetterling zu, der sich auf einer Blume niedergelassen hatte. Von hinten kam ein Mann heran, sein Gesicht war vor Wut verzerrt. Er schlug Pans

Mutter ohne Vorwarnung hart gegen den Rücken. Sie fiel zu Boden. Eklantas erlebte die Verzweiflung und die Hilflosigkeit mit Pan. Sie kniete stumm neben ihrer verletzten Mutter, unfähig etwas zu unternehmen.

Die Szene wechselte und der Alb sah Pan ein paar Jahre später. Ihre Mutter winkte ihr lächelnd zu und verließ das Haus.

Dann kniete Pan mit einem Mal auf dem Fußboden in der Küche. Sie schrubbte die Holzbretter. „Sie ist wegen dir gegangen. Mit so einem kleinen Aas wie dir kann man es doch nicht aushalten. Sie wird sicher nie wieder kommen. Sie ist froh dich los zu sein."

Erneut erlebte Eklantas, wie die finstere Traurigkeit aufstieg. Sie verdrängte alles andere. Es fiel dem Alb schwer, sich nicht selbst in dieser Schwärze zu verlieren.

Und doch erkannte er in dieser Erinnerung einen Hoffnungsschimmer. Es war Pans Hoffnung, die Hoffnung, ihre Mutter würde eines Tages zurückkommen, und sie abholen. Die Hoffnung, dass sie irgendwo auf den passenden Moment wartete, Pan endlich wieder bei sich zu haben.

Eklantas sah, wie Pans Vater sie gegen den Tisch schubste, er erlitt mit ihr den Schmerz, als der betrunkene Mann Pan hart ins Gesicht schlug. Er beobachtete, wie sie übersät von blauen Flecken aus dem Haus lief und gegen Abend heimkehrte.

In jeder dieser Szenen erspürte Eklantas neben dem Leid einen Hoffnungsfunken. Pan hatte nie aufgegeben. Warum nur hatte sie jetzt diese Hoffnung verloren? Was hatte diesen Hoffnungsschimmer vertrieben?

Der Nachtalb ertrug die Kälte der Dunkelheit kaum. Er rief sich selbst einige seiner eigenen Erlebnisse ins Gedächtnis, hellere Erinnerungen. Die Finsternis war nichts, das er fürchtete, doch diese Schwärze in Pan war keine gewöhnliche Dunkelheit. Es war eine schreckliche Leere, die alles andere zu verschlingen drohte. Er rang sich durch, seine eigenen helleren Erinnerungen loszulassen und erneut tief in Pans Geist einzudringen. Es war ein eisiges Gefühl, das die Schwärze in Pan hervorrief. Eine allumfassende Kälte, die Pans gesamtes Wesen umhüllte und auch ihn zu befallen drohte. Dennoch gab er Pan nicht auf. Erneut ließ er sich auf die Bilder in ihrem Inneren ein.

Er sah sie mit einigen Kindern spielen. Die anderen lachten, doch Pan freute sich nicht mit ihnen. Ein Mädchen versuchte sie zu umarmen, Pan schubste sie von sich. Die kleine Talranerin fiel vor Pan zu Boden. Eklantas spürte Pans Schuldgefühle und ihre Unfähigkeit, das andere Kind näher an sich heranzulassen. Angst füllte die Dunkelheit und ließ sie noch eisiger werden. Kein Wunder, dass sie Panik vor der Unsterblichkeit hatte. Mit solchen Empfindungen auf ewig zu existieren war eine schreckliche Last. Mit einem Mal verstand der Nachtalb Pans Misere. Ihr Leben war zu keiner Zeit so abgelaufen wie sein eigenes. Nie hatte es Klarheit und Sinn darin gegeben. Im Gegenteil. Pan sah sich selbst vollkommen sinnlos, nutzlos oder sogar als Schaden für andere.

Er sah ihren Vater, erlitt mit Pan die Schläge und noch erschreckender, er fühlte die Worte mit ihr: „Du bist nichts! Nichts wert! Niemand will dich!"

Sie waren tief in Pans Bewusstsein gedrungen und schienen die Traurigkeit hervorgerufen zu haben. Aber warum war Pan jetzt so darin versunken? Das war ewig her und bisher war sie in ihrem Leben gut zurechtgekommen. Er versuchte, zu ihr Kontakt aufzunehmen. Panrah! Dein Vater hatte unrecht! Du bist stärker als jeder Mensch, den ich kennengelernt habe, Panrah! Hör nicht auf ihn. Er hat die Fehler gemacht, nicht du!

Eklantas erkannte, dass Pan den Worten von damals Glauben schenkte, dass sie nicht auf sich selbst vertraute. Wertlos empfand sie sich. Sinnlos, nutzlos.

Pan! Andere unterstützt du immer, du glaubst an das Gute in ihnen Du hilfst und stehst ihnen bei! Nun aber musst du dir selbst helfen! Du musst deine Güte dir selbst geben! Hör auf dich zu bemitleiden! Steh auf! Du kannst das. So vieles hast du schon erlebt, hast so viel ertragen. Jetzt kann dir niemand mehr etwas zu Leide tun. Nimm es an. Gib nicht auf. Hör, auf dich hängenzulassen. Dein Vater war ein Nichtsnutz. Er hatte gar keine Ahnung vom

Wert eines Menschen! Auf seine Worte zu hören ist närrisch.

Er registrierte, wie sich ihre Gedanken änderten, doch die Traurigkeit blieb. Neue Bilder tauchten auf. Eklantas sah Pan als kleines Mädchen allein in den Bäumen sitzen. Er sah sie andere Kinder beobachten, sah, wie sie sich zurückzog. Er spürte ihre Angst vor Zurückweisung.

Er kannte Derartiges nicht, Alben waren die Helfer der Gurdor. Jeder von ihnen war gleichwertig. Nie hatte er diese Angst vor anderen Wesen empfunden.

Er sah Pan mit Tualah, erlebte, wie sie sich ihr öffnete, wie sie Vertrauen fasste, mit ihr lachte. Im nächsten Augenblick drehte die Freundin ihr den Rücken zu. Mit Pan erlitt er die tiefe Trauer über den Verlust der Freundschaft. Er sah Tualah neben der weißen Königin sehen, verspürte den Schmerz aufgrund des Vertrauensbruches in Pans Herzen. Die silberne Wurfscheibe aus Tualahs Hand hatte Pan nicht mehr verletzen können als der Verrat. Wieder erlebte Eklantas, wie sich die Traurigkeit mit Angst vermischte. Immerhin hatte dies mehr

Energie als die alles vernichtende Finsternis, die zuvor da gewesen war.

Die Stunden vergingen und er hörte in sich wieder Gaszra sagen, dass er Pan allein einen Weg finden lassen müsse. Sie rief ihn zurück, heraus aus Pans Geist.

Nur widerstrebend gab er seinen Platz bei Pan auf. Er erhob sich zögernd, Pan lag immer noch unverändert auf dem Boden.

„Sie muss selbst einen Weg finden, heraus aus ihrer Gedankenwelt."

Der Nachtalb schüttelte den Kopf. „Das ist ja das Problem.", zischte er. „Sie musste immer alles allein machen. Sie hat nie gelernt, Hilfe anzunehmen, anderen wirklich nah zu sein. Allein kann sie das aber nicht schaffen. Allein wird sie auch gegen die weiße Königin nichts ausrichten. Die Gurdor sind immer verbunden, nicht wahr Gaszra? Du bist nie allein."

„Mag sein Eklantas. Doch die Menschen sind nicht wie wir."

Er schüttelte den Kopf. „Dennoch sind auch sie nicht dazu gemacht, ihr Leben allein zu fristen. Pan muss lernen, Nähe zuzulassen.

Und sie muss wissen, dass sie geliebt wird. Denn das weiß sie nicht, das glaubt sie nicht."

„Wenn du dich in ihrem Geist verlierst, dann kann ich auch dir nicht mehr helfen, Eklantas."

„Das ist mir bewusst. Dennoch ist es das Risiko wert." Der dunkle Alb war entschlossen, Pan nicht ihrem Schicksal zu überlassen. Sie brauchte jemanden, der an sie glaubte und sie nicht allein ließ. Er empfand eine tiefe Liebe zu diesem Mädchen. Gaszra verstand und zog sich erneut zurück.

Wieder legte Eklantas sich neben Pan und berührte sanft mit seiner Stirn die ihre. Dann nahm er ihre Hände in die seinen.

Sofort war er in ihrer Welt, verspürte ihre Traurigkeit, ihren Schmerz, all die Angst. Sie hatte eine Barriere um sich herum errichtet, durch die sie niemanden zu sich ließ. Er konnte nicht durchdringen zu den tiefsten Abgründen ihrer Erinnerung. So beschloss er, eine Weile nur bei ihr zu bleiben.

Er konzentrierte sich darauf, selbst Eindrücke heraufzubeschwören. Er dachte an ihre gemeinsame Reise. Zuerst war sie ihm nicht so wichtig gewesen, dieses

Menschenmädchen. Er hatte nicht verstanden, warum Gaszra sie um Hilfe gebeten hatte. Doch Pan hatte ihm gezeigt, was Güte war, damals, als sie das Kind gefunden hatten. Er hatte das Mädchen mit den schwarzen Augen als unwert angesehen, hatte gedacht, es wäre schon verloren gewesen. Doch Pan hatte es gesund gepflegt, gegen seinen Rat.

Sie hatte sich in die fremde Welt der Gurdor gewagt, hatte die Dunkelheit in Kauf genommen, nur um den für sie fremdartigen Wesen zu helfen. Nicht ein einziges Mal hatte sie gezögert, als die Gurdor sie um Hilfe baten. Sie hatte sich auf die beschwerliche Reise gemacht, selbst als keiner ihrer Freunde ihr Glauben geschenkt hatte. Wieder erlebte er dieselbe Liebe, die er damals zum ersten Mal für einen Menschen empfunden hatte.

Er konzentrierte sich auf dieses Gefühl. Es war ein angenehm warmes, sanftes Empfinden. Ein helles Licht machte sich auf in Pans Schwärze.

Wieder strömten Bilder auf Eklantas ein. Er näherte sich dem Herzen ihrer Traurigkeit.

Es war nicht ihr Vater, es war auch nicht Tualah. Nein, ein Gesicht tauchte vor ihm auf, das Pan selbst ähnlich sah. Der Alb erlebte mit, wie Pan ihrer Mutter begegnete. Den Häusern nach zu urteilen, war es in Kanuras. Eklantas sah, wie Pan mit ihrer Mutter an einem Tisch saß, wie sie weinte und ihr ihr Herz ausschüttete. Er sah, wie ihre Mutter sie umarmte, hörte, wie sie um Verzeihung bat. Sie versprach von nun an immer für ihre Tochter da zu sein. Sie schwor, Pan zu begleiten. Dann wechselte das Bild und er beobachtete, wie Pan mit ihren Gefährten wartete. Nach außen wirkte sie gelassen, doch Eklantas konnte die Trauer in Pan spüren. Alles war zur Abreise bereit, nur eine Person fehlte. Der Alb sah den Brief in Pans Hand. „Es tut mir leid. Thinares.", stand darin. Thinares? War das der Name ihrer Mutter?

In diesem Augenblick war Pans Herz gebrochen. Eklantas erlitt es mit ihr. Zu niemandem hatte sie ein Wort darüber verloren. Keinem hatte sie ihre Verletzung offenbart. Erneut war sie verraten worden und Pan hatte begriffen, dass ihr Vater recht gehabt hatte, dass ihre Mutter sie nie geliebt hatte und wegen ihr gegangen war. Ihre eigene Mutter hatte sie nicht bei sich haben wollen. Ihr Hoffnungsschimmer war verblasst.

Pans Mauer bröckelte, bis er tief in ihren Geist eindringen konnte. Offen und verletzlich bot sie ihm all ihr Wissen dar. Er schickte sein kleines Licht durch die Dunkelheit. Er fühlte für sie all die Liebe, zu der er fähig war. Nie wieder würde er einen Weg aus diesem dunklen Labyrinth in ihrem Inneren finden, wenn sie ihn nicht selbst herausführen würde. Das wusste er. Und dennoch gab er all seine Vorsicht auf und begab sich hinein in die Schwärze, die auf Pans Gemüt lag. Er schenkte ihr sein eigenes Herz. Er wollte ihr Hoffnungsschimmer sein.

Pan reagierte auf ihn. Das Zittern ihres Körpers verschwand. Sie atmete ruhiger. Dennoch wachte sie nicht auf. Reglos lag sie da.

Eklantas war nicht bereit, sie aufzugeben. Eine Ewigkeit verbrachte er in ihrer Finsternis. Ein kleines Licht war er in ihrer schwarzen Welt. Nach und nach registrierte er, wie sich die Gedanken in ihr beruhigten, wie sie immer kontrollierter durch ihren Geist flossen. Die Traurigkeit verging nicht, doch ihre Farbe änderte sich. Das tiefe Schwarz wich einem sanfteren dunklen Grün. Da sah er seine Chance.

Er flüsterte leise auf sie ein: „Komm zurück Panrah! Hör auf dich selbst zu bemitleiden. Du bist jetzt nicht mehr allein! Du musst nicht alles allein schaffen. Ich helfe dir. Aber du musst jetzt selbst etwas für dich tun. Du musst an dich glauben! Du darfst nicht deine Mutter und deinen Vater über dich selbst stellen. Was sie denken, was sie getan haben, spielt keine Rolle mehr. Nur du selbst bist wichtig. Du hast doch immer alles geschafft. Bitte wach auf. Komm zu mir zurück. Ich brauche dich. Wir alle brauchen dich hier!"

Sein Licht hatte in ihrem Grün mehr Leuchtkraft. Es breitete sich aus und wurde immer stärker. Eklantas hörte sie. Sie nahm ihn wahr! Sie antwortete mit einem sanften gedämpften Licht, das das Dunkel ihres Geistes durchbrach. Eklantas jubilierte innerlich. Sie fühlte seine Liebe. „Ja, ich bin hier. Ich bin bei dir. Komm zu mir zurück." Sein Licht mischte sich mit ihrem zu einem geborgenen Grün, das sich sanft ausbreitete. Er nahm wahr, wie sich die Stimmen in ihr legten, wie das Chaos einer friedfertigen Ruhe wich. Sie schloss die Türen ihres Geistes auf und zeigte ihm den Weg heraus.

Ein Seufzen ertönte und sofort war Gaszra an seiner Seite. Pan öffnete die Augen im selben Moment wie der Nachtalb.

„Das hast du gut gemacht Eklantas. Wunderbar.", flüsterte die Gurdor ihrem Helfer liebevoll zu. Ein seltenes Lob aus ihrem Mund. Der Alb löste sich von Pan und sah sie aufmerksam an. Sie blinzelte und streckte sich, wie aus langem Schlaf erwacht.

„Wo bin ich?", hörte Eklantas sie fragen.

„Du bist in Zurna, bei den Gurdor.", ertönte Gaszras tiefe Stimme.

Er fühlte sich erschöpft und dennoch glücklich. Pan war wieder da.

5. Begegnungen

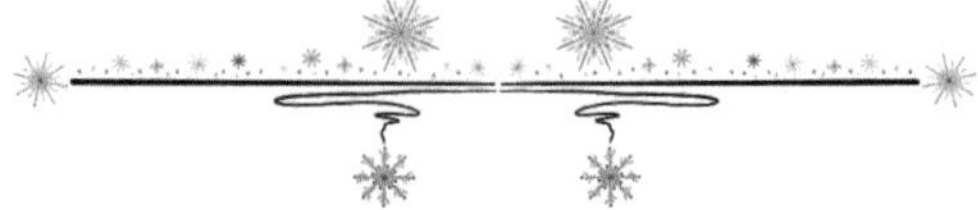

Die Hufe des Gelan fanden auf den Eisflächen der Ebene kaum Halt. Seth stieg ab und führte es am Zügel. Die Flüche, die er in den vergangenen Tagen ständig vor sich hin gemurmelt hatte, waren verstummt. Jede Bewegung des Mundes schmerzte. Das Tuch vor dem Gesicht war erstarrt und eiskalt. Lange würde er das nicht mehr überleben, so viel war klar. Liar schwieg ebenso und wanderte nahe bei ihm. Sie hätten längst mildere Gefilde erreichen müssen. Die letzten Ausläufe der Wälder lagen rechts neben ihnen. Seth sah ihr Ende schon am

Horizont. Dort hinten müssten grüne Wiesen liegen. Hier an dieser Stelle waren sonst nur letzte Schneereste übrig, die das Ende der Schneebenen einläuteten. Doch scheinbar hatte sich dieses Ende verschoben. Verbissen schlurfte Seth weiter, Schritt für Schritt, langsam und bedächtig, um auf der glatten Oberfläche nicht auszurutschen. Er hätte sein Gelan freigelassen, wenn er sich nicht sicher gewesen wäre, dass es hier den Tod finden würde. Nicht einmal für diese Tiere, die die Kälte gewohnt waren, war so ein Klima verträglich. Hin und wieder warf er Liar einen Blick zu und sah, dass er genau wie er, mit jedem Schritt kämpfte.

Ein tiefes Brummen ertönte hinter ihnen. Seth konnte es zuerst nicht zuordnen. Er sah sich in der weißen Umgebung um. Wieder hörte er das Geräusch, diesmal näher.

„Vorsicht!", gellte Liars Stimme und im selben Augenblick hieb eine riesige Pratze Seths Gelan mühelos um. Auf einer Seite aufgerissen blieb es liegen. Dampfend klaffte der Bauchraum auseinander. Blut und Eingeweide verloren ihre Wärme schnell. Das Tier starb innerhalb von Sekunden. Seth hatte kaum Zeit zu reagieren. Wieder sauste die Pratze durch die Luft. Sie gehörte zu einem riesigen Bären, dessen weißes Fell ihn in dieser Landschaft fast unsichtbar werden ließ. Sein Maul war weit aufgerissen und jedes Schnauben brachte eisige Kälte mit sich. Seine Zähne blitzten wie spitze Dolche aus Eis. Die hellen Augen fixierten den Händler, während das Biest für einen Augenblick stillstand, nur um kurz darauf erneut zuzuschlagen. Liar hieb seinem Gelan auf die Flanken und panisch galoppierte es dem Wald entgegen. Seth rannte los, ließ sich dann auf das Eis fallen und schlitterte davon. Die Bäume in der Ferne könnten ihm möglicherweise ein sicheres Versteck bieten. Zumindest war es eine Chance. Sobald er langsamer wurde, stand er mühsam auf, rannte wieder einige Schritte, um sich dann erneut hinzuwerfen und weiter zu rutschen. Der vereiste Boden, den er zuvor verflucht hatte, kam ihm jetzt zu Hilfe. Liar schlitterte neben ihm dahin, blieb jedoch an einer Schneewehe hängen. Seth hörte Liars Aufschrei, als die Pranke des Bären den Mann erwischte. Panisch sah sich Seth nach seinem Gefährten um, der stöhnend auf dem Boden lag. Der Bär stand drohend über ihm.

Lauthals schrie Seth „Hier bin ich. Komm hier her.“

Der Bär ließ sich leicht ablenken und stürmte nun Seth hinterher. Bitte lass Liar überlebt haben, dachte er und schlitterte weiter. Er hoffte, später zurückkommen zu können, um seinen Freund zu holen. Jetzt galt es erst einmal, zu überleben. Die Bäume kamen näher und seine Hoffnung wuchs mit ihnen. Da hieb eine riesige Pranke vor ihm auf den Boden und das Eis barst. Der Atem des Untiers ließ ihm das Blut in den Adern gefrieren. Kälte strömte von dem Tier in die Umgebung, die genauso erbarmungslos war wie die schiere Größe dieses Bären. Es setzte einen Fuß auf Seths Brust, sodass der bewegungslos verharren musste. Die hellblauen wässrigen Augen kamen näher, die eisigen Zähne blitzten in Ifras Licht. Schon öffnete sich das Maul zum finalen Biss. Ein Heulen aus tausend Kehlen ertönte und ein riesiger Wolf sprang dem Bären an den Hals und riss ihn dabei von Seth herunter. Die Krallen des Bären zerfetzten seine

Kleidung und zerschnitten ihm die Haut. Seth zog mühsam seinen Schal vom Gesicht und drückte ihn gegen die Wunde. Aus dem Wald näherten sich weitere Wölfe, viel größer als eigentlich üblich, und eilten ihrem Rudelführer zu Hilfe. Weit hinten sah Seth die Silhouette einer Frau. Kleinere Wölfe folgten ihren großen Artgenossen. Sie umzingelten den Bären, ließen ihm keinen Ausweg. Seth erkannte die Wölfe wieder, auf einem von ihnen war er einst geritten. Es waren Galsars Gehilfen, die ihm beistanden. Entkräftet hob er die Hand zum Gruß, doch Galsar blieb im Schutz der Bäume. Der Leitwolf sprang dem Bären erneut an die Kehle. Diesmal riss er ihn endgültig zu Boden. Das Untier schlug um sich, wehrte sich mit aller Kraft, doch der Wolf hatte sich verbissen und würde nicht loslassen, bis jedes Leben aus dem Bären gewichen war. Seth beobachtete den Todeskampf. Er fühlte, wie auch ihn die Kräfte verließen. Die lange Reise durch die Kälte hatte ihn erschöpft. Seine Wunden raubten ihm die letzten Reserven. Als der Bär schließlich leblos liegen blieb, lag auch Seth kraftlos am Boden.

Die Wölfe näherten sich ihm. Selbst wenn er gewollt hätte, Seth hätte sich nicht wehren können. Er kam nicht einmal mehr auf die Beine. Einer der riesigen Wölfe ließ sich vor ihm nieder. Er schnüffelte an ihm. Seth war sich sicher, dass es genau der Wolf war, der ihn einst auf seinem Rücken getragen hatte. Erkannte er ihn wieder? Seth streckte die Hand aus und berührte sanft das Fell des Tieres.

„Danke", flüsterte er.

Der Wolf stupste ihn an.

„Schon gut. Ich bleib einfach hier liegen.", sagte Seth. „Liar. Liar ist da noch irgendwo. Bitte hol ihn."

Ob das Heulen Zustimmung bedeutete oder nicht, konnte Seth nicht feststellen, erschöpft lag er auf dem Eis. Doch das Tier gab sich damit nicht zufrieden. Es packte vorsichtig die Kleidung des Händlers und zog ihn zu sich her. Dann legte sich der Wolf flach hin, als wollte er, dass Seth auf seinen Rücken stieg. Der packte das Fell des Wolfes und versuchte sich, daran hochzuziehen, doch es gelang ihm nicht. Ein weiteres Tier näherte sich. Es schlüpfte mit dem Kopf unter Seths

Körper und hob ihn leicht an. Dann schob er den Mann nach vorne auf den Rücken des ersten Tieres.

Seth krallte sich im Fell fest, als der Wolf sich erhob. Wieder sah er Galsars Umrisse, aber seine Sicht wurde undeutlich und er hatte Mühe an Ort und Stelle zu bleiben, als sie sich in Bewegung setzten. Die Umgebung verschwamm vor seinen Augen, als der Wolf fast über die Ebene flog. Seth mobilisierte seine letzten Kräfte, um auf dem Rücken des Tieres zu bleiben. Jeder Gedanke war aus ihm gewichen, nur der bloße Überlebenswille zählte. Immer wieder drohte er abzurutschen und die Reste seiner Kraft schwanden dahin. Als der Wolf schließlich langsamer wurde, öffneten sich Seths Finger kraftlos. Er rutschte seitlich auf den Boden und versank in tröstlicher Bewusstlosigkeit.

6. Erkenntnis

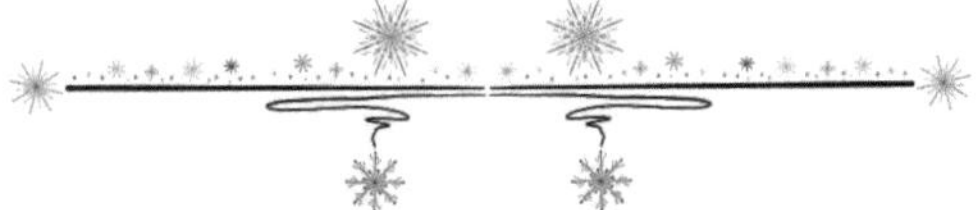

Pan sah Eklantas neben sich sitzen. Der Alb hatte sie gerettet. Sie empfand eine tiefe Dankbarkeit und Zuneigung für ihn. Fast wäre sie ihm um den Hals gefallen, doch sofort wurde ihr bewusst, wie unangenehm das inzwischen war. Hinter dem Nachtalb stand Gaszra. Die Gurdor sah genauso aus, wie Pan sie in Erinnerung hatte. Die große schlanke Unsterbliche hatte eine unwirkliche Schönheit an sich. Die Haut so vollkommen schwarz, glänzte sanft in der finsteren Höhle. Auf dem langen nachtfarbenen Haar der Gurdor blitzten winzige Lichter auf. Nur wunderte es Pan, dass sie Gaszra in der

Dunkelheit so gut sehen konnte. Hatten sie Tassersteine hereingeholt? Pan sah nirgends eine Lichtquelle, da fiel es ihr wie Schuppen von den Augen. Sie sah wie die Gurdor im Dunkeln. Die Pupillen der dunklen Schutzgeister waren lichtempfindlich. Pans Augen konnten sich nun an Dunkel und Licht anpassen, da sie die Stärken der Gurdor und der Nagur in sich vereinte. War es nicht bei Katzen genauso, fragte sie sich. Sah Schatten so wie sie?

Pan war erschöpft, wie nach einem langen Schlaf. Sie streckte sich und schüttelte benommen den Kopf. Noch war ihr Geist nicht klar. Sie rappelte sich mühevoll hoch. Ihre Beine fühlten sich an, als würden sie nicht zu ihr gehören.

Gaszra lächelte auf sie herunter. „Panrah, schön, dass du wieder bei uns bist."

Pan runzelte die Stirn. Sie erinnerte sich nur daran, dass Eklantas sie im Wald gefunden hatte. Er hatte versucht, ihr zu zeigen, wie sie hierher gelangen konnte, dann war auf einmal alles schwarz geworden. Einen Augenblick lang drohte die Dunkelheit wieder übermächtig zu werden, doch ein seltsames Gefühl, eine Erinnerung an ein helles Licht, wärmte ihr Herz. Sie sah Eklantas an. Der nickte ihr zu, so als würde er sie verstehen.

„Ich muss erst mal zu mir kommen.", sagte Pan leise. Erst jetzt bemerkte sie, dass außer Gaszra noch weitere Gurdor anwesend waren. Auch einige Nachtalben tummelten sich in der Höhle. Sie beäugten Pan interessiert.

Pan wich Gaszras prüfendem Blick aus. Sie konnte sich jetzt nicht mit der Gurdor auseinandersetzen. Zuerst musste sie das Chaos in sich selbst unter Kontrolle bekommen. Noch immer war sie völlig verwirrt und verunsichert. Sie wollte so gern allein sein. Einfach nur allein. Bei diesem Gedanken stellte sie fest, dass die Stimmen leiser geworden waren, wie ein sanftes Murmeln im Hintergrund.

Gaszra nickte. „Du hast das Chaos bezwungen. Du kannst nun die Stimmen filtern.", hörte Pan sie in ihrem Kopf. Es war ihr zutiefst zuwider, die Gurdor in sich zu hören. Diese Abneigung blieb Gaszra nicht verborgen. Die Unsterbliche zog sich zurück und die anderen Gurdor folgten ihr. Einer befahl den Nachtalben, mit einer schlichten Handbewegung es ihnen gleich zu tun. Nur Eklantas zögerte. Doch Pan nickte ihm zu, nicht ohne dem Alben ein zaghaftes Lächeln zu schenken, und so verließ auch er den Raum und ließ Pan allein. Sie sah sich um. Die Höhle war durch und durch in schwarzen Fels geschlagen. Jetzt, da sie im Finsteren sah wie eine Gurdor, hatte dieses Schwarz viele Facetten. Sie sah glänzende und matte Bereiche, kleine glitzernde Einschlüsse im Gestein und unzählige Nuancen der einst so gleichmäßig erscheinenden Farbe.

Es war eine Wohltat, die Stimmen nur noch leise wahrzunehmen. Fast erinnerten sie Pan an das sanfte Raunen der Baumkronen im Wind. Sie versuchte, sich auf eine Stimme zu konzentrieren, doch es war schwer, eine herauszufiltern. Dennoch Pan war schon zufrieden, wieder klarer denken zu können. Sie setzte sich auf den Boden und strich sanft mit den Fingern über den Stein. Er fühlte sich kalt an, aber die Kälte drang nicht in ihren Körper ein. Sie konnte sie zwar wahrnehmen, aber nicht direkt fühlen. Würde es so auch mit Hitze sein? Mit Sonnenstrahlen? Mit Küssen? Pan dachte an Seth. Sie erinnerte sich an seine honigfarbenen Augen und die Wärme, die sie gespiegelt hatten. Einen Augenblick lang kam Sachrod ihr in den Sinn, bei dem sie einmal gelegen hatte. Würde ihr dies überhaupt noch möglich sein? Liebe? Umarmungen? Bei Eklantas konnte sie die Flut der Bilder, die bei jeder Berührung von ihm auf sie übertragen wurde, nicht kontrollieren. Was, wenn das für immer so blieb? Was, wenn sie nie wieder einen Menschen umarmen würde können, wenn sie nie wieder bei einem Mann liegen würde?

Gerade erst war die Liebe in ihr erwacht, gerade erst ihr Körper zur Frau erblüht. Pans junges Leben hattet sich in kürzester Zeit maßgeblich verändert. Dies wurde ihr erneut schmerzlich bewusst.

Die Gurdor hatten keine Partner, soweit Pan wusste. Sie zeugten auch keine Kinder, so viel war klar. Wieder dachte sie an Seth. Damals hatte sie angenommen, sie hätte ewig Zeit. Sie hatte ihm nie gesagt, wie sehr sie ihn mochte. Und jetzt? Jetzt hatte sie wahrscheinlich wirklich ewig Zeit, aber er nicht. Und wie sollte sie einem Mann näherkommen, wenn sie ihn nicht einmal umarmen konnte? Traurigkeit flutete ihr Denken. Es war nicht die tiefe schwarze Traurigkeit, eher eine sanfte dunkle Melancholie, die sie bereits von sich kannte. Und es blieb dieses Gefühl, dass da ein warmes Licht in ihr brannte. Jemand hatte es ihr geschenkt. Sie war nicht allein. Ein kleiner Hoffnungsschimmer machte sich in ihrer Wehmut breit. Und doch kam ihr immer wieder der Gedanke, ob es vielleicht rückgängig zu machen war? Ob sie nicht vielleicht doch ein ganz normales Leben würde führen können?

Pan stand auf und wanderte durch die dunklen Gänge Zurnas. Sie strich über das glatte Gestein, nahm jede Unebenheit wahr und konzentrierte sich nur darauf, zu sein. Ihr Körper fühlte sich so anders an. Kein Atem war nötig, um ihn am Leben zu erhalten. Es strömte keine Luft durch ihren Mund hinein und hinaus. Kein Herzschlag konnte sich beschleunigen. Kein Blut pumpte durch ihre Adern. Jetzt, da sie zur Ruhe kam, nahm sie all das deutlich wahr. Dies war kein sterblicher Körper. Sie sah ihre Hand an. Die Haut war nicht mehr grün, wie einst, sondern schneeweiß. Ein sanftes Glimmen lag auf ihr, das sie ein wenig leuchten ließ. Pan war in der Dunkelheit viel zu sichtbar. Sie fühlte sich unwohl. In Gedanken umhüllte sie sich mit dunklem Nebel, um sich zu schützen, und kaum dachte sie es, geschah es auch.

Zuerst legte der Nebel sich nur um ihre Glieder, dann aber löste Pan sich in ihm auf. Es war ein seltsames Gefühl. Schwerelos. Ihr Geist war nun völlig klar, doch ihr Körper war nur ein nebliger Schatten. Ein kleinerer Schatten manifestierte sich neben ihr und verband sich dann mit ihrem Nebel. Die Katze hatte sie erneut gefunden und spendete Pan Trost. Pan wusste nicht, wie lange sie in diesem Nebel verblieb. Es hatte etwas Beruhigendes sich darin zu befinden, so als könnte sie keiner entdecken, als wäre sie in einem sicheren Versteck. Doch der Drang, mit Gaszra zu sprechen, wurde größer. Sie hatte einiges mit ihr zu klären. Vielleicht konnte die Gurdor alles rückgängig machen? Und selbst wenn nicht, eine Wut hatte sich in

Pan entfaltet, die sich ausschließlich auf die Gurdor richtete. Sie war für Pans Transformation verantwortlich.

7. Wut

„Du hättest das nicht tun sollen!", sagte Pan zu Gaszra. Eklantas sah sie erschrocken an, er fand sie wohl respektlos seiner Herrin gegenüber. Pan war es egal. Sie hatte ihr etwas angetan, was sie ihr nicht verzeihen konnte. „Mach es rückgängig!"

Die Gurdor zog eine ihrer schwarzen geschwungenen Brauen hoch. „Das kann ich nicht."

„Du hast mich verändert! Das muss doch rückgängig zu machen sein! Ich will nicht ewig leben!" Pans Stimme war ruhig und kalt.

„Niemand kann es rückgängig machen. Du bist nun Teil der Nagur und der Gurdor, du bist der Gegenpol zur weißen Königin."
„Gegenpol zur weißen Königin? Was hast du aus mir gemacht? Nur eine Waffe? Für deine Zwecke? Damit ich deine Welt beschütze? Jetzt soll ich auf ewig mit diesen Stimmen in mir leben? Mit diesem Leben, dass gar keines ist? Ich kann niemanden umarmen! Ich kann nicht einmal etwas essen! Niemals schlafen, niemals träumen! Warum hast du mir so ein Leben gegeben?"
Wieder einmal konnte Pan die Tränen nicht zurückhalten und auf dem steinernen Boden der Höhle entfalteten sich silberne Pflanzen. Sie formten sich zu langen Stielen, gezackten Blättern und wundersam feinen Blüten.
Ohne Verständnis sah die Gurdor Pan an. „Es ist ein Geschenk!"
„Ein Geschenk?", hauchte Pan kraftlos.
Eklantas ging einen Schritt in ihre Richtung, doch Gaszra hielt ihn mit einer Handbewegung zurück.
„Ich gab dir nicht nur die Unsterblichkeit, du hast die Macht zu Schaffen und diese Macht hast du nicht nur von mir, sondern auch von

Ol. Das Licht und das Dunkel vereinigen sich in dir. Du musst diese Kraft jetzt nutzen. Arenlai ist in Gefahr. Die weiße Königin will es für sich. Sie wird die Kälte über das ganze Land ausbreiten und den Tod bringen für alle Wesen, die nicht in ihr Bild passen. Willst du das? Willst du ihr Arenlai überlassen?"

„Was ich will, hat dich nie interessiert! Du bist ein Schutzgeist, du willst Arenlai schützen, das liegt in deiner Natur. Doch ich als Person, ich Pan, bin dir vollkommen gleichgültig!"

Gaszra schüttelte den Kopf, doch Pan sah sie nicht mehr an. Schwarzer Nebel hüllte sich um sie und sie verschwand in den dunklen Höhlen Zurnas.

Sie wollte Gaszra nicht mehr sehen. Sie wollte keinen der Gurdor sehen. Allein sank sie in einer kleinen Nebenhöhle auf den Boden. Sie betrachtete ihre Hände, ihre Arme und ein Gedanke schoss ihr durch den Kopf. Vielleicht hatte es ja gar nicht funktioniert. Vielleicht war sie gar nicht unsterblich. Es war äußerst unwahrscheinlich, aber einen Versuch war es wert. Sie zog einen kleinen Dolch aus den Falten ihres Taros. Seit sie damals von zu Hause weggegangen war, trug sie ihn mit sich herum. Es war ein Relikt aus einer vollkommen anderen Zeit, wie ihr schien. Versonnen, fast zärtlich strich sie damit über ihren Arm. Würde es schmerzen? Konnte sie es überhaupt wahrnehmen? Obwohl sie beinahe sicher war, dass sie nichts fühlen würde, kostete es einiges an Überwindung, das Messer hinunterzudrücken. Es war ein einziger tiefer Schnitt, doch all ihre Hoffnungen schwanden, als nichts geschah. Kein Blut tropfte zu Boden, kein Schmerz durchzuckte ihren Körper, keine Kraft verließ sie. Sie zog den Dolch heraus. Sie spürte gar nichts. Erneut erfasste eine Welle von Wut sie, wie Pan sie nie zuvor erlebt hatte. Gaszra hatte über ihren Kopf hinweg entschieden. Die Unsterbliche hatte sie zu ihrer Waffe gemacht und dann einfach zurückgelassen. Für einen Moment zuckte das Gesicht ihrer Mutter durch ihren Geist. Ja, Gaszra war genau wie ihre Mutter. Sie hatte für sie entschieden, als wäre sie ein Kind und sie dann im Wald sich selbst überlassen. Der Gurdor konnte sie nicht trauen, das war Pan jetzt klar.

70

8. Erwachen

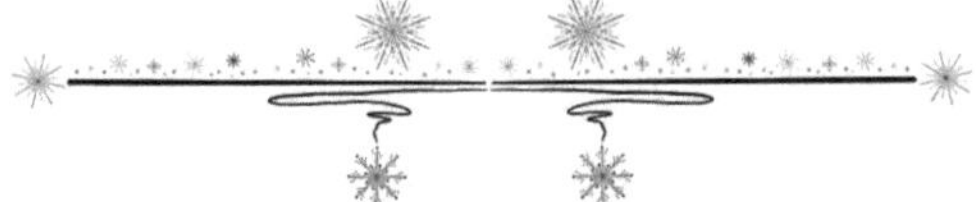

Seth öffnete die Augen und sah über sich die Konstruktion eines hölzernen Daches. Womit auch immer es gedeckt war, das Alter hatte ihm schon einige Kerben eingebracht. Durch ein paar Ritzen blitzte das Sonnenlicht herein. Er drehte mühevoll seinen schmerzenden Kopf. Neben seiner Schlafstatt stand ein kleiner hölzerner Tisch, auf dem sich ein Krug und ein Trinkbecher befanden. Er bewegte seinen Arm, hatte aber nicht die Kraft, den Becher an sich zu nehmen. Er presste ein Wort aus seinen Lippen, das kaum hörbar war.

Ein Junge kam näher. Er war schätzungsweise um die zehn Jahre alt. Seine Kleidung war ärmlich, aber ordentlich und sauber. „Er ist wach!", rief er. Sofort hörte Seth Schritte von draußen.

Ein Paar kam herein. Die Frau schob den Jungen beiseite. „Esher sei Dank, ihr seid erwacht.", sprach sie Seth an und betrachtete ihn eingehend.

Ihr Mann näherte sich, doch sie ließ ihn mit einer Handbewegung innehalten. „Bring bitte noch etwas Wasser herein und erhitze es schon einmal über dem Feuer. Er wird etwas Brühe brauchen und uns schadet das sicher auch nicht."

Ohne zu zögern, drehte ihr Gatte sich um und verließ die Hütte, um wenig später mit einem Eimer Wasser wieder einzutreten. Die Frau gab weiterhin Anweisungen und der Rest der Familie führte sie geflissentlich aus. Seth konnte sich nicht weit genug aufrichten, um die drei zu beobachten, doch er hörte, wie sie mit Messern hantierten und in einem Topf rühren. Wer in diesem Haushalt das Sagen hatte, war ihm schnell klar.

„Danke“, raunte er kaum hörbar. Seine Kehle schmerzte.

„Nichts zu danken! Galsars Freunde sind auch unsere Freunde.“

Wenn das Sprechen nicht derart schmerzen würde, hätte, Seth nun gerne mehr gewusst. Was verband diese Frau hier mit Galsar? Er hatte gedacht, die scheue Nagur mit ihren Wölfen hätte keinen Kontakt zu Menschen. Zumindest hatte Pan dies einmal angedeutet.

„Galsar?“, krächzte er mühevoll.

Das Lächeln verwandelte das Gesicht der Frau. Sofort erschien sie ihm freundlicher und aufgeschlossener. „Ja, ihre Wölfe haben dich gebracht! Galsar, die Wolfsfrau, eine der Nagur. Du musst sie doch kennen.“

Seth nickte.

Die Frau fuhr fort. „Du willst wissen, was ich mit ihr zu tun habe?“

Wieder nickte der Händler.

„Das erzähle ich dir gerne, aber erst, wenn du ein wenig zu Kräften gekommen bist. Nun wirst du erst mal etwas essen und dann schläfst du dich gesund. Deine Wunden sind gut versorgt, keine Angst. Du wirst das überstehen.“

„Liar!", krächzte Seth kläglich.

„Dein Freund?"

Er nickte kraftlos.

„Keine Angst. Er war nicht so schwer verletzt wie du. Er ist schon wieder auf den Beinen. Ich soll dir ausrichten, er wartet in Kanuras auf dich. Hatte es eilig. Brabbelte sowas wie: „Muss alle informieren." Die Kälte kommt, nicht wahr? Wer weiß, wie lange wir hier noch bleiben können." Ihre Augen sahen ihn für einen Moment traurig an. Dann aber kehrte das Lächeln zurück. „Darum werden wir uns jetzt nicht kümmern. Erst einmal musst du gesund werden!"

Sie überließ dem Jungen ihren Platz. Der stellte sich einen Holzschemel neben das Bett und holte eine Schüssel mit dampfender Brühe. Nachdem er sich gesetzt hatte, hob er den Löffel an seine Lippen und pustete bedächtig. Schließlich fütterte er Seth geduldig Schluck für Schluck.

Wie die Frau es gesagt hatte, fiel er nach dieser Mahlzeit in einen langen traumlosen Schlaf.

Als er wieder erwachte, fühlte er sich kräftiger und setzte sich langsam auf. Wie viel Zeit vergangen war, konnte er nicht abschätzen. Diesmal war er allein in der kleinen Hütte. Vorsichtig schwang er seine Beine aus dem Bett und berührte mit seinen Füßen den Boden. Er stütze sich mit den Händen ab und stand langsam auf. Ein Schwindel befiel ihn, ließ aber gleich wieder nach. Da öffnete sich die Türe und der Junge kam hereingestürzt.

„Er ist aufgestanden!", schrie er hinaus.

Der Mann, denn Seth schon beim ersten Erwachen gesehen hatte, erschien. „Vorsichtig!", brummte er und nahm Seth an einem Arm. Er führte ihn zu einem Stuhl nahe dem Feuer und ließ ihn hineinsinken.

„Schön, dass du wach bist.", sagte er mit tiefer leiser Stimme. „Mein Name ist Klat, das hier ist mein Sohn Tar und meine Frau Ena hast du auch schon kennengelernt."

Seth runzelte die Stirn. Das waren eindeutig gardenische Namen, aber die Leute sahen gar nicht aus wie Gardener. Sie sahen eher ihm selbst ähnlich. Ihr Haar war von hellbrauner Farbe, das der Frau hatte er blond in Erinnerung. Auch die Augen waren nicht hellblau, wie sonst in Gard üblich. Seth selbst war ebenfalls kein Gardener, zumindest nicht nur. Seine Mutter war in Gard geboren, sein Vater hingegen in Talru. Vielleicht war es bei diesen Leuten hier genauso. Es war ihm sowieso vollkommen egal, woher sie stammten. Nur in Gard wurde darauf Wert gelegt, zu viel Wert Seths Meinung nach.

Klat schürte das Feuer, als Ena die Hütte betrat. „Schön, ihr seid endlich wach."

Sie sprach ihn an, als würde er Gards Adel angehören, es fühlte sich falsch an. „Bitte, ich bin nur ein einfacher Händler. Mein Name ist Seth."

Sofort verstand sie ihn. „Seth, schön dich kennenzulernen. Hat mein Mann sich schon vorgestellt?"

Seth nickte. „Ja, er war auch so freundlich mir deinen Namen und den eures Sohnes zu verraten. Ich bin euch sehr dankbar. Ohne eure Hilfe wäre ich sicherlich gestorben."

Sie nickte. „Ja, ganz bestimmt sogar. Ohne Galsars Hilfe hättest du auch nicht überlebt!"

Sein fragender Blick ließ sie lächeln. „Galsar ist ein seltsames Wesen. Hattest du schon einmal Kontakt zu ihr?"

„Nur mit ihren Wölfen. Sie selbst hab ich nur aus der Ferne gesehen.“

„Dennoch scheint sie dich gutzuheißen, sonst hätte sie sicher nicht ihre Tiere geschickt, um dir zu helfen.“

„Das mag sein.“, sagte Seth ohne weitere Erklärungen. „Woher kennst du die Nagur?“

„Du hältst wohl nicht viel davon, um den heißen Brei herumzureden, was? Na schön. Ist eh keine lange Geschichte. Ich hab einst einen verletzen Wolf hier gefunden. Er hatte viel Blut verloren. Die anderen aus dem Dorf wollten ihn erlegen, aber er sah so unschuldig aus. Also hielt ich sie davon ab und pflegte ihn gesund. Als ich ihn in die Freiheit entließ, sah ich in der Ferne die Gestalt einer Frau. Ich winkte ihr zu, doch sie war schon verschwunden. Seit jenem Tag finde ich immer wieder Geschenke vor meiner Türe. Manchmal sind es Felle, manchmal seltene Kristalle oder Heilpflanzen und manchmal finde ich ein Wesen, dass ich gesund pflegen soll. Dich hat sie auch vor meine Tür gelegt.“

Seth runzelte die Stirn. Galsar war ihm ein Rätzel. Dankbarkeit breitete sich in ihm aus.

So viele waren mitverantwortlich für sein Überleben. Pan, ohne die Galsar nichts von ihm gewusst hätte, trug ihren Anteil. Galsar, die Nagur, der er ihr nicht gleichgültig gewesen war und die ihre Helfer geschickt hatte, war ihm zur Seite gestanden. Er war dankbar für die riesigen Tiere, die für ihn gekämpft hatten. Am meisten aber fühlte er sich diese Familie hier zu Dank verpflichtet. Jemanden, ohne Gegenwert zu erwarten, zu pflegen, war keine Selbstverständlichkeit. Er wollte einige Münzen aus seinem Beutel ziehen, doch er hatte nicht seine eigene Kleidung an und seine Sachen waren verschwunden. Er sah sich in der Hütte um, konnte sie aber nirgends sehen.

„Keine Angst. Wir haben alles sicher verwahrt.", brummte Klat. Er stand auf und holte einen Beutel unter dem Bett hervor. Seth sah hinein. Es war alles da, seine Kleidung, ordentlich gewaschen und gefaltet, sein Beutel mit Münzen und seltenen Kristallen und seine Heilkräuter. Sie hätten es an sich nehmen können. Wieder stieg Dankbarkeit in ihm auf. Er nahm den Beutel und gab Klat daraus einige Münzen. Dem

78

Jungen fielen fast die Augen aus dem Kopf, doch er riss sich zusammen und sagte nichts.

Klat klopfte Seth auf die Schulter. „Damit hilfst du uns sehr weiter, vielen Dank."

„Ich habe zu danken!", erwiderte der. „Sobald ich wieder richtig gesund bin, werde ich weiterreisen. Denkst du, ich kann hier irgendwo ein Reittier bekommen?"

„Ganz bestimmt, aber lass das meine Frau für dich erledigen. Keiner kann ihr etwas abschlagen und sie wird ganz bestimmt einen guten Preis für dich herausholen. Sie wird sicherlich ein Pferd für dich auftreiben können."

„Ein Irjan wäre mir lieber oder ein Gelan."

Klat schüttelte den Kopf. „Diese Tiere bekommst du hier nicht. Da musst du nach Kenuras reisen."

Seth nickte. „Das hatte ich vor."

9. Aufbruch

Pan verharrte nicht in Zurna. Eklantas versuchte sie zu überreden, zu bleiben, von der Gurdor zu lernen, doch Pan wollte nur weg. Die Stimmen waren mittlerweile dauerhaft im Hintergrund. Pan schaffte es schon, einzelne herauszuhören, wenn sie sich darauf konzentrierte. Nur verstand sie sie meist nicht, da sie Sirnie verwendeten. Warum konnte sie die Sprache nicht verstehen? Damals, als sie mit Hilfe der Nagur auf der Reise war, hatten sie sie verstehen lassen, warum jetzt nicht? Nur einzelne Worte, die Pan schon oft gehört hatte, erkannte sie. „Ta nisbu talru" bedeutete

„Das Kind der Talru", so nannten die Stimmen Pan. Doch war sie noch das Kind der Talru? Es kam ihr vor, als wäre ihr altes Leben ewig her. Wieder packte sie die Wut auf Gaszra und Ol. Sie hatten keinen Gedanken daran verschwendet, wie ein Mensch mit der Unsterblichkeit und all dem was sie mit sich brachte, umgehen sollte. Mit diesem finsteren Gefühl in sich löste sie sich in Nebel auf und verschwand aus den Höhlen unter dem Zurnagebirge.

Ein einziger Gedanke, mit einem Mal war es so leicht. Die Stimmen behinderten sie nicht mehr und sie war innerhalb eines Augenblickes in einem kleinen Wald, nicht weit von Kanuras. Sie hatte diesen Ort ausgesucht, um ein wenig für sich sein zu können, bevor sie sich auf den Weg in die bekannte Handelsstadt machen würde. Noch war ihr nicht klar, wie sie weiter vorgehen sollte. Aber es würde sicherlich nicht schaden, sich in Kanuras nach Neuigkeiten umzuhören. Vorher wollte sie auf eigene Faust ausprobieren, wie das Erschaffen funktionierte, sie brauchte Gaszra nicht dazu. In ihrem jungen Leben hatte sie sich die meisten Tätigkeiten selbst beigebracht. Ihr Vater war nie ein guter Lehrer gewesen. Gaszra war sicherlich nicht besser als er. In Pan brodelte es, wenn sie nur an die Gurdor dachte, und sie ballte die Fäuste.

Schatten materialisierte sich neben ihr und rieb sich an ihrem Bein. Die Verbindung zu dem Tier beruhigte Pan. Es gab keine wirren Gedanken, keine Stimme, keine undeutbaren Bilder. Die Katze lebte im Hier und Jetzt und Pan sah die Welt durch ihre Augen, wenn sie sich auf sie konzentrierte. Es hatte etwas Tröstliches, sie an ihrer Seite zu wissen.

Pan sah sich im Wald um, ließ die Bilder und Geräusche auf sich wirken. Was sollte sie als Erstes erschaffen? Sie lächelte und visualisierte kleine leuchtende Schmetterlinge, die sich in die Kronen der Bäume erheben würden. Es war nur ein Augenblick, nur ein Gedanke und schon waren sie da. So einfach. Dazu brauchte sie Gaszra nun wirklich nicht.

Zum ersten Mal seit ihrer Transformation stellte sich so etwas wie Zufriedenheit ein. Es machte Spaß, Wesen zu erschaffen. Das war doch immerhin ein Vorteil ihrer neuen

Gestalt, der erste Vorteil oder der einzige? Sie sah in einen kleinen Teich und ließ in ihm dunkelgrüne Frösche entstehen. Silberne Libellen bevölkerten kurz darauf die Luft. Nur ein Gedanke und sie waren da. Schwärme von Vögeln in schillerndem Blau ließ Pan in die Höhen steigen. Ihr Gesang erfüllte kurz darauf den Wald. Ein Hochgefühl stellte sich ein. Was konnte sie mit diesen neuen Fähigkeiten alles heraufbeschwören? Es musste doch ein Leichtes sein, der weißen Königin etwas entgegenzusetzen. Sie setze sich auf einen umgefallenen Baumstamm und ließ das Bild auf sich wirken. Am Ufer gegenüber lag ein großer Felsbrocken. Einzelne Steine lagen um ihn herum. Moos wuchs auf ihm. Eine Kindergeschichte fiel ihr ein. Es war einmal ein Steingnom, der lebte tief im Wald .... Wie war es weitergegangen? Schon sah Pan in dem Felsen die Gestalt aus der Geschichte, ein Wesen des Waldes, es war langsam, gütig, geduldig und schütze die Bewohner des Ortes. Sie hatte gar nichts erschaffen wollen, doch der Gedanke war da und der Fels veränderte sich. Augen öffneten sich, sanfte schwarze Augen. Ein Mund formte sich und lächelte sie an. Dann erhob er sich schwerfällig. Der Fels hatte sich zu einem massigen Körper geformt, bewachsen von Moos und Farnen. Noch einmal sah er sie an, ließ dann den Blick über den Teich und die Bäume streichen. Er beugte sich zum Wasser vor und tauchte verträumt die Hand ins dunkle Nass. Wie ein Kind, dass die Welt zum ersten Mal sah, erkundete der Steingnom die nähere Umgebung. Dann ließ er sich wieder nieder, nahm einen der kleinen Steine, die am Ufer herumlagen und biss hinein. Da wurde Pan bewusst, dass alle Wesen, die sie erschuf auch etwas essen mussten. Wie viele Steine gab es hier für diesen Koloss? Was würden die Schmetterlinge vertilgen? Würden sie Eier legen? Immerhin könnten die Vögel, die sie geschaffen hatte, die Insekten dezimieren. Pan nahm sich vor, hier nach einiger Zeit noch einmal nach dem Rechten zu sehen. Eine kindliche Freude machte sich in ihr breit. Sie betrachtete die Schönheit ihrer Wesen. So musste sich eine Mutter fühlen, die zum ersten Mal das Lächeln ihres Kindes sah. Dieser Wald hier würde ihre Heimstadt werden, das nahm sie sich fest vor. Hier würde sie sich ein zu Hause schaffen, in das sie immer wieder zurückkehren konnte. Sie würde die Wesen des Waldes pflegen und schützen und sie konnte jederzeit weitere Arten erschaffen. Neue Pflanzen würden wachsen, genauso wie Pan es wollte. Zufrieden lächelte sie. Zum ersten Mal seit der Veränderung ihrer Gestalt freute sie sich auf ihre Zukunft. Was auch immer kommen würde, sie konnte ihre Welt mitgestalten. Sie hatte die Macht erhalten, alles zu verändern. Ein Gefühl von Stärke keimte in ihr auf.

Da kam ihr eine neue Idee. Wie herrlich wäre es, Arenlai von oben zu sehen. Wenn sie ein fliegendes Reittier hätte, dann könnte sie aus sicherer Entfernung die Welt erkunden. Einen Augenblick lang kam ihr Gaszra in den Sinn und ob die Gurdor dies gutheißen würde. Wut schäumte auf und dann hörte sie die Bewegungen riesiger Schwingen. Ein Schatten verdunkelte ihr Gesicht. Sie sah das Gefieder des gewaltigen Vogels, als er über sie hinwegflog. Ein Schrei ertönte. Ein grauenhaftes Gefühl keimte in ihr auf. Es war etwas falsch gelaufen. Sie hatte nicht zuende gedacht. Sie hatte nicht alles berücksichtigt. Irgendwas stimmte nicht. Er war wild und er war ein Jäger. Hatte er ihre Wut in sich? Pan erschrak, als sie die scharfen Krallen sah und den gekrümmten schwarzen Schnabel. Sie versuchte, ihn gedanklich zu sich zu lenken, doch er war nicht zu beeinflussen. Noch einmal sah sie die gewaltigen Schwingen und schon war er verschwunden. Erneut hörte sie den Schrei des Vogels und dann eine andere Art von Schreien, menschliche. Pan entmaterialisierte sich, konzentrierte sich auf die Wiese am Waldrand und erschien dort wieder in dunkle Schatten gehüllt. Nicht weit entfernt standen einige Hütten aus Holz, kleine Gärten davor zeugten von einem beschaulichen Leben. Doch das hatte Pan soeben zunichtegemacht. Eine der Hütten hatte ein riesiges Loch im Dach. In der Ferne sah sie den Vogel davonfliegen, er hielt etwas in den Klauen. Die Rufe der Umstehenden sagten ihr, dass es ein Mensch war.

Eine alte Frau zeigte auf sie: „Sie war das! Sie ist eine der dunklen! Eine Gurdor! Sie hat uns dieses Vieh geschickt!" Es waren um die zwanzig Leute, die sich um die Alte scharten. Entsetzt sahen sie Pan an.

„Nein, das... , das war ein Versehen. Das wollte ich nicht.", stammelte Pan. Sie taumelte ein paar Schritte heran, doch die Leute wichen vor ihr zurück. Ein kleines Mädchen brach in Tränen aus, als Pan noch einmal versuchte, näher zu kommen.

„Lass uns in Ruhe! Verschwinde wieder in die Dunkelheit! Wir haben dir nichts getan!", rief die alte Frau mutig. Doch ihr Gesicht sprach Bände. Sie hatte Angst, Todesangst.

Es blieb Pan nichts anderes übrig, als zu verschwinden. Ratlos zog sie sich in den Wald zurück. Dieser Vogel würde noch mehr vernichten, wenn Pan ihn nicht aufhalten würde. Musste sie einen Gegenpol für ihn erschaffen? Immerhin würde er sich nicht vermehren, er war allein, nur ein einzelnes Tier. Wenn sie nur jemanden um Rat fragen könnte. Einen Augenblick lang dachte sie an Gaszra, doch sofort kochte die Wut wieder hoch. Sie hatte ihr das alles eingebrockt.

Jemand anderes kam ihr in den Sinn. Eine Nagur, die ihr schon einmal geholfen hatte, eine die ihre Sprache kannte und keine Angst vor den Gurdor hatte. Vielleicht würde sie ihr weiterhelfen. Pan sah die weiten weißen Ebenen von Gard vor ihrem inneren Auge. Als Mensch wäre sie monatelang gewandert, um von dem kleinen Wäldchen nahe der Handelsstadt Kanuras hinauf in den Norden zu kommen. Sie hatte die Reise bereits einmal hinter sich gebracht. Doch nun war die lange Wanderung nicht mehr nötig. Sie brauchte kein Reittier und auch keinen Wagen. Sie konzentrierte sich auf die Schneeebenen und den Wald dahinter. Es war nur ein Gedanke, ein Wimpernschlag und sie war da. Sie suchte in den Stimmen, die sie ununterbrochen begleiteten, nach der einen, die ihr wichtig war.

Gaszra versuchte sich in den Vordergrund zu drängen und zu ihr durchzudringen, doch Pan ignorierte ihre Stimme und ließ sie leiser werden. Auch andere schienen nach Pan zu rufen. „Bartre ber isna", hörte sie eine leise Frauenstimme. „Onem suk ta pigra", flüsterte eine tiefere. Andere Stimmen schlossen sich ihnen an, doch Pan blendete sie aus.

Eklantas hatte ganze Arbeit geleistet, dank ihm war sie im Stande nun, das Chaos zu ordnen.

Ein leises Miauen ertönte neben Pan. Schatten rieb sich an ihrem Bein und machte sich dann auf, den Wald vor Gard zu erkunden.

Sie waren schon einmal hier gewesen, damals, als sie Seth kennengelernt hatte. Der Gedanke an ihn schmerzte sie und Pan verdrängte ihn schnell. Nun hatte sie anderes zu tun. Ihr Mund presste sich verbissen zu einer dünnen Linie zusammen.

Sie brauchte dringend Galsars Hilfe. Ein Gefühl befiel sie, als würde die ganze Welt über ihr zusammenbrechen. Sie hatte Schreckliches getan und sie musste es wieder gutmachen, dessen war sie sich überdeutlich bewusst. War ein Mensch wegen ihr gestorben? Hatte sie jemanden getötet? Sie hatte sich nicht unter Kontrolle gehabt, ihre Wut nicht unterdrückt.

Pan schüttelte den Kopf und versuchte, die Gedanken zu verdrängen. Wieder konzentrierte sie sich auf Galsar. Doch ehe sie sich weiter fokussieren konnte, drängte sich jemand anderes dazwischen.

Ein helles Licht, zuerst nur in ihrem Geist, dann auch in der realen Umgebung, intensivierte sich zusehends. Eine große leuchtende Kontur erschien in blendendes Licht gehüllt. Pan sah direkt hinein. Ihre Augen passten sich ideal an. Als Mensch hätte sie die Gestalt im Licht nicht erkennen können. Nun aber blickte sie ungehindert in die grelle Helligkeit und sah ein Wesen darin deutlich. Diesen Nagur hatte sie schon einige Male gesehen. Es war Ol, der Schutzgeist des Lichtes, der über Gard und die Schneebenen herrschte. Sein Körper war in ein langes Kleid gehüllt. Ols Gestalt hatte keinerlei Farbe. Alles an ihm war vollkommen weiß. Obwohl er mit Pan geistig verbunden war, sprach er mit bemerkenswert voller Stimme: „Ta nisbu talru, ta nisbu gurdor if nagur, Ol vachre ta rawitrak nuv."

Pan runzelte die Stirn. „Ich verstehe deine Sprache nicht! Was willst du?" Ol war wie Gaszra an ihrer Transformation beteiligt gewesen, ihre Wut richtete sich nun auch gegen ihn.

Sie spürte, das Unverständnis mit dem Ol auf ihre Wut reagierte. Er sah es wie Gaszra, es war ein Geschenk. Doch er konnte die Welt auch nicht durch die Augen einer Sterblichen sehen, er konnte gar kein Verständnis für sie haben.

Diese Erkenntnis ließ die Wut erkalten. Er kam heran und mit der Nähe nahm die Intensität seiner Stimme in ihr zu. Es war ein tiefes Gefühl von gemeinsamem Wissen. Er musste nichts erklären, nichts sagen. Es war nicht nötig, seine Sprache zu verstehen. Er war vollkommen offen, ließ Pan alles sehen. Ihn und Gaszra trieb dieselbe Kraft an. Er beschütze seine Welt. Jeder Gedanke in ihm war darauf konzentriert. Nichts anderes war von Bedeutung. Seine Liebe für die Kälte, das Eis, seine Eismare, die ihm in einiger Entfernung folgten und auch für die Menschen, vor allem die Gardener, war allumfassend.

Pan fühlte seinen Schmerz, als Ol an die weiße Königin dachte. Er liebte sie und verstand ihr Handeln nicht. Ein Blick in seinen Geist zeigte, dass er sie seit ihrer Kindheit kannte, dass er ihre Eltern gekannt hatte und all die Könige und Königinnen davor. Einst hatte Ol selbst den ersten Herrscher des gardenischen Volkes auserwählt und gekrönt. Alle Regenten seit dieser Zeit stammten von diesem König ab. Ol zweifelte daran, ob er damals den Richtigen gewählt hatte, ob es sein Fehler gewesen war.

Pan konnte sich kaum darauf konzentrieren. Ihr Empfinden war immer noch bei dem dunklen Vogel, bei dem, was sie selbst angerichtet hatte. Tief saß die Angst, einen Menschen ermordet zu haben, noch tiefer die, dass der Vogel mehr Leben fordern würde.

Wie ein liebender Vater schickte Ol ihr tröstende Gedanken. Nur ein Wimpernschlag und seine Eismare setzen sich in Bewegung. Er sandte Pan Bilder, ließ sie sehen, wie seine Helfer sich dem Vogel näherten, wie sie ihn niederrangen und schließlich töteten.

Ein tiefes Bedauern für ihr eigenes Geschöpf brachte die Traurigkeit zurück. Doch Pan sah genau wie Ol keinen anderen Weg. Sie hatte dem Vogel ihre Wut injiziert, ihn zu einem rachedurstigen Jäger gemacht. Dankbar sah sie Ol an. In Zukunft musste sie sich unbedingt besser kontrollieren. So etwas durfte nicht geschehen. Immer noch lastete der Tod eines Menschen auf ihr.

Der Nagur hingegen lenkte ihre Gedanken wieder auf die weiße Königin. Ratlosigkeit war zu spüren. Pan bat ihn, ihr mehr von der Herrscherin zu zeigen, wie war ihr Name? Wie war sie als Kind? Was war ihr wichtig? Er nahm ihr Verständnis wahr und kam ihrer Bitte nach.

„Ta urnom ars ifur.", flüsterte er.

„Ifur.", wiederholte Pan.

Ein nicht ganz typischer Name für eine gardenische Königin. Die meisten Namen in Gard hatten nur eine Silbe. Mehrsilbige Bezeichnungen kamen sehr selten vor. Vielleicht hatte es eine Bedeutung. Vielleicht konnte sie jemanden finden, der die alte Sprache kannte.

Sie konzentrierte sich wieder auf Ol. Er zeigte ihr Bilder aus Gard. Pan sah ein kleines zierliches Mädchen, in die kostbarsten Kleider gehüllt. Sie saß auf einem seidenen Kissen. Eine junge Frau brachte ihr edel arrangierte Speisen in winzigen Schälchen.

Das Kind probierte hier ein bisschen und nahm dort etwas. Manchmal schüttelte sie den Kopf und das entsprechende Nahrungsmittel wurde sofort entfernt.

Dann erblickte Pan dasselbe Mädchen einige Jahre älter. Sie sah etwas fraulicher aus, war aber immer noch zart und zierlich. Sie musterte sich im Spiegel. Einige junge Männer und Frauen, anhand ihres äußeren eindeutig aus Gard stammend, betraten den Raum. Sie brachten verschiedene weiße Kleider, Schmuck, Öle und ein kleines Kästchen herein. Eine Frau bürstete das Haar der jungen Königin, eine andere salbte ihr Gesicht und Hände. Pan sah, wie ihre Wangen und Augen zuerst mit glänzenden weißen Partikeln bestäubt und dann mit Edelsteinen beklebt wurden. Die junge Herrscherin hatte einen befehlenden harschen Ton, wenn sie mit ihren Höflingen sprach. Ihr Blick war kalt und kein Lächeln lag auf ihren Lippen.

Ol hatte seinen Geist völlig geöffnet und ließ Pan den Freiraum, all seine Erinnerungen zu erkunden. Er schenkte ihr sein Vertrauen und setzte seine Hoffnung in sie. Und zum ersten

Mal akzeptierte Pan ihre neue Aufgabe. Sie wollte mehr über die Monarchin herausfinden. Ifur, die weiße Königin, wo war sie nun? Was trieb sie an? Wie konnte ihr Einhalt geboten werden.

Eine Woge der Erleichterung schwappte von Ol zu ihr herüber. Er verstand Ifurs Handeln nicht und war froh dies nun mit Pan teilen zu können, die Bürde nicht mehr allein zu tragen.

Sie nickte ihm zu und der hochgewachsene weiße Nagur, dessen gesamte Gestalt von Licht umhüllt schien, löste sich im Lichtschein auf und verschwand.

Allein blieb Pan zurück, wieder stieg Wut in ihr auf. Auf Ol konnte sie nicht wütend sein, er hatte keinerlei Verständnis für die Menschen. Doch die Wut auf Gaszra brodelte weiterhin in ihr. Wieder fühlte sie sich von der Gurdor verraten und im Stich gelassen. Warum kam sie nicht so wie Ol zu ihr? Warum hatte sie ihr keine Hilfe angeboten, war sie ihr nicht nachgereist?

10. Akzeptanz

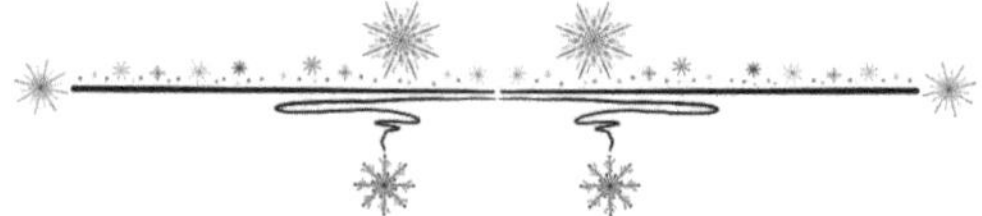

Pan wandte sich den Bäumen zu. Hier in den Wäldern vor Gard hatte sie schon einmal Rat bekommen. Sie bewegte sich langsam, hörte auf jedes Geräusch. Ihre Katze tauchte neben ihr auf, die kleinen Tatzen berührten den Schnee beim Laufen kaum, kein Laut war von dem Tier zu hören. Pan suchte erneut nach einer einzelnen Stimme und rief sie im Geiste. Schon hörte sie das erste Heulen. Hellgraue Wölfe umkreisten sie vorsichtig. Größere Tiere blieben zwischen den Bäumen zurück. Pan spürte die Anwesenheit Galsars, ehe diese tatsächlich erschien. Sie sah genauso aus, wie Pan sie in Erinnerung hatte.

Damals war sie ehrfürchtig vor die Nagur getreten, heute war sie ihr ebenbürtig. Die geistige Verbindung zwischen Pan und dem Schutzgeist wurde stärker. Galsar wusste, wie es war, nicht verstanden zu werden. Sie liebte das Zwielicht, das konnten die anderen Nagur nicht nachvollziehen und die Gurdor fürchteten die Helligkeit des Tages. Galsar war eine Grenzgängerin zwischen Dunkel und Licht, ihrer eigenen Art nicht zugewandt. Verständnis für die Unsicherheit Pans schwappte zu ihr herüber.

„Ich möchte dich um Hilfe bitten, Galsar.". Pan trat näher an die Nagur heran.

„Warum nutzt du weiterhin die Sprache der Menschen? Du bist nun eine von uns.", antwortete die Nagur.

„Eine von euch? Naja, nicht ganz. Ich bin wohl eher beides."

Galsar schüttelte den Kopf. „Dein Körper ist nun unserem gleich. Was dich unterscheidet ist nur die Fähigkeit auch im Dunkel zu leben."

Pan spürte einen Anflug von Neid.

„Ja, du hast recht, Pan, Kind der Talru. Darum beneide ich dich. Es schränkt mich ein, dass ich im Dunkel nicht wandeln kann. Es begrenzt meine Freiheit.“

„Warum kannst du im Dunkel nicht wandeln?“, fragte Pan unbedarft.

Galsar zuckte die Schultern. „Mein Körper ist nicht daran angepasst. Doch nur die vollkommene Schwärze Zurnas oder die der tiefen Meere kann mir etwas anhaben. Die Nächte hier draußen werden von Arin ausreichend erhellt. Das Zwielicht stört mich nicht.“

Eine Weile unterhielten sie sich über Zurna, ehe Galsar noch einmal fragte: „Warum denkst du, dass du immer noch zum Teil Mensch bist?“

„Weil mein Geist sich nicht geändert hat. Ich denke wie ein Mensch, ich fühle wie ein Mensch. Gerade vorhin bei Ol hab ich es gespürt, ihr Nagur seid einzig auf dieser Welt, um sie zu schützen und darauf ist euer gesamtes Gefühl und euer Erleben ausgerichtet, auch bei Gaszra ist das so. Bei mir kommen aber noch ganz andere Gefühle und Gedanken hinzu, die ihr nicht teilt.“

„Und das ist der Grund, warum du gegen die weiße Königin ziehen musst. Wir können

98

ihre Beweggründe nicht nachvollziehen. Wir verstehen sie nicht und können daher nicht berechnen, was sie tun wird. Du bist nun ihr Gegenpol.“

„Das hab ich schon verstanden. Aber niemand hat mir jemals gezeigt, wie ich mit diesen Fähigkeiten, die mir so großzügig von Gaszra geschenkt wurden, umgehen soll.“

„Gaszra hätte es dir gezeigt, hättest du ihr Zeit gegeben.“

Wieder keimte die Wut auf. Von Gaszra wollte sie sich nichts zeigen lassen.

„Warum wütest du gegen Gaszra? Hast du nicht selbst vorhin gesagt, dass alle ihre Gedanken sich um den Schutz Arenlais und seiner Bewohner drehen? Musste sie dich nicht retten? Musste sie dich nicht als Gegenpol ins Leben zurückrufen? Ihr blieb gar nichts anderes übrig, Pan, Kind der Talru. Und es war ein großes Geschenk an dich und eine Ehre auserwählt zu werden.“

Ihre eigene Ungerechtigkeit erschütterte Pan. Natürlich, Galsar hatte recht. Gaszra konnte gar nicht anders handeln. Wie eine Mutter, die ihr Kind um jeden Preis beschützt, so musste Gaszra wie alle Gurdor und Nagur

Arenlai beschützen. Doch genau das hatte Pan so gekränkt, dass sie nicht auch für sie wie eine Mutter empfunden hatte, dass sie sie nicht beschützt hatte. Doch Gaszra war nicht ihre Mutter. Plötzlich wurde ihr klar, wie tief sie der Verrat ihrer Mutter verletzt hatte. Es schien eine Ewigkeit her zu sein und doch lag es nur kurze Zeit zurück. Hatte sie den Konflikt auf Gaszra projiziert? Die Gurdor war nicht ihre Mutter, sie hatte sie gerettet. Pan fühlte sich so dumm und kleinlich. Wie konnte sie Gaszra nur so behandeln. Ol hatte sie alles bedenkenlos verziehen, aber die Gurdor hatte sie beschimpft. Sie musste unbedingt an sich arbeiten. Sonst würde sie die Emotionen niemals unter Kontrolle bekommen. Es durfte ihr nicht noch einmal passieren, dass sie etwas erschuf und unkontrollierte Gefühle einfließen ließ. Es war gefährlich. Und nun musste sie wie Gaszra, wie Ol zu einem Schutzgeist werden.

„Das siehst du ganz richtig Pan.", sagte Galsar, die offensichtlich ihre Bedenken mitbekommen hatte. Warum hatte Pan das nicht gespürt? Hörten alle Unsterblichen ununterbrochen ihre Gedanken?

Die Wolfsfrau sah sie an. „Du musst dich damit abfinden, Pan. Man kann es nicht ändern. Nun bist du ebenfalls ein Schutzgeist und die einzige Person auf ganz Arenlai, die Gurdor und Nagur vereinen kann. Es ist gut, so wie es ist. Du bist es, die sich der Königin entgegenstellen wird. Und du musst es nicht allein tun. Du bist nun ein Teil von uns allen. Übrigens: Keine Angst. Sie haben nicht alles mitgehört. Du hast dich mir geöffnet. Man kann das durchaus kontrollieren. Dass sie dich fühlen, das kannst du nicht abstellen, aber du musst sie nicht an jedem Gedanken teilhaben lassen.“

Die Zuversicht in Galsars Stimme ließ Pan nicken. „Kannst du mir zeigen, wie ich mit den Fähigkeiten umgehen muss? Ich hab einen Vogel erschaffen und er hat einen Menschen verschleppt. Ich will nicht, dass sowas noch einmal passiert.“

„Du hast noch mehr erschaffen, nicht wahr?“

Wieder nickte Pan und zeigte der Nagur mit einem Gedanken die neuen Arten in dem kleinen Wald.

Verständnisvoll sah Galsar sie an. „Du hast bei den meisten Wesen intuitiv für Ausgleich

gesorgt. Nur musst du dem Steinwesen Nahrung beschaffen und überlegen, ob du ihm eine Partnerin gibst, ob er sich vermehren soll und wenn ja, wie du das in Schranken hältst. Die anderen Wesen haben bereits Feinde zum Ausgleich. Nur dieser Vogel, der macht mir Sorgen. Gut das Ol sich um ihn gekümmert hat. Er kam aus der Tiefe deines Geistes ohne Kontrolle und ebenso unkontrolliert würde er walten. Er musste vernichtet werden. Es ist alles eine Frage der Selbstkontrolle.   Die   menschlichen Emotionen müssen während des Schaffens im Griff gehalten werden, nur ein einziger Gedanke, ein einziger Gefühlsüberschwang kann alles durcheinanderbringen."
Pan verstand. Es war wichtig, ihre Gefühle zu kontrollieren. Das war leichter gesagt als getan. Bisher hatte sie nie darauf achten müssen. Wie sollte sie das nur schaffen?
„Du bist nicht mehr allein, Pan.", sagte Galsar zu ihr. Das war nicht unbedingt das, was Pan hören wollte. Sie war immer gern allein gewesen, hatte sich dann am sichersten gefühlt. Doch warum sollte sie die Hilfe nicht annehmen, die ihr angeboten wurde? Wenn

sie sich wirklich gegen die weiße Königin stellen musste, konnte sie doch jede Hilfe gebrauchen.

11. Kanuras

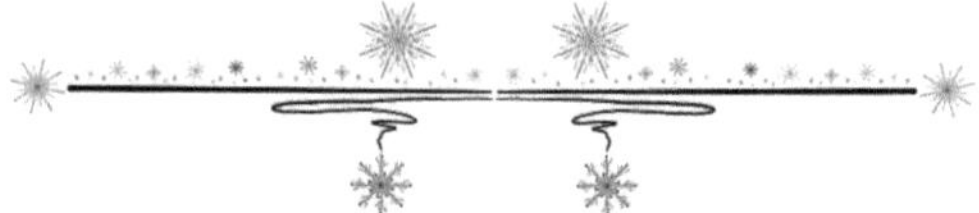

Seth saß allein an einem Tisch in einer kleinen Taverne in Kanuras. Die Reise war schrecklich gewesen und er hoffte, nach einer Mahlzeit ein warmes Bett zu finden. Die Kälte schien sich in ihm festgesetzt zu haben. Müde stützte er seinen Kopf auf die Hand und wartete auf den Wirt. Sein hellbraunes Haar stand wirr ab. Das schmale Gesicht war halb von einem ungepflegten Bart bedeckt.
Er runzelte die Stirn, als er eine bekannte Stimme sagen hörte: „Pan ist eine der dunklen Gurdor! Ja und sie erschafft auch nur dunkle Wesen, die gefährlich sind für die

Menschen. Sie war schon immer so eine Eigenbrötlerin. Jetzt ist sie offensichtlich richtig böse geworden. Erst vor ein paar Tagen hat sie einen riesigen Vogel erschaffen, der nicht weit von hier ein Kind getötet hat!"
Seth stand auf und ging langsam auf die dunkelhaarige Frau zu, die mit dem Rücken zu ihm saß. „Ist das nicht ein bisschen weit hergeholt Tualah? Eine frühere Freundin solcher Taten zu bezichtigen, zeugt nicht unbedingt von einem guten Charakter!"
Tualah fuhr erbost herum, erschrocken riss sie die Augen auf, als sie ihn erkannte, fasste sich aber sofort wieder. „Freundin? Pan war nie eine Freundin! Sie ist für den Tod so vieler verantwortlich und diese Gurdor, Gaszra, hat sie zu einer der ihren gemacht! Alles, was ich gesagt habe, entspricht der Wahrheit." Tualah hatte sich äußerlich kaum verändert. Pan war der Meinung gewesen, Tualah wäre mit ihren Kurven und den vollen Lippen viel anziehender als sie selbst. Er hatte das schon immer anders gesehen. Ja, Tualah war eine äußerlich ansprechende Person. Die violetten Augen begeisterten so manchen Mann. Aber Seth erkannte die

Zwietracht in der jungen Frau schon früh. Sie war nicht gefestigt, sie zweifelte an jedem und allem. Ihre Unsicherheit machte sie unberechenbar. Und das hatte sie Pan oft genug spüren lassen.

„Du hast keine Ahnung, was die Wahrheit ist.“

Die Augen der jungen Frau verwandelten sich in Schlitze. „Du kannst die Wahrheit gar nicht erkennen, weil du ein verliebter Idiot bist. Pan ist nicht das freundliche Mädchen, das du in ihr siehst.“

Seth wäre ihr am liebsten an die Gurgel gesprungen. Die beiden Männer, die bei Tualah am Tisch saßen, ließen ihn nicht aus den Augen.

„Von Liebe solltest du nicht unbedingt sprechen. Oder denkst du, du wärst dafür besonders gut geeignet? Du hast all deine Freunde und deinen eigenen Geliebten an die weiße Königin verraten.“

„Ich habe niemanden verraten. Im Gegenteil, ich selbst war die Betrogene. Pan hat uns alle in die Falle der Königin geführt. Sie war für Garbotaks Tod verantwortlich und für den so vieler anderer. Aber du bist blind vor Liebe und willst das nicht sehen."

„Blind bist nur du. Leider nicht vor Liebe, das würde dir guttun, mal jemanden wirklich zu lieben. Aber du kannst andere nur so lange im Herzen behalten, wie sie dir von Nutzen sind. Wer nicht für dich ist, ist dein Feind, nicht wahr? Dein Todfeind am besten, ob das nun gut oder schlecht ist. Dabei bist der einzige Feind in deinem Leben du selbst. Vielleicht solltest du daran mal arbeiten."

Tualah stand auf. Die beiden Männer wollten es ihr gleichtun, doch mit einer Handbewegung hielt sie sie davon ab. Sie kam nahe an Seth heran.

„Dein Liebchen ist jetzt unsterblich. Gerade erst zur Frau erblüht wird sie für immer siebzehn Jahre alt bleiben, für immer jung aussehen. Und du wirst dahinwelken und sterben. Wenn du schon lange alt und faltig aussiehst, wird Pan immer noch die Jugend in sich tragen. Und sollte sie tatsächlich noch an dir Interesse zeigen, was ich nicht glaube, dann wird sie dir irgendwann beim Sterben zusehen müssen. Und du erzählst mir etwas von Liebe?"

Sie warf ihm einen letzten verächtlichen Blick zu und setzte sich dann wieder an den Tisch.

Seth wandte sich enttäuscht ab. Ein tiefer Schmerz hatte sich in sein Herz gebrannt. Obwohl er wusste, das Tualah all das nur gesagt hatte, um ihn zu verletzten, erkannte er doch die Wahrheit in ihren Worten. Einen Moment lang stand er orientierungslos herum. Endlich sammelte er sich und wollte gerade zu seinem Tisch zurückgehen, als sich die Türe des Schankraums öffnete. Ein kalter Wind kam herein und einige Männer betraten den Raum. Seth musterte sie und tatsächlich entdeckte er unter ihnen ein bekanntes Gesicht. Liar legte Mantel und Schal ab und setze sich mit den anderen Männern an einen Tisch nahe der Türe. Eine weitere Gruppe betrat die Schenke und Seths Herz setzte einen Schlag aus, als eine zierliche junge Frau mit schwarzem langem Haar näher kam. Doch schnell erkannte er, dass es nicht Pan war. Seit jenem Tag grübelte er, was aus ihr geworden war, wohin sie verschwunden war. Er sehnte sich nach ihr, wollte in ihre waldgrünen Augen sehen.

Nicht ein einziges Mal hatte er sie geküsst. Oft hatte er daran gedacht. Er hätte es wagen sollen. Seine Angst, das zarte Band zwischen ihnen zu zerstören, hatte Seth zurückgehalten. Nun konnte er nur hoffen, sie eines Tages wieder zu sehen. Doch was für eine Hoffnung bestand noch? Wenn Tualah recht behielt, gar keine. Er schüttelte die finsteren Gedanken ab und ging schnellen Schrittes auf Liar zu. Er legte ihm die Hand auf den Rücken.

 Liar sah zu ihm auf. Erfreut stand er auf und umarmte Seth herzlich. Dann sah er ihn genauer an und klopfte im auf die Schulter. „Seth! Schön dich zu sehen. Ich hatte schon Angst, ich hätte dich verloren. Alles verheilt?“

Seth nickte. „Ich war in guten Händen, keine Sorge. Alles wieder in Ordnung. Aber die Kälte kommt immer näher. Einige der Leute, die draußen in der Ebene leben, mussten ihre Häuser bereits verlassen und weiter nach Süden ziehen.“

Liar musterte ihn. „Das habe ich schon gehört. Wenn du nicht aufgetaucht wärst, hätte ich in den nächsten Tagen die Reise

nochmal auf mich genommen und nach dir gesehen. Du hast mir das Leben gerettet! Das werd ich dir nicht vergessen. Aber ich konnte nicht warten, bis du wieder auf den Beinen warst. Die Leute mussten gewarnt sein. Bald wird die Kälte auch hierher kommen. Was heckt die weiße Königin da nur aus?"
Seht zuckte mit den Schultern und sah einen Moment lang die anderen Leute am Tisch an.
„Wie unhöflich von mir!", rief Liar aus. „Setz dich doch. Kennst du Et Krassam? Wir sind schon ein paar Mal zusammen aufgetreten."
Nacheinander stellte er Seth die Leute vor. Dann sprach er einen Mann mit graublauen Augen und blondem Haar an. „Weißt du noch Sachrod? Pan hat ein paar wunderbare Zaubertricks zu eurer Musik beigesteuert und Garbotak und Tualah habe ihren Feuertanz zum Besten gegeben." Das Lächeln auf Liars Gesicht verschwand, als er den verstorbenen Gefährten erwähnte.
„Hast du etwas von Pan gehört?", fragte Seth hoffnungsvoll.
Liar nickte. „Es gibt einige Gerüchte über sie."
Sachrod schüttelte energisch den Kopf. „Die können unmöglich stimmen. Irgendjemand

verbreitet da Angst und Schrecken über Pan. So ist sie nicht, so war sie nie."

Seth runzelte die Stirn. „Du scheinst sie wohl näher zu kennen? Ich geb dir recht, ich hab diese Gerüchte auch gehört, sie können wirklich nicht stimmen."

Abschätzend musterten sich die beiden Männer.

Sachrod grinste ihn an. „Bezauberndes Mädchen, nicht wahr?"

Seth fühlte sich provoziert. Sein Gegenüber hatte wohl sofort bemerkt, wie er zu Pan stand. Seth deutete Sachrods Bemerkung in eindeutiger Weise. Es brodelte in ihm. Sein Gesichtsausdruck verfinsterte sich. Er beließ es allerdings dabei und setzte sich neben Liar an den Tisch. „Hast du sie gesehen?"

Liar schüttelte den Kopf. „Außer diesen Gerüchten weiß ich gar nichts über sie. Keine Ahnung, wohin sie verschwunden ist. Vielleicht zu den Gurdor. Zumindest heißt es, sie sei jetzt eine von ihnen."

„Blödsinn.", grummelte Seth. „Sie ist keine Gurdor. Wenn überhaupt, dann gehört sie ja beiden an, Gurdor und Nagur, wenn Ol und Gaszra sie gemeinsam wiederbelebt haben.

Wer weiß, was das in ihr verändert hat. Ich muss sie unbedingt finden! Vielleicht braucht sie Hilfe."

„Ich komme gerne mit auf die Suche. Vier Augen sehen mehr als zwei.", sagte Sachrod bedacht.

Wieder runzelte Seth die Stirn und sah ihn grimmig an.

Sachrod zuckte mit den Schultern. „Je mehr Leute Ausschau halten, desto höher die Chancen, sie zu finden. Ich würde sie auch gern wiedersehen!" Das süffisante Grinsen erschien wieder auf seinem Gesicht. Es machte ihm offensichtlich Spaß, Seth ein wenig zu ärgern.

Der sah Sachrod missbilligend an.

Liar mischte sich ein. „Ich weiß wirklich nicht, wie man sie finden soll. Wenn sie tatsächlich die Kräfte einer Nagur oder Gurdor hat, dann kann sie überall sein und innerhalb eines Augenblickes durch ganz Arenlai reisen. Lasst uns einfach Augen und Ohren offenhalten. Vielleicht findet sie uns ja auch zuerst."

Mit leiser Stimme wandte sich Seth erneut an Liar: „Tualah da drüben ist diejenige die

Gerüchte verbreitet. Sie lässt kein gutes Haar an Pan. Vielleicht kann man dem ja etwas entgegensetzen."

Die Männer sahen sich an und nickten kaum merkbar.

12. Zurna

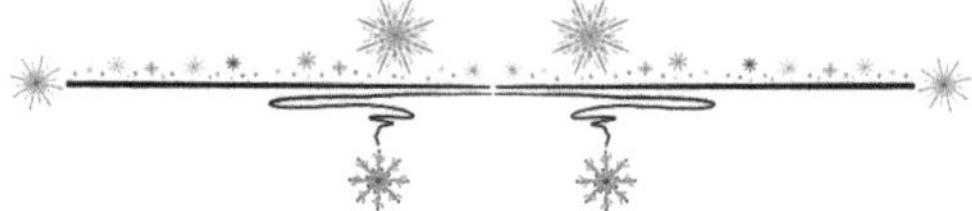

Die dunklen Nebel Zurnas lösten bei Pan diesmal andere Emotionen aus. Erst jetzt achtete sie bewusst darauf, was sie empfand. Eine Art von Geborgenheit legte sich über sie. Die grauen Nebelschwaden schlangen sich wie eine schützende Hülle um sie. Kaum war sie angekommen, stand Eklantas auch schon neben ihr. „Du bist zurückgekommen.", zischte er mit seiner üblichen Aussprache. „Das ist gut!"

„Ich danke dir Eklantas. Du hast mich gerettet. Ohne dich, ohne dein Licht wäre ich der Dunkelheit niemals entkommen."

„Gern geschehen, Panrah.", antwortete er schlicht.

Sie betraten gemeinsam die dunklen Höhlen Zurnas, die wundersamen Gänge und Hallen unter dem Berg, die von den Gurdor bewohnt wurden. Seit Anbeginn der Zeit, so wurde es erzählt, lebten die Schutzgeister der Dunkelheit mit Vorliebe im finsteren Gebirge. Doch Pan wusste inzwischen, dass sie sich keineswegs ständig an diesem Ort aufhielten. Nur Gaszra war fast immer hier anzutreffen. Die anderen hatten ihre eigenen Schutzgebiete und kamen nur zu seltenen Treffen nach Zurna. Scham kam in Pan auf, als sie an Gaszra dachte. Sie hatte sie beleidigt, obwohl diese nur ihrer Bestimmung gefolgt war. Sie hatte sie aufgrund einer alten Verletzung ihrer eigenen Seele verurteilt. Es war ihr überdeutlich bewusst. Wie konnte sie das wieder gut machen?

„Das musst du nicht, Panrah, Kind der Talru. Mich hast du nicht verletzt, nur dich selbst.", hörte sie Gaszras Stimme in ihrem Kopf.

Sie hatte wohl zu intensiv an die Gurdor gedacht und ihr unbewusst Zugang zu ihren

Gedanken verschafft. Sie hatte immer noch zu wenig Kontrolle darüber. Zuerst würde sie ihren Frieden mit Gaszra machen und dann würde sie weitersehen. Sie konnte der weißen Königin nicht das Feld überlassen. Wie war nochmal ihr Name? Ifur?

Als sie Gaszra gegenübertrat, hatte sie wieder dasselbe Gefühl wie bei ihrer Mutter. Doch diesmal nahm sie es bewusst wahr, entschied sich, es zu fühlen, statt zu verdrängen, erlebte es noch einmal und verabschiedete sich dann davon. Gaszra war nicht ihre Mutter. Pan wollte sich nicht von diesem übermächtigen Gefühl hemmen lassen. Ihre Mutter spielte keine Rolle mehr in ihrem Leben, das machte sie sich erneut bewusst. Sie vertrieb die Gedanken und konzentrierte sich wieder auf das Hier und Jetzt.

Gaszra sah sie noch immer an. Die Gurdor überragte Pan um fast zwei Köpfe. Ihre schlanke schwarze Gestalt stand bewegungslos in der riesigen Höhle. Die langen Haare glitten glänzend um den Körper, die goldene Iris war nur ein schmaler Ring. Die Pupille war geweitet. Sah ihre eigene nun genauso aus?

Gaszra lächelte sie an. „Das tut sie Panrah. Nur deine Pupille kann das noch viel besser als meine. Denn du kannst im Dunkel sehen und auch im hellen Tageslicht."

Hörst du jeden Gedanken? Pan fragte, ohne Worte zu verwenden.

Nur wenn du mich lässt, antwortete Gaszra still.

„Wie kann ich es kontrollieren, ob jemand meine Gedanken hören kann?"

„Du hast dich mir geöffnet, schenkst mir Vertrauen, daher höre ich sie nun. Verschließt du dich vor mir, kann ich sie nicht mehr wahrnehmen, dann bist du für mich zwar noch spürbar, aber nicht mehr in allen Einzelheiten deiner Gedanken."

„Ich möchte dir zeigen, was geschehen ist."

Gaszra nickte. „Du musst nur daran denken und dabei mir gegenüber offen bleiben. Dann kann ich es ebenfalls sehen."

„Aber warum hab ich dann zu Beginn all diese Bilder, Gefühle und Stimmen in mir wahrgenommen?"

„Weil wir dir vertrauen, weil wir uns nicht verschließen, warum auch. Es ist schön dies alles miteinander zu teilen. Wir brauchen keine Gespräche, wenn wir alles voneinander sehen. So können wir an den anderen teilhaben."

Pan erinnerte sich an ihre Reise, an die Wesen, die sie erschaffen hatte, an den Vogel und die Folgen. Sie versuchte dabei, Gaszra in ihr Denken einzubeziehen. Sie fühlte, wie sich ihr Geist mit dem des anderen Wesens verband, wie sie gleichzeitig die eigenen Gefühle und die Gaszras wahrnahm. Wenn Gaszra auch den Vogel entsetzt registrierte, war ihr gesamtes Wesen ihr doch positiv gesonnen.

Gaszra antwortete ihr dennoch mit Worten. „Du hast von Galsar bereits gelernt, dass du deine Gefühle beim Schaffensprozess kontrollieren musst. Ich sehe nun, dass ein einziger Gedanke sie schon durcheinanderbringen kann. Wie willst du dies ändern?"

Pan hatte angenommen, Gaszra hätte eine Antwort darauf, doch nun erkannte sie, dass eine Gurdor derartige Probleme nicht kannte. Sie waren von Anfang an nicht so emotional wie Menschen, vor allem aber nicht so schnelllebig. Ihre Emotionen bauten sich

118

langsam auf, waren nicht so sprunghaft und daher leichter zu kontrollieren.

Hilfe kam wieder von Eklantas. „Wenn ich dazu etwas sagen dürfte, ich denke Pan muss zuerst Frieden mit sich selbst finden. Dann werden ihre Emotionen auch klarer und gefestigter."

Pan rollte mit den Augen. Das war leichter gesagt als getan. Wie sollte sie das schaffen?

„Du bist schon auf dem richtigen Weg, Panrah. Hilfe hast du dir nun geholt, obwohl es dir immer verhasst war. Gaszra hast du verziehen. Nun ist es an der Zeit, dir zu verzeihen und dich selbst anzunehmen, so wie du bist." Der Nachtalb sah sie liebevoll an.

Gaszra mischte sich ein. „Eklantas hat sicherlich recht. Er versteht dich besser als jeder andere hier. Doch bevor du dich an diese Aufgabe machst, musst du dich auch mit der Veränderung auseinandersetzen, die das Wesen in dir mit sich bringt."

Entgeistert sah Pan die Gurdor an. „Welches Wesen in mir?"

„Kannst du es nicht spüren? In dir wächst ein Kind heran. Du bist nicht mehr allein. Sein Bewusstsein ist bereits erwacht."

Pan fehlten die Worte. Ein Kind? Aber wie konnte das geschehen? Erinnerungen an eine Zeit, die so weit entfernt schien und doch so nah war, strömten durch ihren Geist. Sachrod. Sie hatte bei ihm gelegen. Nur ein einziges Mal. Und nun erwartete sie Nachwuchs?

„Wird es wie ich sein? Unsterblich?" Innerlich betete Pan, dass dem nicht so sei. Sie wünschte dem Kind ein normales Leben. So erschrocken sie einerseits war, konnte sie sich doch andererseits eines sonderbaren Hochgefühls nicht erwehren. Sie würde ein Kind haben. Sie hatte gedacht, dies würde ihr verwehrt bleiben. Warum hatte sie es nicht erspürt? Selbst jetzt konnte sie keinen Kontakt zu dem Wesen in ihr aufnehmen, so sehr sie sich auch darauf konzentrierte.

Gaszra berührte sanft ihren Bauch. Sofort war Pan noch intensiver mit dem Geist der Gurdor verbunden. Sie hörte den Herzschlag ihres Kindes. Ein Herzschlag! Das bedeutete, dass es sterblich war! Eine seltsame Traurigkeit befiel sie. Sie würde irgendwann seinen Tod mitansehen müssen.

Gaszra nahm die Hand fort. „Deine Emotionen sind viel zu wechselhaft. Ich verstehe sie nicht. Du willst nicht, dass es unsterblich ist und bist dann traurig über seine Sterblichkeit. Deine Emotionen sind wie der Wind."

Pan lächelte sie an. „Für das Kind ist ein sterbliches Leben einfacher, schöner. Es kann Kinder zeugen, die Liebe leben, das Leben spüren. Für mich hingegen ist es schwieriger, da ich mich mit seinem Verlust auseinandersetzen muss. Ich freue mich also für das Kind, für mich selbst bin ich aber traurig."

Eklantas nickte. „Es ist gut, dass du dich mit deinen Emotionen auseinandersetzt. Je klarer sie dir werden, desto eher schaffst du es für den Schaffensprozess die richtigen Emotionen miteinzubinden. Du kannst das nutzen. Die weiße Königin wird das sicherlich auch tun. Du kannst die Emotionen einfließen lassen in deine Kreaturen und sie der Königin entgegensetzen."

Pan war zu sehr mit dem Gedanken an das Kind beschäftigt, um wieder an den Kampf mit der Königin zu denken.

„Aber wie kann ich mit diesem Körper ein sterbliches Wesen austragen? Kann ich es überhaupt nähren?"

Gaszra nickte. „Ihm fehlt an nichts. Du wirst es mit dir bei jeder Reise transformieren und es wird alle Nahrung aus deinem Körper ziehen, das tut es bereits, spürst du das nicht? Vielleicht wird es anders sein als die anderen Sterblichen. Noch nie gab es ein Kind wie dieses. Doch dein Körper ist nicht der einer Sterblichen. Ob du es nähren wirst können, wenn es erst geboren ist, wird sich zeigen. Kein Blut fließt mehr durch deinen Körper. Deshalb weiß ich nicht, ob er Milch bilden kann. Niemals hat eine Unsterbliche empfangen."

13. Bekanntschaften

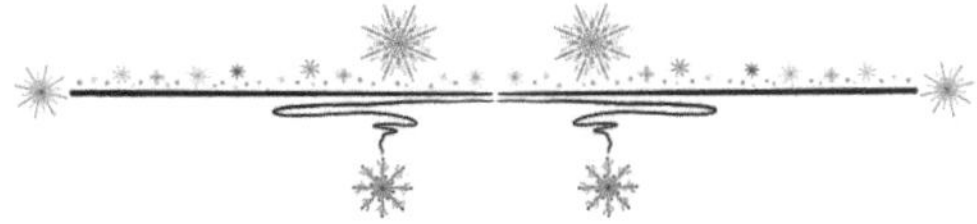

Seth stiefelte hinter Liar und Sachrod die schmalen Gassen von Kanuras entlang. Die Häuser waren aus Stein und Holz gebaut. Winzige Fenster erhellten die Räume ein wenig. Hier war das Klima wärmer, als er es von Gard gewohnt war. Sie bogen ab und verließen das Händlerviertel. In diesem Stadtteil hatten manche der Gebäude kleine Gärten mit allerlei Gemüse und Kräutern in sorgsam gepflegten Beeten.

Vor einem der Häuser stand ein junger Mann. Als er sie erblickte, rief er aufgeregt: „Liar! Bist du das?".

Liar blieb abrupt stehen und Seth lief fast in ihn hinein.

„Vorsicht.", brummte er. Als er sah, wie Liar den jungen Mann umarmte, verstummte er jedoch. Erst jetzt musterte er ihn genauer. Er musste ein Rashu sein. Sein langes blaues Haar war mit bunten Bändern geschmückt. Einige schmale Zöpfe waren hineingeflochten. Seth trat zu den beiden Männern, während Sachrod mitten auf dem Weg stehen blieb.

„Seth, komm. Ich stell dich vor!", sagte Liar und winkte dann auch ihren Begleiter herbei. „Sachrod, das ist Isone. Ich hab doch von ihm erzählt."

„Isone?", fragte Seth verwirrt. „Du sagtest, sie wäre eine Tänzerin."

Isone grinste. Seine Augen waren von strahlendem Blau, wie der Himmel an einem heißen Tag. „Das bin ich auch. Zumindest war ich das mal. Meine Begegnung mit der weißen Königin hat es mir etwas verleidet. Es war nicht gerade von Vorteil, dass ich bunte Kleider trug, als ich zu ihr gebracht wurde."

Verständnislos sah Seth ihn an.

„Kommt erst mal rein! Lasst mich euch bewirten, da redet es sich doch gleich viel besser! Sind die anderen nicht bei euch? Garbotak? Semris? Und Flip, wo ist Flip?“
Traurig schüttelte Liar den Kopf. „Sie haben es nicht geschafft.“, flüsterte er.
Isones Augen verfinsterten sich. „Kommt herein, erzählt mir alles. Ich muss wissen was passiert ist.“
Liar nickte ihm zu und sie folgten Isone in das kleine Haus. Das Zimmer, das sie betraten, war mit einer großen Feuerstelle, einem Tisch und ein paar bequemen Stühle ausgestattet. Ein langes Regal, voll mit Flaschen, Geschirr, und allerlei Zutaten stand an einer der Wände. Durch eine Tür sahen sie eine große Bettstatt und einen hölzernen Schrank. Eine weitere Türe war geschlossen.
„Setzt euch doch!“, sagte Isone und deutete auf die Stühle. „Wollt ihr etwas trinken?“
Die Männer nickten und der Rashu stellte einige Becher und einen Krug auf den Tisch.
Seth goss sich ein, nahm einen großen Schluck und verzog das Gesicht. „Wasser!“.
Isone grinste schief. „Was hattest du erwartet? Wein? Ich bin mittlerweile lieber

klar im Kopf. Bei allem, was mir in letzter Zeit passiert ist, will ich es nicht riskieren mich zu berauschen."

Etwas verständnislos sah Liar ihn an.

Seth mischte sich ein: „Vielleicht willst du uns erzählen, was geschehen ist. Ich weiß ja nur, dass du ursprünglich auch mit Liar und den anderen gereist bist. Kennst du Pan? Bist du ihr in letzter Zeit begegnet?"

„Pan? Was hat sie mit dem Ganzen zu tun? Das letzte Mal, als ich ihr begegnet bin, waren wir alle zusammen unterwegs. Lebt sie noch? Wo sind die anderen?"

Liar schüttelte den Kopf. „Nachdem du verschwunden warst, gab es überall Entführungen. In jedem Dorf sind Mädchen und Frauen verschwunden. Zuerst wussten wir nicht warum. Aber wir haben herausgefunden, dass Gards Königin sie zu ihren Zwecken benutzt hat."

„Eigentlich hat Pan es herausgefunden.", ergänzte Seth.

Isone runzelte die Stirn. „Eine dieser Frauen, die die Königin benutzt hat, war dann wohl ich."

Entgeistert sah Sachrod ihn an. Auch Seth konnte nichts mit seinen Worten anfangen.

Liar hingegen wusste sofort, was Isone meinte. „Haben sie nicht gemerkt, dass du ein Mann bist?" Erklärend wandte er sich an die anderen beiden. „Isone hat männliche und weibliche Seiten. Manchmal ist er als Mann gekleidet und verhält sich so und an anderen Tagen ist sie als Frau unterwegs. Als sie mit uns reiste, war sie unsere Tänzerin."

Verstehend nickte Seth nun mit dem Kopf. „Ach so, und dann wurdest du entführt. Weißt du noch, was sie mit dir gemacht haben?"

Isone nickte. „Schemenhaft. Es war ein einziger Albtraum. Ich wurde in einen Kerker gesperrt und mir wurde immer wieder eine Flüssigkeit injiziert. An manches erinnere ich mich, als wäre es ein dunkler Traum gewesen, als wäre ich im Schlaf umhergewandelt."

Liar sah Isone eindringlich an. „Das muss die Wirkung des Albenblutes gewesen sein."

„Albenblut?", Isone sah ihn erstaunt an.

Liar nickte. „Die Königin ließ das Blut der Alben mit Maschinen aussaugen. So hat sie

sie sogar getötet. Überall lagen auf einmal tote Alben herum. Eine der Nagur hat sich an Pan gewandt. Es war die, die im Wasser lebt, wie hieß sie nochmal? Ich kann mich nicht erinnern. Auf jeden Fall wurde dann alles sehr sehr seltsam. Pan hörte eigenartige Stimmen. Wir wurden immer wieder von diesen Frauen und Kindern angegriffen und nicht nur das, manche dachten auch, wir hätte die Frauen entführt und griffen uns deshalb an. Die meisten von uns haben das Ganze nicht überstanden. Außer mir und Pan ist niemand von unserer Truppe übrig. Ach, doch. Tualah, aber die hat sich auf die Seite der Königin geschlagen. Komisch eigentlich, hat die doch Garbotak umgebracht."

„Garbotak ist auch tot?"

Liar nickte. Für einen Moment verstummten sie und dachten an ihre toten Gefährten.

„Wo ist Pan jetzt?"

„Tualah hat sie getötet.", antwortete Seth.

Isone schüttelte traurig den Kopf.

„Ja, aber dabei ist es nicht geblieben. Ol und Gaszra haben sie wiederbelebt. Pan ist jetzt eine Unsterbliche."

„Was? So was geht? Wo ist sie jetzt? Wie geht

es ihr?"

„Das wissen wir nicht. Aber Tualah verbreitet schlimme Gerüchte über sie. Hast du noch nichts davon gehört?"

Isone schüttelte den Kopf. „Um ehrlich zu sein, ich hab mich etwas zurückgezogen."

Seth sagte bestimmt: „Wir müssen dem ganzen unbedingt etwas entgegensetzen. Ich hab da auch schon eine Idee." Er sah Sachrod an. „Und dazu brauche ich deine Hilfe."

Seth sah sich in der Runde um. Jetzt waren sie zu viert. Sachrod hatte seine Spielmannstruppe in der Taverne zurückgelassen. Wenn er auch eine beißende Eifersucht verspürte, so bemerkte Seth doch, dass der Sänger auf Pans Seite war. Für Liar hätte er seine Hand ins Feuer gelegt. Und Isone war ihm auf Anhieb sympathisch. Vielleicht hatte er mithilfe der anderen eine Chance, Pan wieder zu finden. Und vielleicht konnten sie die schrecklichen Gerüchte entkräften. Ernst sah er die Männer an und erklärte ihnen sein Vorhaben.

14. Gegenpol

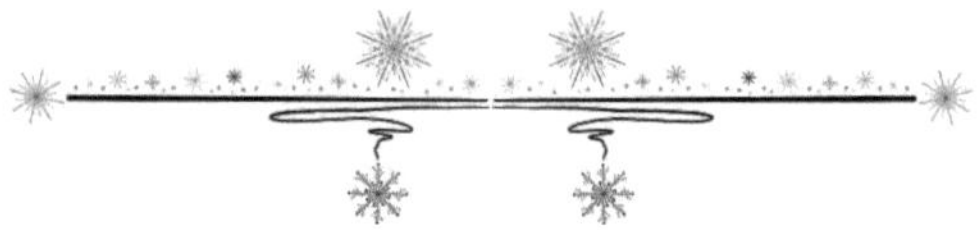

Pan sah dem Eis beim Wachsen zu. Es überzog den Boden, kroch langsam in ihre Richtung und wucherte über Bäume und Pflanzen. Als hätte es ein Eigenleben, umhüllte es alles, was ihm in den Weg kam, mit seinem todbringenden Gesicht.

Die Kälte konnte Pan nichts anhaben und dennoch fühlte sie die Gefahr, die in ihr lag. Fast war es, als wäre die Sterbliche noch in Pan und sie konnte hinter ihrer Unsterblichkeit dessen ungeachtet wahrnehmen, was den Tod bringen würde. Es war eine unangenehme starre Kälte. Kein kühles Lüftchen, nein eine stechende eisige Kälte, die alles töten würde, was nicht entfliehen konnte. Pan spürte, wie das Leben aus dem Landstrich verschwand. Zuerst waren es die Insekten, zu klein waren sie, um länger Wärme in sich zu halten. Doch auch die Pflanzen starben nach und nach ab. Nur die großen Bäume sammelten in ihren Stämmen noch ein wenig Wärme. Sie würden auch nicht lange aushalten. Pan musste etwas unternehmen. Woher kam das Eis? Hatte die weiße Königin es erschaffen? Oder hatte sie Wesen erzeugt, die die Kälte mit sich brachten? Als sie sich umsah, entdeckte sie eine winzige Ameise, die im Eis eingeschlossen war. Ein Gedanke schoss ihr durch den Kopf und schon wanderten Milliarden Feuerameisen über das Eis. Die kleinen dunkelroten Körper ließen mit ihrer Wärme das Eis schmelzen. Es kam Pan in den Sinn, dass es zu viele waren, dass sie einen Ausgleich schaffen musste. Vielleicht würde auch die weiße Königin sie wieder dezimieren, aber darauf konnte sie sich nicht verlassen. Sie würden sich sonst unendlich vermehren. In ihrer Fantasie manifestierte sich das Bild eines Vogels. Sie hatte schon einmal davon gehört, dass es bei den

Feuerinseln Tiere gab, die die Hitze der Glut in sich trugen. Solche Lebewesen benötige Pan. Sie mussten vor Kälte geschützt sein und das Eis schmelzen können. Das Bild des Vogels wurde deutlicher. Er war nicht allzu groß. Sein Gefieder war rot und orange. Die Federn sahen aus wie Flammen und trugen deren Hitze in sich. Sie stellte sich vor, wie die Vögel am liebsten Feuerameisen fraßen, wie sie sich vermehrten und das Eis schmelzen würden. Schon ertönte über ihr das Geräusch unzähliger Flügel, als der Schwarm sich in die Lüfte erhob. Pan sah sie und dachte sofort daran, dass sie alle Pflanzen verbrennen würden. Schon entstand ein neuer Gedanke. Sie ließ Bäume entstehen, deren Rinde hitzebeständig war. Ihr dunkelrotes Laub würde Glut und Feuer trotzen. Sie boten auch den Feuerameisen ein Heim. Am Fuße der großen Bäume entstanden Farne und Moose, deren Blätter Wasser speicherten. Ihre robuste Haut bewahrte sie ein vor der Hitze und sie schützten gleichzeitig den Boden vor dem Austrocknen.

In weiter Ferne sah Pan die großen weißen Bären mit ihrem Eisatem. Schon sprühte Pans Fantasie Funken und riesige schwarze Katzen, deren heißer Atem die Kälte vertrieb, ließen ihre Tatzen über das Eis tanzen. Sie würden nicht nur die Bären in Schach halten, nein, sie würden auch die Vögel fressen und ihre Zahl eingrenzen.

Ob die weiße Königin dergleichen ebenfalls bedachte? Pan zweifelte daran. Sie sah, wie ihre Schöpfungen das Eis schmelzen ließen und Hoffnung keimte in ihr auf. Vielleicht wäre es gar nicht so schwer, alles im Gleichgewicht zu halten. Vielleicht konnte sie auf alle Zeit die Wesen der Königin eindämmen in und so Arenlai beschützen. Wenn sie doch mehr über die Herrscherin wüsste. Die wenigen Momente, die sie in Ols Erinnerung gesehen hatte, gaben ihr kaum Einblick in das Gefühlsleben der Monarchin. Ifur, so hatte Ol sie genannt. Was bedeutete dieser Name? Pan brauchte dringend jemanden, der ihr die alte Sprache beibrachte. Einen Moment lang zog sie Liar in Betracht, doch dann fiel ihr eine andere Lösung ein.

Die leisen Stimmen in ihr waren so sehr in den Hintergrund getreten, dass Pan sie fast vergessen hatte. Zum ersten Mal sah sie einen gravierenden Vorteil in der Verbindung zu den anderen Unsterblichen. Das kann ich doch nutzen, dachte sie und konzentrierte sich auf die Stimmen. Sofort hörte sie sie deutlicher. Einen Moment lang überforderte die Masse an Gedanken und Bildern Pan, doch dann konnte sie sie filtern.

Sie fokussierte sich auf Galsars Stimme und rief sie. Sofort war sie mit ihr verbunden. Sie fühlte die Nagur, ihr Wesen, ihre Stimmung. Es war ein warmes angenehmes Gefühl, als würde man eine gute Freundin treffen. Einen Moment lang hielt Pan inne, noch nie hatte sie eine solche Geborgenheit in der Begegnung mit einem anderen Wesen empfunden. Nur bei Eklantas erlebte sie es ähnlich. Galsar war auf ihrer Seite, sie würde ihr niemals in den Rücken fallen, da war Pan sicher.

Kannst du mir sagen, was der Name der weißen Königin ausgesagt? Vielleicht hat er in der alten Sprache der Nagur eine Bedeutung? Er lautet Ifur.

Pan konnte die Antwort mehr fühlen als hören. Es war eine Zustimmung und dann suchte Galsar nach dem richtigen Wort.

Es bedeutet alles.

Alles?

Wieder fühlte Pan die Zustimmung.

Das erklärte so viel und doch überhaupt nichts. Warum wurde der Monarchin dieser Namen gegeben? Lebten Ifurs Eltern noch? Konnte Pan sie befragen? Wohl eher nicht, sonst hätte die Königin die Herrschaft nicht übernommen. Nun fiel es ihr wie Schuppen von den Augen und Pan wusste, wohin sie sich wenden musste, um mehr über die Monarchin zu erfahren.

Nur in Gard, konnte sie die fehlenden Hinweise einholen. Nur dort würde sie all die alten Legenden und Geschichten über die Könige der weißen Stadt hören. Nur dort konnte sie außerdem persönliche Informationen über Ifur erhalten, vielleicht sogar aus erster Hand. Doch vorher musste sie sicher stellen, dass das Eis sich nicht ausbreiten würde.

Ein weiteres Wesen kam Pan in den Sinn. Einst hatte sie in Geschichten davon gehört.

Gurareg nannten die Alten das Geschöpf, das bedeutete Feuerrachen. Den meisten war es als Drachen bekannt, ein Fabelwesen, das niemand je gesehen hatte. Doch es war riesig und kraftvoll und Pan musste vieles bedenken, um es in dieser Welt nicht übermächtig werden zu lassen.

Sie ging in sich und konzentrierte sich auf das Wesen, das sie erschaffen wollte. Ein riesiger schlanker lang gezogener Körper, der sich wie eine Schlange durch die Luft bewegte tauchte in ihrem Geist auf. Schuppige schwarze Haut, vor Flammen und Hitze geschützt sowie ein Kopf mit spitzen Zähnen und großen gebogenen Hörnern hatte sie im Sinn.

Tief im Innern des Geschöpfes lebte das Feuer in seinen Eingeweiden und wenn es wollte, konnte es Flammen ausspeien und so seine Feinde vernichten. Doch das Tier vermehrte sich nur alle hundert Jahre einmal und lebte die meiste Zeit vollkommen allein. Nur zur Fortpflanzung würde es sich mit Artgenossen treffen. Pan spürte eine tiefe Liebe in sich, die in den Schaffensvorgang einfloss. Langlebig sollten sie sein, kräftig und doch sanft im

Wesen. Vier Guareg entstanden aus Pans Geist und erhoben sich in die Lüfte. Dunkeldrachen nannte Pan sie und sah ihnen liebevoll nach. Sie waren groß genug, um gemeinsam mit den anderen Tieren, die sie erschaffen hatte, weite Teile der Umgebung vor den eisigen Wesen Ifurs zu beschützen.

Pan fühlte sich tief mit den dunklen Drachen verbunden. Es waren Geschöpfe, die in der Einsamkeit ihre Stärke fanden und eins mit ihrer Umgebung waren. Zufriedenheit machte sich in Pan breit. Die Welt zu schützen und neu zu gestalten, gab ihr ein ganz neues Gefühl der Stärke und der Dazugehörigkeit. Nie zuvor hatte sie so empfunden. Ihre Schöpfungen zu betrachten, erfüllte sie mit Wärme und Stolz.

15. Verbundenheit

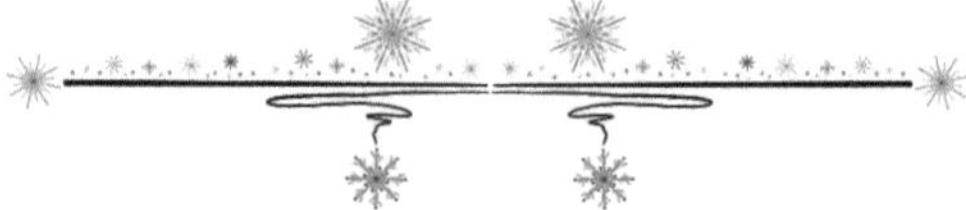

Das angenehme Gefühl blieb nicht lange. Pans Stimmung kippte bereits nach kurzer Zeit. So viel hatte sie schon geschafft, doch mit der Ruhe kam die dunkle Traurigkeit zurück. Gerade noch hatte Pan sich nur auf die Außenwelt konzentriert, ihr Ziel fest vor Augen gehabt. Doch nun kehrten die Zweifel mit voller Wucht wieder. Sie schüttelte den Kopf. Das durfte sie nicht zulassen. Wie sollte sie diese Welt beschützen, wenn sie sich selbst nicht unter Kontrolle hatte? Einsamkeit befiel sie. Immer hatte sie das Alleinsein bevorzugt, doch nun, angesichts der Unendlichkeit ihres Lebens, fühlte sie sich einfach nur allein.

Sie alle würden sterben, nur Pan würde zurückbleiben.

In diesem Augenblick kam ihr Eklantas in den Sinn. Er war unsterblich. Er hatte gesagt, er wäre für sie da. Sie wartete bis zum Einbruch der Nacht, Vorfreude erwachte in ihr.

Vielleicht musste sie nicht allein bleiben, vielleicht hatte sie Freunde in dieser Welt. Kaum berührte der dunkle Schatten der Nacht den Himmel, rief sie Eklantas im Geiste. Er war sofort da. Es war ein warmes Gefühl, dass sich ausbreitete, ein Licht, das ihr Inneres erhellte. Sie fragte ihn, ob sie ihn zu sich holen dürfe, und er stimmte zu. Es war nur ein Gedanke, ein Augenblick und schon löste sich aus den Schatten der Dämmerung die Gestalt des Nachalben. Pan war erleichtert, ihn zu sehen.

„Brauchst du Eklantas Genefirat? Ist alles in Ordnung?"

Pan nickte. „Ja, es ist alles in Ordnung. Ich brauche nur etwas Unterstützung, einen guten Rat hin und wieder und etwas Gesellschaft, wenn es dir nichts ausmacht."

Eklantas lächelte. „Gerne bleibe ich bei dir, Panrah. Ich habe Gaszra bereits vor längerer Zeit gebeten, mich aus ihren Diensten zu entlassen, damit ich dich begleiten kann. Ich hatte gehofft, du würdest mich gleich mitnehmen. Es hat ein wenig gedauert, bis du auf die Idee gekommen bist, dir Hilfe zu holen. Ich hab dir doch gesagt, du musst das nicht alles allein schaffen."

„Ich weiß. Aber ich hab einfach nicht daran gedacht, dass ich dich rufen könnte, dass du vielleicht gerne mit mir kommen würdest. Du hast Gaszra gebeten, dich aus ihren Diensten zu entlassen? Für mich?"

„Nein, für mich. Ich mag dich Pan, ich fühle mich wohl bei dir. Für dich bin ich mehr als einer der Nachtalben, eines ihrer vielen Kinder. Sie liebt mich, da bin ich sicher, aber jeder andere kann die Aufgaben, die sie mir gibt ebenfalls erfüllen. Für dich bin ich ein Freund. Du siehst mich wie ich bin, du interessierst dich für mein Wesen, meine Gedanken, du behandelst mich ebenbürtig. Gaszra ist eine wunderbare Herrin und es ist ihre Aufgabe, Arenlai und all seine Wesen zu beschützen. Doch sie braucht mich nicht. Du hingegen brauchst einen Freund und ich auch. Wir können nur voneinander profitieren."

Pan nickte. „Ich brauche wirklich einen Freund. Danke Eklantas, danke, dass du für mich da bist."

Am liebsten wäre Pan ihm um den Hals gefallen, doch sie fürchtete die Flut der Bilder und Gedanken, die dann auf sie einprasseln würde. Aber andererseits hatte sie die Verbindung zu den anderen Unsterblichen zu kontrollieren gelernt. Vielleicht könnte sie dies auch beim Körperkontakt lernen.

„Darf ich versuchen, dich zu umarmen?"

Eklantas verzog das Gesicht. Er erinnerte sich noch gut an das Chaos in Pan. Dennoch nickte er.

Vorsichtig legte Pan einen Arm um den Nachtalben. Sofort strömten Gedanken und Bilder auf sie ein. Sie versuchte, sich zu konzentrieren, nur den Körperkontakt zu fühlen, es in sich leise werden zu lassen, doch es war nicht zu kontrollieren.

Das Chaos verstärkte ihre Traurigkeit und Zweifel erneut. Nie wieder würde sie jemanden umarmen können. Tiefe Trauer erfüllte sie schlagartig und für einen Moment kam die Schwärze zurück. Sofort erlebte sie wieder das warme Licht, das Eklantas ihr immer sandte, wenn das Dunkel sie zu Ersticken drohte. Dankbar hielt sie ihn noch einen Moment und ließ ihn dann los. Erleichterung erfüllte sie, als die Gedankenflut endete.

„Vielleicht wird es nach einer Weile besser. Wenn ich meine Gedanken vorher zur Ruhe bringe und du deine auch, dann kann es vielleicht noch funktionieren.", versuchte Eklantas sie zu beruhigen.

Pan nickte. Sie hatte die Hoffnung, dass sie das irgendwann doch noch unter Kontrolle bringen würde. Eines Tages vielleicht würde sie wieder jemanden umarmen, ohne sein gesamtes Gedankengut mitzuerleben.

„Es ist schön, dass du bei mir bist, Eklantas. Ich habe vor, nach Gard zu gehen. Damit ich den Gegenpol zur weißen Königin besser ausfüllen kann, muss ich mehr über sie wissen. Sie ist mir immer einen Schritt voraus."

Der Alb nickte. „Das ist eine gute Idee. Allerdings sind die Gassen und Häuser Gards immer hell erleuchtet. Sie halten die dunklen Wesen draußen. Ich werde also außerhalb der Stadt auf dich warten müssen."

16. Gard

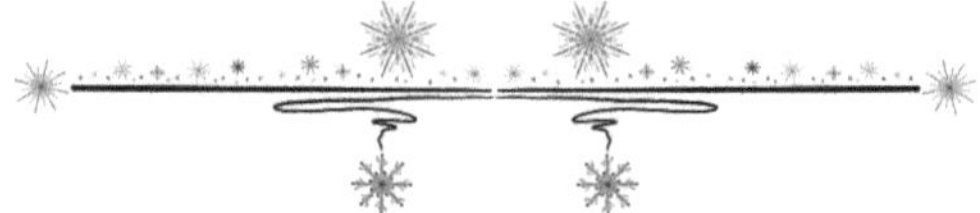

Ein wenig wehmütig ließ Pan Eklantas vor den Stadttoren Gards zurück. Es war noch nicht lange her, als Pan dieselben Tore zusammen mit Seth und den anderen betreten hatte. Garbotak war damals an ihrer Seite gewesen und all die Gefährten, die nun tot waren. Seth, wo war er wohl? Hatte er alles gut überstanden? Sie verdrängte die Erinnerung an ihn. Jede Möglichkeit auf Liebe war ihr genommen. So wie sie jetzt war, konnte sie niemals bei einem Mann liegen, ihn nicht umarmen, nicht mit ihm zusammen essen, nicht in seinem Arm einschlafen. Sie verdrängte den Gedanken. Jetzt war es wichtiger, sich um die weiße Königin zu kümmern. Sobald Pan die Stadt betreten hatte, war sie weithin sichtbar. Ihr dunkles Haar und ihr schlichtes schwarzes Kleid fielen auf. Alles um sie herum war weiß, die Mauern, die Straßen, der Boden. Jedes Gebäude war aus hellem Stein erbaut, jede Laterne aus weißem Holz errichtet. Pan fühlte sich beobachtet, doch es waren weithin keine Menschen zu sehen. Wahrscheinlich lagen sie in ihren Betten und schliefen selig.

Die Stadt war auch des Nachts hell erleuchtet, heute noch mehr als bei Pans letztem Besuch. Sie wollten die dunklen Wesen um jeden Preis draußen halten, das war klar. In den Stadtmauern waren überall leuchtende Tassersteine eingelassen, die die Wege erhellten. Die Häuser waren ebenso wie die Straßen mit Laternen bestückt worden, die die Schatten der Nacht zurückdrängten.

Doch Pan war kein dunkles Wesen, sie vereinte beides in sich, die Dunkelheit und das Licht. Ihre weiße Haut leuchtete und glomm bei jedem Lichtschimmer, der sie berührte. Das schwarze Haar wallte wie ein seidener Schleier um ihre schmalen Schultern. Um ihre Füße hatte sich dunkler Nebel gebildet, der sie über den Boden schweben ließ. Keine Fußspuren wurden auf dem Schnee sichtbar. Schatten tauchte neben ihr auf. Die Katze hatte wie sie alle Anteile der Unsterblichkeit bei der Transformation abbekommen, die der Nagur und die der Gurdor. Sie fiel in den Nebelschwaden, die Pan umgaben, kaum auf. Es war ein kleiner Trost, dass die Katze mit ihr kommen konnte, wohin sie auch ging.

Pan kannte den Weg zum Palast. Sie musste zuerst die kreisförmigen Mauern rund um die Stadt mit ihren Toren passieren. Seltsamerweise waren sie alle unverschlossen und es standen keine Wächter davor. Dies hatte Pan anders in Erinnerung.

Zuerst durchwanderte sie den äußersten Ring, der dem Militär vorbehalten war. Niemand patrouillierte durch die Straßen, keine silbernen Rüstungen glänzten im Licht der Laternen, kein Mensch hielt Pan auf.

Sie durchschritt das nächste Tor, das in das Armenviertel führte. Wieder begegnete ihr niemand, es wirkte wie ausgestorben. Die Häuser lagen still da. Die alte abgeblätterte Farbe ließ einen Blick auf das graue Gestein darunter zu. Keine Wächter hielten Pan auf, keine Stimmen riefen nach ihr.

Wo waren die Gardener? Wieder durchquerte sie ein großes Tor, um ins Händlerviertel zu kommen. Den inneren Ring nannten die Einheimischen diesen Bezirk der Stadt, hatte Seth ihr vor Langem erzählt. Die Händler schützten ihre Habe normalerweise. Vor den Läden waren beim letzten Besuch Angehörige des Militärs patrouilliert, um Diebe abzuschrecken. Nun lag dieser Stadtteil menschenleer vor ihr. Nachts war es in Städten immer beschaulicher, aber hier war es wie ausgestorben. Am meisten beunruhigte Pan die Stille. Sie hörte kein Gelächter, kein Raunen hinter den Fenstern der Häuser, nicht mal die Geräusche von Tieren waren auszumachen. Irgendetwas stimmte hier nicht. Eine Vorahnung beschlich Pan und dennoch bewegte sie sich vorwärts. Was sollte ihr schon passieren? Sie war unsterblich.

Auch das nächste Tor war unverschlossen. Dieser Eingang war normalerweise mehrfach abgesichert. Hier kam niemand durch, der nicht erwünscht war, denn es führte ins Adelsviertel. Aber Pan spazierte ungesehen hindurch. Vorsichtshalber transformierte sie sich und löste sich vollends in dunklen Nebel auf. Zwischen all den leisen Stimmen in Pan, wurde eine lauter und kristallisierte sich klar heraus. Glockenhell erklang ein hinreißendes Lachen. Obwohl das Geräusch in Pans Kopf war, hatte sie das Gefühl, es würde sie führen. Es wurde lauter, dann wieder leiser. Ein Flüstern gesellte sich dazu, dass sanft Pans Namen rief. Es lockte sie, versprach Freundlichkeit und Freude. Pans Melancholie wurde davon vertrieben und warme Hoffnung keimte in ihr auf. Jemand war da draußen. Jemand, der sie kannte. Pan folgte der Stimme vertrauensvoll.

Es war nur ein weiterer Gedanke und sie stand mitten im Thronsaal. Wieder flutete die Erinnerung Pans Geist. Ols Tränen, der gequälte Eismar, eine dünne Metallscheibe, die auf sie zuflog. Sie schüttelte sich und versuchte, wieder klar zu denken. Das Lachen in ihrem Kopf wurde lauter. Immer noch war es glockenhell und bezaubernd, doch die Wärme war daraus verschwunden. Es veränderte sich, nicht der Klang sondern das Gefühl darin. Kalt und grausam erschien es ihr nun.

Pan begriff, wer sich ihr in Gedanken genähert hatte.

„Ifur, wo bist du? Zeig dich!", rief sie in den Raum, der vollkommen menschenleer unendlich groß erschien. Sie hatte erwartete, dass die Königin Hof hielt, dass sie ihren Triumph genoss und ihre Diener um sich scharte. Warum war niemand hier?

Gestein, Holz und Felle, allesamt in weiß gehalten, kleideten den gesamten Raum. Die Säulen, die die hohe Decke stützten, waren mit filigranen Schnitzereien geschmückt, in schmalen Nischen in den Wänden leuchteten Tassersteine.

Pans Stimme hallte durch den Raum, als sie erneut nach der Monarchin rief. Schatten fauchte warnend neben ihr. Auch die Katze spürte das Unheil. Doch Pan konnte nicht erkennen, woher dieses Gefühl kam. Wo war die Königin? Wo waren all die anderen

Bewohner Gards? Als sie vorne am Thron ankam, konzentrierte sie sich auf die Stimmen in ihr und tatsächlich konnte sie Ifar hören.

Pan ließ sich erneut von der Stimme lenken, transformierte sich und erschien direkt vor der Königin.

Ifur lächelte sie an, es war ein kaltes, triumphierendes Lächeln.

Pan realisierte, wo sie war. Sie sah hoch zur Kuppel, die sie einst zerschmettert hatte. Das Loch war repariert worden. Pans Augen weiteten sich. Sie sah sich um, bemerkte, wie sich die Tür am anderen Ende des Raumes schloss.

Schatten verschwand abrupt von ihrer Seite, noch ehe die Tür zufiel. Für den Bruchteil einer Sekunde sah Pan durch die Augen der Katze Eklantas vor der Stadt auf sie warten. Pan versuchte, sich ebenfalls zu transformieren. Doch die Tür war bereits verschlossen und das schwarze Metall in den Wänden blockierte Pans Fähigkeiten.

„Panrah, Kind der Talru du wolltest mich sehen?", erklang die melodiöse Stimme der weißen Königin. Ihre Schönheit war durch die Unsterblichkeit noch unwirklicher geworden.

Auf Haut und Haar, so weiß wie unberührter Schnee, lag ein sanfter Schimmer. Die hellblauen Augen leuchteten aus dem zarten Gesicht. Die schmale Nase und die fein geformten Lippen ließen ein behutsames Wesen erahnen, doch ging eine Kälte von der Königin aus, die Pan kaum ertrug. Sie sah an Ifur herab und bemerkte, dass sich ihr Bauch leicht wölbte, genau wie bei Pan selbst.

Obwohl Pan nicht mit ihr gesprochen hatte, antwortete Ifur ihr. „Ja, ich erwarte ein Kind, genau wie du. Ist das nicht ein wunderbarer Zufall? Die Königslinie wird bis in alle Ewigkeit weitergeführt. Dein Kind hingegen wird nicht bei dir aufwachsen. Ich werde es mir formen und zu eigen machen. Du wirst dich nicht darum kümmern können, dort wo du deine Lebenszeit verbringen wirst. Es wäre besser gewesen, du wärst tot geblieben."

Pan ging auf die Königin zu. „Du wirst meinem Kind niemals zu nahe kommen!", schrie sie ihr erbost entgegen.

Ifur blieb vollkommen ruhig. „Komm her, liebe Pan, lass uns darüber sprechen, wie ich die Zukunft geplant habe. Lass mich dir erklären, wie ich Arenlai beherrschen werde und mein Kind mit mir. Bis in alle Ewigkeit werden wir gemeinsam über diese Welt herrschen, erschaffen und töten, wie es uns gefällt und unsere Träume werden endlich wahr."

Entgeistert sah Pan die Königin an, wollte sie am liebsten packen und schütteln.

Ifur sprach ungerührt weiter. „Du spielst in dieser Zukunft leider keine Rolle und dein Kind wird auch nur eine winzige Nebenrolle als Diener bekommen, solange es sich einigermaßen gut anstellt und zu gebrauchen ist."

Wieder kochte die Wut in Pan hoch und sie stürmte auf die Königin zu. Die lächelte immer breiter. Kurz bevor Pan bei ihr ankam, bewegte die Monarchin ihre Hand, als würde sie etwas von der Decke herabziehen wollen. Ein engmaschiges Netz aus dünnen schwarzen Kordeln fiel von oben herunter und legte sich über Pan. Sofort öffneten sich zwei Türen. Vier junge Frauen, ganz in weiß gekleidet, näherten sich Pan, zogen das Netz enger um sie und hielten sie so gefangen. Pan versuchte, sich zu transformieren, doch sie war nicht einmal in der Lage, sich aufzulösen, geschweige denn, von hier zu entkommen.

„Schnell, bringt sie in den vorbereiteten Raum."

Kurz wandte sie sich noch an Pan. „Ich hab extra einen Raum für dich machen lassen. Ich bin ja kein Monster. Die kleine Zelle, die Ol einst hatte, wäre für die Ewigkeit doch ein wenig zu klein, nicht wahr? Wir werden uns nicht wiedersehen. Genieß die Einsamkeit, die mochtest du doch immer so."

Pan würde dieses Gesicht mit dem lieblichen Lächeln niemals vergessen. Die Kälte in ihren Augen und die Grausamkeit in ihrer Stimme waren wie ein glockenhelles Lied, das den Tod brachte. Dann wurde Pan weggebracht. Sie zogen sie durch die Gänge, öffneten eine unscheinbare weiße Tür und warfen sie in einen schwarzen Raum.

Sie hörte, wie sich der Schlüssel im Schloss drehte und wie etwas vor die Tür geschoben wurde. Dann versuchte sie, sich aus dem Netz zu befreien. Es dauerte ein wenig, bis sie es los war. Eng hatte es sich um ihre Glieder geschlungen. Sie wand sich zuerst, dann begann sie, die einzelnen Kordeln geduldig abzutasten und zu entwirren. Es war kaum Befreiung, das Netz loszuwerden.

Bald gewöhnten sich ihre Augen an die Dunkelheit, doch alles, was sie sah, war eine große in schwarzen Stein gehauene Höhle. Nun sah sie auch, dass selbst die Türe von innen mit schwarzem Metall verkleidet war und nirgends gab es eine weitere Öffnung. Pan wusste, was das bedeutete. Es war genau dasselbe Material, dass Ifur schon bei Ol genutzt hatte, um ihn gefangen zu halten. Es machte eine Transformation und jede geistige Kontaktaufnahme unmöglich. Es blockierte diese Fähigkeiten vollkommen. Pan verfluchte sich selbst. Sie hatte sich in die Falle locken lassen.

17. Schatten

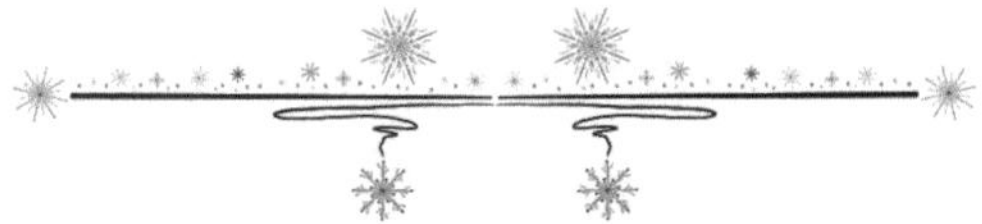

Als Eklantas die Katze sah, ahnte er sofort, dass etwas nicht stimmte. Er ging in sich und konnte Pan nicht hören und nicht fühlen. Was das bedeutete, wusste der Nachtalb augenblicklich. Es war bisher nur ein einziges Mal in seinem Leben vorgekommen, dass er einen Schutzgeist nicht mehr wahrgenommen hatte und das war, als Ol in Gefangenschaft geraten war.

Die Katze wollte ihm irgendetwas mitteilen. Sah Pan ihn durch ihre Augen? Die beiden hatten eine spezielle Verbindung, vielleicht war es möglich, mit Pan durch sie zu kommunizieren.

„Pan? Siehst du mich? Kannst du durch Schatten sehen?"

Die Katze schmiegte sich an das Bein des Nachtalben und tapste dann in Richtung Stadttor. Sie miaute ihn an und ging wieder ein paar Schritte auf das Tor zu.

„Pan, ich kann nicht in die Stadt. Ich muss Hilfe holen! Allein kann ich hier nichts ausrichten, das weißt du!"

Die Katze kam zu Eklantas zurück und sah ihn fragend an. Sie miaute leise.

„Wo kann ich denn deine Freunde finden? Die dich damals nach Gard begleitet haben? Sie würden sicherlich helfen!"

Wieder miaute die Katze und löste sich ein wenig in Nebel auf.

Eklantas runzelte die Stirn. „Kann Schatten mich hinbringen? Kann sie mich mitnehmen, wenn sie reist?" Der Alb hatte keine Ahnung, ob Pan ihn überhaupt hören konnte.

Die Katze miaute und rieb sich erneut an Eklantas Bein, wobei die Nebel um ihn herum waberten. Der Nachtalb streckte die Hand aus und berührte die Katze. Seltsame unbekannte Empfindungen durchströmten ihn und kurz erfühlte er auch Pan. Schon löste sich das Tier in grauem Nebel auf und nahm ihn innerhalb eines Gedankensprungs mit.

Sie erschienen gemeinsam vor einer Taverne in einer großen Stadt, wie Eklantas sofort erkannte. Es wahr höchstwahrscheinlich eine Handelsstadt, denn sie war nicht in einer der Landestraditionen gebaut. Verschiedenste Bauarten vereinigten sich schon in dieser winzigen Gasse. Neben ihm miaute Schatten und marschierte auf die Tür einer Taverne zu. Wieder waberten Nebelschwaden um die Beine der schwarzen Katze. Ihre Augen leuchteten golden in der Dunkelheit.

Eklantas zögert. „Wir sind vielleicht ein wenig zu auffällig, wir beiden. Wollen wir wirklich da hineingehen?"

Die Katze miaute noch lauter und kratzte an der hölzernen Tür.

Eklantas sah durch das Fenster. Im Raum war nur schummriges Licht, das hielt er aus. Es würde ein wenig schmerzen, aber es würde ihn nicht handlungsunfähig machen. Er atmete tief ein und ergab sich in sein Schicksal. Was tu ich nicht alles für Pan, dachte er und wappnete sich gegen die Reaktionen der Menschen.

Dann öffnete er langsam die Tür und betrat zum ersten Mal in seinem langen Leben eine Taverne. Schmerz durchfuhr ihn, als das Licht auf seine dunkle Haut traf. Seine Augen tränten unmittelbar und er verengte sie zu kleinen Schlitzen.

Sofort richteten sich alle Blicke auf ihn. Eine Kellnerin ließ einen Krug zu Boden fallen. Die Stimmen verklangen. Vollkommene Stille.

Schatten war davon nicht beeindruckt und miaute laut. Dann stolzierte sie mit hocherhobenem Schwanz auf einen Tisch zu und maunzte einen Mann mit auffallend hellem Haar und einem gepflegten Bart an. Sie rieb sich an seinem Bein und miaute noch aufdringlicher.

„Schatten? Bist du das?", fragte der Mann die Katze. Eklantas folgte dem Tier und blieb neben ihm stehen.

„Bist du ein Freund von Pan? Sie braucht Hilfe!", sagte der dunkle Alb.

Der Mann nickte und streckte Eklantas die Hand entgegen. „Mein Name ist Liar. Was weißt du über Pan?"

Eklantas sah stirnrunzelnd Liars Hand an und ergriff sie zögernd.

„Vielleicht können wir woanders reden?", bat er und sah sich im Raum um. Noch immer wurde der dunkle Alb misstrauisch beobachtet. Die Menschen betrachteten ihn eingehend. Keines der Gespräche kam wieder in Gang und die Mägde hatten aufgehört, auszuschenken. Der Wirt hinter dem Tresen sah ihn mit zusammengezwickten Augen an. Es war klar, dass er Eklantas hier nur ungern duldete.

Liar nickte. „Gerne. Meine Freunde werden mit mir kommen. Sie sind auch Pans Freunde, also wird das in deinem Sinne sein."

Der Alb sah die drei Männer, die bei Liar am Tisch saßen, kurz an und nickte dann, ehe er sich eilig umdrehte und auf die Tür zulief.

Er blieb erst stehen, als er in einer finsteren Ecke zwischen zwei Häusern angekommen war. Hier fühlte er sich wieder erheblich besser. Erneut miaute Schatten neben ihm.

Der Schmerz auf Eklantas Haut und in seinen Augen ließ nach.

„Pan, kannst du mich hören? Ich hab hier Freunde von dir gefunden. Sieh sie dir an, ob das in Ordnung ist."

Schatten wanderte von einem zum anderen und musterte sie eindeutig. Es sah seltsam aus, eine Katze so handeln zu sehen. Dann miaute das Tier wieder Eklantas an.

„Was soll das?", fragte ein junger Mann mit blauem langem Haar.

Liar zuckte mit den Schultern. „Ich nehme an, das ist Eklantas? Pan hat schon früher von ihm erzählt.", dann wandte er sich an den Nachtalb. „Gehe ich da richtig mit meiner Annahme?"

Der Alb nickte. Die Menschen schienen nicht leicht von Begriff zu sein. Es eilte. Es eilte sehr. Doch der eine begann bereits wieder, zu reden.

„Mein Name ist Liar, wie du schon weißt. Das hier ist Seth, daneben steht Sachrod und der neugierige junge Mann daneben, das ist Isone. Vielleicht erklärst du uns jetzt mal, worum es geht?"

„Wir haben keine Zeit für lange Erklärungen. Pan ist gefangen. Sie braucht Hilfe. Wir müssen uns beeilen. Ohne Pan wird niemand die weiße Königin in Schach halten!"
„Warum hast du sie nicht befreit?", fragte Isone frech.
„Wie du siehst bin ich ein Nachtalb. Ich kann nur bei Dunkelheit handeln. Pan ist in Gard gefangen. Die Stadt ist mit voller Absicht überall beleuchtet, so dass die dunklen Wesen sie nicht betreten können! Helft ihr Pan nun?"
„Natürlich!", sagte Seth kurzangebunden. „Was können wir tun?".
„Ihr müsst mit uns kommen!"
„Eine Frage noch: Warum redest du mit der Katze?", fragte Isone.
„Schatten hat eine Verbindung zu Pan. Scheinbar ist sie in einem Gefängnis, das die Kommunikation mit den anderen Unsterblichen unmöglich macht. Aber durch die Augen der Katze kann Pan sehen und durch ihre Ohren hören. Ich nehme an, das kam zustande, als sie beide gemeinsam transformiert wurden. Sicher kann ich das allerdings nicht sagen. Wir müssen uns jetzt

beeilen. Bitte legt alle eure Hände auf die Katze, sie wird uns mitnehmen."

„Wie bitte?", sagte Sachrod entgeistert. „Wie soll das denn funktionieren?"

Ungeduldig fauchte Eklantas ihn an:

„Kannst du nicht sehen, dass es eilig ist? Schatten reist wie die Nagur oder die Gurdor. Sie transformiert sich in dunklen Nebel und kann dann innerhalb eines Augenblickes zu jedem Ort Arenlais reisen. Wenn ihr sie berührt, reist ihr mit ihr. Wir haben keine Zeit mehr. Fasst die Katze jetzt an!"

Einer nach dem anderen legte die Hand auf den Rücken der kleinen Samtpfote. Sie hatten kaum Platz nebeneinander. Isone konnte das Fell nur mit einem Finger berühren. Eklantas legte Schatten zum guten Schluss seine Hand auf den Kopf und sagte: „Los jetzt, vor die Tore Gards!"

Es war nur ein Moment, bis sie vor den Mauern Gards angekommen waren. Der Nachtalb spürte, dass sich die Haltung der Männer geändert hatte. Gerade noch, war er mit ihrer aller Geist verbunden gewesen. Immerhin wusste er nun mit Sicherheit, dass die Männer Pan wohlgesonnen waren.

„Verdammt, das war grauenhaft!", schimpfte Sachrod.

„Und wir haben nichts mitgenommen. Es ist hier viel zu kalt!", schrie Liar Eklantas an.

„An sowas denke ich natürlich nicht. Ich bin ein Alb, mir kann die Kälte nichts anhaben."

„Vielleicht hättest du auf die Idee kommen können, uns vorzuwarnen!", knurrte Sachrod.

„Ihr hättet euch denken können, dass es in Gard kälter ist. Die weiße Königin hat hier ihren Sitz! Hohlköpfe seid ihr. Wie wollt ihr denn der armen Pan helfen? Wartet hier, ich werde mit Schatten einige Kleidungsstücke holen. Dann könnt ihr euch schützen."

„Ich bezweifle, dass das reicht. Wir müssen hier ganz schnell rein und wieder raus. Diese Kälte hier ist nicht für Menschen gemacht."

Eklantas schüttelte erneut den Kopf über die Männer vor ihm. „Wartet hier."

Er legte die Hand auf Schatten und als hätte sie zugehört, löste sich die Katze mit dem Alb in Luft auf. Das Tier hatte offensichtlich verstanden, was die Männer brauchten. Es brachte Eklantas in ein kleines Zimmer. Niemand war hier und das Licht war gelöscht. Eilig suchte der Nachtalb das Notwendigste zusammen. Wenige Augenblicke später erschien er mit Schatten wieder, wobei der Alb nun vollgepackt mit Mänteln und Decken war. Er warf sie den Männern zu, die sich eilig darin einwickelten.

„Nun, husch, husch. Hinein in die Stadt. Ihr müsst Pan finden. Schatten wird euch führen. Holt sie bloß schnell da raus. Dann sind wir hier im Handumdrehen wieder weg."
„Etwas Höflichkeit könntest du dir schon mal angewöhnen, ich weiß nicht, was Pan an dir findet." Sachrod sah ihn missmutig an, folgte dann aber Liar, Seth und Isone. Die waren hinter der Katze hergelaufen und betraten bereits den äußeren Ring Gards.
Eklantas sah durch das Tor die Wachen, doch die Männer waren schon losgelaufen. Der Alb hörte Sachrod flüstern: „Mist!" Esher sei Dank, zog der einfältige Mensch sich zurück.
„Wie sollen wir denn da unbemerkt reinkommen?"
Der Nachtalb winkte Sachrod zu und fauchte verärgert: „Kommt zurück! Schatten komm her! So eine Dummheit. Stürmt einfach

hinein. Das ist doch vollkommen unsinnig. Ihr müsst mit Schatten reisen. Sie kann euch direkt zu Pans Gefängnis bringen und niemand sieht euch. Warum könnt ihr nicht denken? Ist das bei Menschen so? Pan kann doch auch selbst nachdenken! So eine Dummheit. Bringt euch selbst noch um und dann kann niemand mehr Pan helfen."

„Jetzt reicht es mir aber. Du könntest uns ja auch ein paar Informationen zukommen lassen. Du hast doch gesagt: Husch, husch. Vielleicht warnst du uns einfach das nächste Mal vorher und nicht erst, wenn wir schon reingelaufen sind.", keifte Sachrod zurück.

„Ganz ruhig.", flüsterte Seth. „Lass uns jetzt einfach machen, was er sagt. Wir müssen Pan erst mal da rausholen. Alles andere können wir später klären."

Sachrod nickte, sah den Nachtalben aber immer noch erbost an.

Endlich legten die Männer ihre Hände auf das Fell des kleinen schwarzen Tieres und Eklantas sah sie verschwinden. Sorgenvoll blickte er zur weißen Stadt, bezweifelte, dass diese vier Menschen Pan wirklich helfen konnten. So viel Dummheit hatte er selten

auf einem Haufen gesehen. Er würde hier
warten. Notfalls musste er andere Hilfe
suchen.

18. Rettung

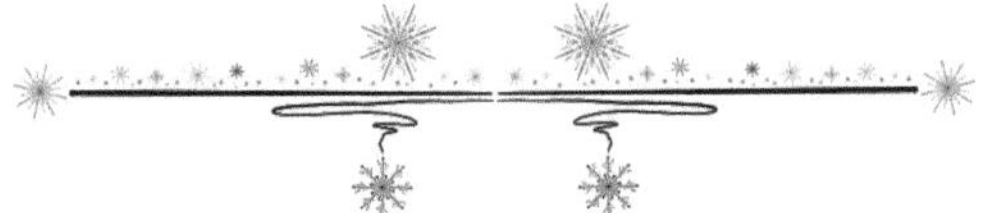

Die vier Männer legten ihre Hände vorsichtig auf den Rücken der Katze. Seltsam war es, mit dem Tier zu reisen. Seths Gedanken schienen sich mit denen der anderen Männer zu vermischen. Er sah Isone als Tänzerin auftreten, konnte Liar als kleinen Jungen mit einigen Kindern an einem Fluss spielen sehen. Das seltsamste aber war, dass er Pan fühlte. Einen Moment strömte sein Gefühl ungefiltert zu ihr, sein Geist war vollkommen offen. Die Realität kam zurück und er zog die Hand von der Katze weg. Er fand sich in einem weißen Gang wieder. Seth stand vor einer Türe, deren Schloss mit einer kleinen

Platte aus schwarzem Metall gesichert war. Die Katze kratzte an der Tür und miaute kläglich.

„Immerhin ist es hier drin nicht ganz so kalt.", flüsterte Isone und legte die Decke ab, die er sich gerade noch fest um die Schultern gezogen hatte.

„Wenn wir das gewusst hätten, hätte der Alb gar keine Mäntel holen müssen.", brummte Sachrod.

„Das konnte Eklantas selbst nicht wissen. Er war ja nicht hier drin.", verteidigte Seth ihn.

„Jetzt konzentrieren wir uns mal auf diese Tür. Warum ist denn hier so eine Platte vor dem Schloss? Ist sie festgenagelt?"

„Sieht so aus. Wenn wir etwas Werkzeug dabei hätten …"

„Haben wir aber nicht.", Seth wurde langsam ungeduldig und das sah ihm gar nicht ähnlich. „Wir müssen uns beeilen. Wenn sie uns hier erwischen, dann sind wir tot. Hat irgendjemand ein Messer oder so dabei? In die Taverne hab ich meins leider nicht mitgenommen."

Isone schüttelte den Kopf, Liar aber zog einen kleinen Dolch aus seinem Stiefel.

„Ich gehe nicht mehr ohne irgendeine Waffe aus dem Haus.“

„Das ist wahrscheinlich auch vernünftiger“, raunte Isone.

Seth machte sich an der Metallplatte zu schaffen. Er versuchte den Dolch darunter zu schieben und die Platte hochzuhebeln, was nicht auf Anhieb gelang. Doch nach und nach lockerten sich die Nägel etwas und die Spitze des Dolches passte nun zwischen Tür und Metallplatte.

„Beeil dich doch.“, flüsterte Sachrod.

In der Ferne erklangen Schritte. Isone sah sich gehetzt um. Liar legte ihm beruhigend eine Hand auf die Schulter.

Seth schob den Dolch immer weiter unter die Platte und endlich schaffte er es, sie von der Tür zu hebeln. Das Schlüsselloch war allerdings mit irgendeiner Masse verstopft. Es sah aus, wie Metallspäne in einer tonartigen Paste. Der Dolch war zu groß, um die Masse aus dem Loch zu entfernen.

„Lass mal sehen.“, flüsterte nun Isone und kam näher. Er besah sich das Schlüsselloch genau und holte dann aus der Jackentasche mehrere Haarnadeln. Eine davon bog er auf und stocherte damit im Loch herum. Nach und nach bröckelten vielen kleine Stücke der Metallmischung heraus. Schließlich schob Seth Isone zur Seite und warf einen Blick durch das Loch. Vollkommene Dunkelheit herrschte in dem Raum dahinter. Schon wollte Seth enttäuscht zur Seite treten, da leuchteten goldene Augen aus der Finsternis.

„Pan? Bist du das?"

Kaum hatte er gesprochen, waberte grauer Nebel aus dem Schlüsselloch. Liar zog Seth zur Seite.

Der Nebel verdichtete sich zu einer Wolke, wurde dunkler und formte sich schließlich zu einer schmalen Frauengestalt.

Sachrod schloss sie stürmisch in die Arme, ließ sie aber sofort wieder los.

„Was war das?"

„Tut mir leid. Ich kann es nicht kontrollieren." Pans Stimme klang traurig.

Seth sah Sachrod fragend an, doch der ignorierte ihn. Eine unangenehme Distanz lag zwischen Seth und Pan, die er früher nie empfunden hatte. Er wusste nicht, wie er sie ansprechen sollte, ob er sie berühren durfte.

Sie wich seinem Blick aus. „Danke. Danke, dass ihr gekommen seid. Lasst uns nun schnell verschwinden!"

Pan streckte ihre Hand aus und alle ergriffen ihren Arm. Sachrod war der erste, Liar berührte Pan kurz darauf an der Schulter und auch Isone schien keine Bedenken zu haben. Dennoch sah Seth sofort, wie die Mimik der Männer sich veränderte, kaum dass sie mit Pan in Berührung gekommen waren. Ein ungutes Gefühl machte sich in Seth breit. Noch immer sah sie ihn nicht direkt an. Als er weiter zögerte, wandte sie sich ihm zu. Ihr Blick war traurig und dennoch auffordernd. „Seth. Komm. Wir müssen hier weg."

Warum nur tat es so weh, seinen Namen aus ihrem Mund zu hören? Warum hatte er das Gefühl, ihre gemeinsame Zukunft hatte jetzt schon ein Ende gefunden.

Er wankte einen Schritt auf sie zu, streckte die Hand nach ihr aus und berührte sie sanft an der Schulter. Augenblicklich konnte er nicht mehr klar denken. Hatte er schon die Reise mit der Katze unangenehm gefunden, war das Gedankenchaos, das nun auf ihn eintraf, fast unerträglich. Wie ertrug Pan das? Szene um Szene drängte sich ihm auf. Pan selbst als kleines Mädchen mit ihrer Mutter stand vor einem hölzernen Haus. Dann sah er Liar, der von einigen größeren Jungen vermöbelt wurde. Ein Gedanke später und er beobachtete eine weiße Gestalt, die über die Schneeebene wanderte. Eine dunkle Kugel blitze auf. All das wurde begleitet mit seltsamen Gefühlen, die nicht von ihm stammten. Wie wundervoll war es, die Verbindung wieder zu trennen und mit seinen eigenen Gedanken und Erinnerungen allein zu sein.

Seth fand sich vor der Stadt wieder, dort wo er mit der Katze abgereist war. Der dunkle Alb sah sie erleichtert an. Die Gesichter der Männer rund um ihn hingegen, spiegelten Entsetzen. Die Reise schien für sie genauso unfassbar gewesen zu sein, wie für Seth selbst.

Auf Pans Gesicht lag kein Entsetzen, nur unerträgliche Traurigkeit. Wie gerne hätte er sie in den Arm genommen und getröstet. Doch unter diesen Umständen war das wohl keine gute Idee.

19. Alte Freunde

Pan war nicht verwundert, als sie die schockierten Gesichter der vier Männer vor sich sah. Sie wusste genau, was das Chaos der Wahrnehmungen in einem anrichten konnte. So nahm sie es ihnen nicht übel, als sie sie darum baten, mit der Katze, statt mit Pan nach Kanuras zurückreisen zu können. Dennoch machte sich tiefe Traurigkeit in ihr breit. Die Distanz zwischen ihrer eigenen Existenz und der Menschlichkeit ihrer alten Freunde wurde ihr noch deutlicher bewusst. Dass die Männer so schnell wie möglich aus

der Kälte Gards entkommen mussten, war
Pan sofort klar, auch wenn der eisige Frost
ihr selbst nichts mehr anhaben konnte. So
hatte sie kaum Zeit, die Gesichter ihrer
Freunde zu mustern, ehe sie Schatten bat, die
Männer mit sich zu nehmen. Eklantas hatte
nichts dagegen mit Pan zu reisen. Vielleicht
hatte er sich schon an das Chaos gewöhnt,
vielleicht konnte er seinen eigenen Geist
auch besser beherrschen als die Männer. Pan
war froh, dass zumindest er nicht vor ihr
zurückwich.

Sie löste sich mit ihm in Nebel auf, ließ sich
von seinem Geist den Weg weisen und befand
sich rasch darauf in einer finsteren Ecke in
Kanuras.

Die Taverne in der Eklantas nur kurze Zeit
vorher Liar angesprochen hatte, war nur ein
paar Meter entfernt. Pan blieb noch ein
wenig im Dunklen zurück, unsichtbar für die
vier Männer. Sie musterte ihre früheren
Gefährten, die die seltsame Reise kaum zu
begreifen schienen. Wie ein Traum erschien
sie ihnen wohl.

Pan hörte sie miteinander raunen und fühlte
sich ausgeschlossen. Die Augen der

Unsterblichen gewöhnten sich schnell an die Dunkelheit und sie sah die Gesichter klar vor sich. Die geliebten Gesichtszüge von Seth, die wundervollen warmen Honigaugen, leuchtete für sie in der Nacht. Daneben befand sich Sachrod, für den sie eine andere Art der Liebe empfand. Liar stand bei ihnen, der ihr in der Vergangenheit ein wahrer Freund geworden war. Bei ihm befand sich ein schlanker Mann mit blauem Haar. Sein Gesicht war ausgesprochen zart geschnitten. Als er ihr den Blick zuwandte, sah sie in himmelblaue Augen. „Isone!", entfuhr es Pan.

Nun schnellten all ihre Köpfe herum und Pan trat aus dem Schatten. „Pan! Schön, dich wiederzusehen. Ich hätte nicht gedacht, dass ich dich nochmal irgendwo treffe.", erwiderte Isone.
Pan kam näher. „Sie dich an. Du hast dich verändert." Sie konnte nicht einordnen, ob das gut oder schlecht war. Pan hatte Isone als Tänzerin des fahrenden Volkes kennengelernt. Sie musterte sein Gesicht, das ihr so vertraut vorkam.

„Ja, die weiße Königin hat mir das Frau sein etwas verleidet!", klärte Isone sie auf.

Pan verstand sofort. „Sie hat dich erwischt? Das tut mir so leid."

Isone nickte. „Ja, das war eine schwere Zeit. Sie hat mir und den anderen Frauen immer wieder eine schwarze Flüssigkeit injiziert und ich hab große Gedächtnislücken. An manches kann ich mich nur schemenhaft erinnern. Aber ich weiß, dass ich schlimme Dinge getan hab in jener Zeit. Manchmal träume ich davon." Seine Stimme war zu einem Flüstern geworden.

Liar legte ihm tröstend die Hand auf die Schulter.

„Lass dir die Freude nicht von ihr nehmen, nicht die Freude am Frau sein, nicht die an Tanz und Musik und auch nicht die an bunten Kleidern." Pan sah Isone ernst an. „Wir dürfen ihr nicht Arenlai überlassen. Wir dürfen sie nicht über uns bestimmen lassen."

Isone nickte. „Vielleicht hast du recht. Vielleicht muss jeder von uns seinen Teil dazu beitragen, Arenlai nicht erkalten und verblassen zu lassen." Einen Augenblick starrte er still zu Boden. Wieder nickte er.

„Wir müssen gemeinsam gegen sie kämpfen. Jeder auf seine Weise. Wärme, Liebe, Farben, Glück. Das können wir ihr sicher entgegensetzen."

Dankbar sah Pan Isone an. „Ich hab es allein versucht. Aber sie ist mir immer einen Schritt voraus. Ich kann nur ihre Eiswesen bekämpfen, indem ich ihnen immer wieder andere Wesen gegenüberstelle, die sie eindämmen. Aber das verändert Arenlai auch. Ich weiß nicht, wie ich es allein schaffen soll, alles im Gleichgewicht zu halten."

Eklantas stand neben ihr und sagte kein Wort. Innerlich aber jubelte er. Endlich verschloss sie sich nicht mehr vollkommen. Endlich bat sie um Hilfe.

„Ich helfe dir, wenn ich kann.!", raunte Seth.

Sachrod neben ihm nickte. „Ich natürlich auch."

Liar und Isone schlossen sich ihnen an. „Aber vielleicht könnten wir uns ja doch mal ein gemütlicheres Fleckchen für unseren Plausch suchen. Hier draußen wird es langsam kalt und ich brauche dringend was Essbares."

Die anderen stimmten Sachrod zu.

„In die Taverne geh ich aber nicht noch mal!“, erwiderte Eklantas. Schatten rieb sich an seinem Bein und miaute.

„Wir können zu mir nach Hause gehen.“, meinte Isone und ohne weitere Diskussion folgten die anderen ihm durch die engen Gassen von Kanuras.

Pan ging hinter ihnen her. Seth wartete auf sie. Vorsichtig warf er ihr flüchtige Blicke von der Seite zu. Zuerst sah er nur in ihr Gesicht, schließlich fiel ihm aber etwas auf. „Bist du schwanger?“, rief er entgeistert.

Pan lächelte und fasste sich liebevoll an den gewölbten Bauch. „Ja“, flüsterte sie.

„Aber wann? Wer? Wie ist das passiert? Ich dachte Unsterbliche können nicht schwanger werden.“

Pan sah ihm an, dass er verletzt war, vielleicht sogar eifersüchtig. Doch was würde ihr Unehrlichkeit nun bringen? Liebevoll sah sie ihn an. „Ich erkläre es euch später. Es ist wohl nicht nur für dich von Interesse.“

Seth runzelte die Stirn. „Um ehrlich zu sein, ich hatte mir das Wiedersehen mit dir etwas anders vorgestellt.“

„Ich wünschte es wäre anders. Aber das liegt nicht in meiner Macht. Alles hat sich verändert. Mein ganzes Leben, mein Wesen, mein Sein ist im Wandel. Ich bin nun ein Schutzgeist Arenlais und ich muss meine Aufgabe erfüllen. Ich bin Unsterblich und vieles an mir, in mir hat sich verändert. Vielleicht müssen wir uns neu kennenlernen. Ich muss mich selbst neu kennenlernen, wachsen, mich weiterentwickeln." Sie senkte ihre Stimme. „Ich hab dich vermisst Seth. Ich hab so oft an dich gedacht. Aber ich hab dir nun nichts mehr zu bieten."

Er schüttelte unwillig den Kopf. Freude und Traurigkeit lagen gleichzeitig in seinem Blick. „Auch wenn du dich veränderst, das wird meine Gefühle nicht schmälern. Ich muss es dir sagen, ehe du wieder verschwunden bist. Ich liebe dich Pan. Aus tiefstem Herzen liebe ich dich."

Am liebsten hätte Pan seine Hand ergriffen, doch sie hatte Angst vor dem Kontrollverlust, vor dem Chaos der Gedanken. Hilflosigkeit machte sich in ihr breit. Das war genau das, was sie befürchtet hatte. Ein so starkes Gefühl brannte in ihr, das sie kaum beherrschen konnte. Alles drängte sie zu ihm und doch konnte sie ihm nicht nahe sein.

Sie schwieg und für einen Augenblick dachte sie daran einfach zu verschwinden. Es wäre so leicht. Nur ein Gedanke und sie wäre weit weg. Aber was dann? Wollte sie für immer fliehen? Wollte sie Seth nie wieder sehen? Für immer allein sein?

„Wir werden sehen. Ich weiß noch lange nicht, was ich mit diesen neuen Fähigkeiten alles machen kann und ich weiß auch nicht, ob ich noch mehr Kontrolle über die Flut der Gedanken erlangen kann. Die Gurdor und die Nagur kontrollieren die Gedankenübertragung bei Berührung nicht, weil sie Berührungen ausschließlich hierzu nutzen. Ich weiß also nicht mal, ob es überhaupt möglich ist, es zu kontrollieren.“

Seth konnte nur hilflos mit den Schultern zucken. „Ich hatte eine andere Antwort erhofft.“

Pan schüttelte den Kopf. „Es ist jetzt nicht der Zeitpunkt dafür.“ Sie war froh, dass sie in diesem Augenblick angekommen waren.

Als Isone die Tür seines Hauses öffnete, ging Liar sofort hinter ihm ins Gebäude. Sachrod hingegen wartete noch einen Augenblick, grinste Pan verschmitzt an und sagte: „Na, hat er dir seine Liebe gestanden?"

Pan konnte sich ein Lächeln nicht verkneifen. Die sorglose Hänselei des Sängers vertrieb die finsteren Gedanken für einen Augenblick.

Seth hingegen knurrte ihn mürrisch an. „Kümmer dich um deinen Kram."

„Aber das ist doch mein Kram. Schließlich gehört dir Pan nicht. Ich will auch ein Stück vom Kuchen abhaben."

Wütend stapfte Seth an ihm vorbei.

Pan flüsterte Sachrod zu: „Warum ziehst du ihn auf?"

„Weil es ausgesprochen viel Spaß macht. Und weil er ruhig etwas lockerer werden könnte."

Nun fiel auch Sachrods Blick auf Pans gewölbten Bauch und er zog fragend die Brauen hoch.

„Lass uns das drinnen klären. Es gibt noch mehr zu besprechen."

Isone stellte einige Becher auf den hölzernen Tisch und holte einen großen Krug aus dem Regal. „Ich hole Wasser, wenn es euch recht ist. Macht es euch doch schonmal bequem." Er verließ den Raum.

Liar ließ sich auf einen der Stühle fallen. „Das war vielleicht mal ein seltsames Erlebnis. Ich komm mir vor, als hätte ich geträumt."

Sachrod nickte ihm zu. „Da kann ich dir nur zustimmen. Was war das denn für ein komisches Gefühl, als wir dich berührt haben Pan? Das war, als würde man plötzlich fremde Gefühle und Gedanken in sich haben. Sehr unangenehm. Das muss ich wirklich sagen. Sehr unangenehm."

„Das musst du mir nicht sagen. Mir geht es ununterbrochen so. Vielleicht warten wir, bis Isone wieder bei uns ist."

Wie aufs Stichwort betrat dieser den Raum. „Hat mich jemand gerufen?", flötete er.

„Wir wollen anfangen. Pan hat uns einiges zu sagen, wie es scheint.", klärte Liar ihn auf.

Pan nickte und holte tief Luft. „Seth, Liar, ihr seid bei mir gewesen, als Ol und Gaszra mich transformiert haben. Ich war bereits tot. Sie haben mich mit ihren Tränen wiedererweckt und mich so zur Unsterblichen gemacht. Schatten ist übrigens genau in diesem Augenblick auf mich gesprungen und wurde so mit mir transformiert. Sie hat eine ganz besondere Verbindung zu mir. Gaszra und Ol haben das nicht nur gemacht, weil sie mich am Leben erhalten wollten. Der Hauptgrund war, dass sich die weiße Königin mit Ols geraubten Tränen ebenfalls transformiert hatte.

Sie wollten einen Gegenpol zu ihr erschaffen, der das Gleichgewicht Arenlais aufrechterhält. Dieser Gegenpol bin ich. Meine Stärke ist, dass ich Licht und Dunkel in mir vereine. So kann ich nicht nur in dunkler Nacht agieren, wie die Gurdor, sondern auch bei Tag handeln."

„Du bist ernsthaft unsterblich?". Isone sah sie zweifelnd an.

Pan nickte. „Ich hab es ausprobiert. Ich sterbe nicht. Ich kann nicht verletzt werden, ich hab keinerlei Hunger, ich muss nicht mehr schlafen, Kälte oder Hitze, Feuer oder Eis, nichts kann mich töten."

„Nicht schlecht.", sagte Isone anerkennend.

Pan verzog das Gesicht.

„Es gefällt dir nicht?", fragte Isone verwundert.

„Um ehrlich zu sein, Anfangs habe ich Gaszra sogar gebeten es rückgängig zu machen. Sie kann es nur leider nicht.“

„Aber warum? Du bist unbesiegbar. Das ist doch fantastisch!“, rief Isone.

Pan lächelte. „Ich habe den Tod immer als etwas Tröstliches angesehen. Das Ende von Leid und Sorgen.“

Isone schüttelte den Kopf. „Aber das Leben ist doch nicht nur Leid und Sorgen.“

Die anderen Männer blieben still und verfolgten das Gespräch.

„Für mich war es oft genug voller Schmerz und Zurückweisung. Ich hatte Angst, für ewig allein mit diesen Gefühlen leben zu müssen. Denn ihr alle werdet irgendwann gehen.“

Eklantas schnaubte leise in einer Ecke. Die anderen hatten gar nicht bemerkt, dass er das Haus ebenfalls betreten hatte.

„Ja, du wirst hoffentlich bei mir bleiben, Eklantas.“

Der Nachtalb nickte.

„Aber das ist nicht alles. Ich bin verbunden mit allen Nagur und Gurdor. Mit all ihren Gedanken, Erinnerungen und Sorgen. Anfangs konnte ich das nicht filtern, es war ein Chaos, wie ihr es vielleicht heute erlebt habt, als ihr mich berührt habt. Und das ist noch so ein Punkt, der nicht angenehm ist: Ich kann niemanden berühren, ohne diese Übertragung des Geistes."

„Oh.", entfuhr es Isone und Seth nickte sorgenvoll.

Eine einsame silberne Träne löste sich aus Pans Augenwinkel, rollte langsam über ihren Wangenknochen, hing einen Moment an der höchsten Stelle, um dann glitzernd herabzufallen. Isones Augen wurden groß, als auf dem Boden seines Hauses eine winzige Pflanze mit silbrig grünen Blättern spross und so schnell wuchs, wie er es nicht für möglich gehalten hatte. Stängel entwickelten sich und schossen in die Höhe. Weitere Blätter, fein gegliedert wir silberne Federn, entstanden und dann bildete sich oben eine Knolle, die innerhalb kürzester Zeit wuchs, sich öffnete und zu einer vollen silberblauen Blume erwachte.

„Entschuldige, das wollte ich nicht.", flüsterte Pan bang. Sie sah die Blicke der vier Männer und wieder kam die Angst, der Zweifel. Sie würden sie ablehnen. Mit großen Augen sah sie von einem zum andern, auf die Reaktionen wartend.

„Machst du Witze?", lachte Isone. „Das ist doch wunderbar."

Sachrod stimmte zu. „Fantastisch. Was kannst du denn sonst noch alles. Musst du immer heulen dafür?"

Das war nicht die Reaktion, die Pan erwartet hatte. Freudig erwiderte sie: „Nein, aber wenn ich weine, entstehen immer diese ganz besonderen Pflanzen. Ich kann aber auch ganz ohne Tränen alles Mögliche erschaffen. Pflanzen, Tiere, Alben, Steine, was immer ich möchte."

„Wahnsinn. Das ist unglaublich. Damit kann dir doch niemand mehr da Wasser reichen. Du musst dich vor nichts fürchten. Du bist unbesiegbar.", jubelte Isone.

Seine Begeisterung steckte Pan schon fast an. „Naja. Um ehrlich zu sein, das ist nicht nur positiv, sondern auch gefährlich. Wenn ich nicht aufpasse und wütend etwas erschaffe, dann ist es für die Menschen eine Gefahr, es kann ein Wesen sein, dass sie tötet. Es ist nicht so einfach.", wieder senkte sie beklommen die Stimme.

„Ich verstehe.", nickte Liar. „Du musst sehr vorsichtig damit sein, um nicht mehr Schaden anzurichten, während du der weißen Königin etwas entgegensetzt."

Eine Weile versank jeder von ihnen in seinen eigenen Gedanken. Schatten rieb sich an Pans Bein. Pan nahm die Katze hoch und kraulte sie hinter dem Ohr. Das Schnurren beruhigte sie.

„Hm, und vielleicht kannst du uns nun noch sagen, wie du als Schutzgeist schwanger geworden bist? Ich dachte die können das gar nicht. Und du bist auch schon so weit fortgeschritten. So lange ist die Transformation doch noch gar nicht her.", stellte Sachrod nun endlich die Frage, die auch auf Seths Zunge lag.

„Nein, heute könnte ich nicht mehr schwanger werden, aber es muss geschehen sein, bevor ich transformiert wurde."

„Weißt du, wer der Vater ist?". Sachrod kam direkt zum Punkt.

Pan nickte und sah ihn an. „Du bist der einzige Mann, bei dem ich gelegen habe, Sachrod. Daher bist du ohne Zweifel der Vater."

Pan sah Seth an, der wich ihrem Blick aus.

Sachrod sah Pan erfreut an. „Wir haben nur einmal beieinander gelegen. Das war ja ein Erfolgstreffer."

Pan nickte und strich sanft über ihren Bauch. „Da ich wahrscheinlich nie wieder bei jemandem liegen werde, ist das wirklich ein Glück. Sonst hätte ich nie Mutter werden können. Ihr habt ja mitbekommen, wie es sich anfühlt, mich zu berühren. Und Unsterbliche können sowieso kein Kind empfangen."

„Ich bin selbstverständlich für dich und unser Kind da.", er streckte seine Hand aus, um sie auf die ihre zu legen, zog sie aber im letzten Moment zurück.

„Ich bin auch für dich da.", mischte sich Liar ein. „Das Wichtigste ist, dass du weißt, dass du nicht allein bist im Kampf gegen die Königin und auch in deinem Leben nicht. Wenn ich auch nicht wie du ewig leben werde, so kann ich dir doch versprechen, in meinem Leben immer für dich da zu sein.", sagte Liar und erwärmte damit Pans Herz.

„Wird das Kind wie du unsterblich sein?", fragte Seth nun und sah sie diesmal an.

Pan konnte seinen Blick nicht deuten. War er traurig? Enttäuscht? Sie schüttelte den Kopf. „Nein, das Kind ist sterblich. Doch es ist möglich, dass es anders als andere Sterbliche sein wird. Es hat so etwas noch nie gegeben und es war während der Transformation in mir. Doch es hat einen Herzschlag, im Gegensatz zu mir."

Isone sah Pan erstaunt an. „Du hast keinen Herzschlag?"

Pan schüttelte den Kopf. „Doch es gibt jetzt weit Wichtigeres zu besprechen.", sagte sie ernst. „Ich muss erneut in die Ebenen vor Gard. Dort wo sich das Eis weiter ausbreitet, muss ich einen Weg finden, dem ganzen auf Dauer etwas entgegenzusetzen. Ich muss etwas schaffen, dass die Kälte eindämmt und dem Ifur nichts entgegensetzen kann."

„Ifur?" Liar zog die Brauen hoch.

„Das ist die weiße Königin. Ihr Name ist Ifur. Sie überzieht die Gegend vor Gard mit Eis und es wächst in die früher grünen Wälder und Wiesen hinein. Es breitet sich rasch aus."

„Mittlerweile ist es auch hier in Kanuras kälter.", warf Isone ein.

Seth schüttelte den Kopf. „Das ist nichts

gegen die Kälte in der Gegend um Gard. Ich konnte nicht mehr bei meiner Jagdhütte bleiben. Selbst die Wildtiere sind einfach erfroren. Diese Kälte kann ein Mensch nicht aushalten.“

Pan nickte. „Das stimmt. Aber vielleicht nützen ja auch hier meine Kräfte etwas.“

20. Gemeinschaft

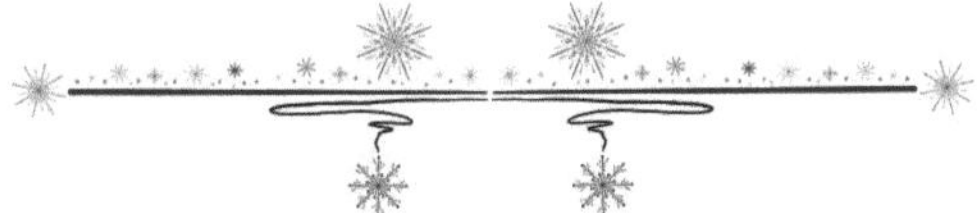

Am nächsten Morgen, ehe die Dunkelheit verschwunden war, machten sie sich bereit zum Aufbruch. Jeder von ihnen trug Hosen, Stiefel, ein langes Hemd und einen Mantel mit Kapuze aus schwarzem Material. Pan hatte ihnen diese Kleidung erschaffen, die die Kälte abhielt und dennoch dünn und leicht zu tragen war. Für das Gesicht gab sie ihnen große Tücher, die sie später sicher brauchen würden. Isone hatte seines umgehängt, die anderen hatten sie in ihren Satteltaschen verstaut. Sie alle kamen nun in den Genuss von Pans Können und es tat der jungen Dame gut, dass sie bewundernde Blicke ihrer Gefährten erntete.

Für jeden hatte sie ein großes schwarzes Pferd mit dickem Fell und langer Mähne erschaffen, das durch sein warmes Blut und seinen heißen Atem die Kälte überstehen würde. Der hitzige Körper des Rosses würde seinen Reiter zusätzlich wärmen. Auch wenn sie für die Reise kein Reittier gebraucht hätte, saß Pan selbst ebenfalls auf einem der Pferde.

Sie bot Eklantas ihre Hand an. „Pffft. Eklantas Genefirat reist nicht auf einem Pferd. Ich bin schneller als der Wind bei Nacht. Der Tag bricht bald an. Ich folge euch, sobald die Dunkelheit wieder einbricht. Ich finde euch schon."
Pan nickte ihm zu und sah dann zu Schatten. Es war kein Wort nötig. Die Katze machte einen Satz und landete in ihrem Arm. Dann kletterte sie auf Pans Schultern und legte sich wie eine Stola um ihren Hals.

Menschen um sich zu haben, war schön. Pan hatte das in ihrem Leben selten so empfunden. Meist war sie lieber allein geblieben. Doch nun genoss sie es, mit den anderen zusammen zu sein. Sie ritt voraus und Seth und Sachrod schlossen zu ihr auf. Hinter ihnen folgten Liar und Isone. Einen Moment lang musste Pan an Tualah denken. Was wohl aus ihr geworden war? Eine Freundin an der Seite zu haben, wäre schön gewesen. Aber Tualah war schon lange keine Freundin mehr.

Sie sah hinüber zu Seth: „Weißt du etwas über Tualah? Lebt sie noch?"

Seth nickte. Seine hellbraunen Augen sahen direkt in Pans goldgrüne. „Ja, ich hab sie in Kanuras getroffen."

„Geht es ihr gut?"

Wieder nickte er.

„Zu gut, vielleicht.", warf Sachrod ein.

Pan runzelte die Stirn. „Was meinst du damit?"

„Sie erzählt Geschichten über dich. Irgendwie scheint sie nicht auf deiner Seite zu sein."

„Das ist sie schon lange nicht mehr.", seufzte Pan. „Was für Geschichten erzählt sie denn?"

„Gruselgeschichten über dich. Dass du schreckliche Ungeheuer erschaffst, die Menschen fressen, dass du auf der Seite der

Dunkelheit und des Bösen stehst. Dass man dich und die Gurdor fürchten muss, weil ihr das Licht auslöschen wollt. So n Zeug."

Ein ungutes Gefühl machte sich in Pan breit.

Sachrod sah sie aufmerksam an. „Mach dir darüber doch keine Gedanken. Das heißt doch noch lang nicht, dass die Leute diesen Mist glauben."

Unwillig schüttelte Pan den Kopf. „Vielleicht ist das aber nicht alles nur Mist.", flüsterte sie. „Vielleicht ist was Wahres dran."

„Wie meinst du das?"

„Ich hab das alles noch nicht ganz unter Kontrolle. Und zu Beginn, kurz nach meiner Transformation hab ich vollkommen ohne emotionale Kontrolle Wesen erschaffen. Ein Kind ist dabei gestorben. Ein Junge. Es war meine Schuld."

Sachrod schwieg einen Moment, ehe er antwortete: „Das ist schlimm, wirklich schlimm. Aber das macht dich nicht zu einem Monster."

„Vielleicht macht es mich zu einer Mörderin."

Liar mischte sich von hinten ein: „Das hört sich eher nach einem Unfall an. Ich war nicht dabei, aber du selbst wirst beurteilen können,

194

ob du anders hättest handeln können, ob du es hättest verhindern können. Du wirst wissen, ob es ein Unfall war oder Absicht. Und ich bin sicher, du wirst daraus lernen und dein Handeln anpassen. Einem Monster wäre es vollkommen egal, ob es einen Fehler gemacht hätte, ob es Leid zugefügt hätte."

„Es war keine Absicht. Ich wusste nicht was passieren kann und dennoch bin ich verantwortlich. Ich hätte es mir denken müssen. Ich hätte vorher darüber nachdenken müssen." Sie straffte ihre Schultern und hob den Kopf. „Aber ich weiß es nun und ich kann es besser machen. Und ich kann die Menschen beschützen vor den Machenschaften der weißen Königin. Ich kann ein Schutzgeist Arenlais sein, so wie Gaszra es vorgesehen hat."

Sie sah zuerst Seth und daraufhin Sachrod an. Dann drehte sie sich um zu Isone und Liar. „Ich bin froh, dass ich euch gefunden habe. Oder besser ihr mich. Ich war verloren in mir selbst. Ohne Eklantas hätte ich nie mehr aus meiner Dunkelheit gefunden. Und jetzt weiß ich, dass ich allein nicht besser dran bin."

„Ich weiß ja nicht genau, von was für einer Dunkelheit du redest, aber ich hab die Finsternis kennengelernt, dank dieser fantastischen Königin, die jetzt offensichtlich alles in eisige Kälte hüllen will. Und niemand will allein in der Finsternis sein, schon gar nicht für alle Ewigkeit.", sagte Isone.

Liar nickte. „Ja, das ist wohl wahr. Aber das musst du auch nicht Pan. Du bist nicht allein und selbst wenn wir einmal sterben, es wird andere geben. Und du hast wundervolle Fähigkeiten." Er schwieg einen Moment. „Dafür, dass ich vor nicht allzu langer Zeit nicht einmal an Esher, an die Gurdor und die Nagur geglaubt habe, hat sich auch meine Welt ganz schön geändert. Jetzt reite ich hier mit einer Unsterblichen, die nur mit einem Gedanken alles Mögliche erschaffen kann in Richtung Gard. Das hätte ich nie für möglich gehalten."

„Gibt es überhaupt irgendwelche Grenzen für dich?", fragte Sachrod.

„Es hört sich alles einfacher an, als es ist. Bei allem, was ich erschaffe muss ich aufpassen, das Gleichgewicht nicht zu stören. Und bei allem, was die weiße Königin erschafft, muss

196

ich ebenfalls einen Gegenpol bilden. Und dann muss ich wirklich sagen erschwert es mir den Kontakt zu anderen Wesen, dass ich sie nicht berühren kann, ohne gleich Gefühle und Gedanken von ihnen auszutauschen. Und mir fehlt der Schlaf, das Träumen, die Ruhe darin. Mir fehlt der Hunger und der Durst und das wunderbare Gefühl, wenn beides gestillt wird." Sie senkte ihre Stimme und flüsterte traurig. „Mir fehlt so einiges aus meinem früheren Leben."

Sachrod legte ihr die Hand auf die Schulter. Sofort verband sich ihr Geist mit seinem. Es fühlte sich seltsam an. Fremd und vertraut zur gleichen Zeit. Für einen Moment sah sie ihn als kleinen Jungen durch eine Reihe von Zelten laufen. Er stolperte und schürfte sich das Knie auf, doch das konnte seine Freude nicht bremsen. Sofort stand er wieder auf und lief auf eine Frau zu. Sie öffnete die Arme und hieß ihn willkommen. Er zog die Hand weg und sah etwas verwundert drein.

„Entschuldige.", flüsterte sie beklommen.

Sachrod winkte ab. „Das war nicht so schlimm, wie beim letzten Mal." Er grinste sie an.

Seth zog eine Augenbraue hoch.

Pan lächelte Sachrod an. „Beim letzten Mal waren es ja auch mehrere mit denen du verbunden warst. Das war auch für mich chaotischer."

Je kälter es wurde, desto einsilbiger wurden die Männer, die Pan begleiteten. Sie zogen die schwarzen Tücher über Mund und Nase und die Kapuzen tief ins Gesicht. Neben ihnen sah Pan in ihrem einfachen Kleid und dem langen Haar, in dem sich manch Eiskristall verfing, seltsam aus. Wieder einmal empfand sie sich als anders. Dennoch hatte sich etwas verändert. Es störte sie nicht mehr, dass sie anders war.

Als die Dämmerung sich sanft über die weißen Hügel legte, keimte Freude in ihr auf. Sie wusste, dass Eklantas zu ihnen stoßen würde, sobald der Tag verblasste. Eklantas Genefirat, sie empfand eine tiefe Verbundenheit und Dankbarkeit, wenn sie an ihn dachte und sofort fühlte sie die geistige Verbindung zu dem Alben.

Zuversicht ließ Pan still lächeln.

21. Steigerung

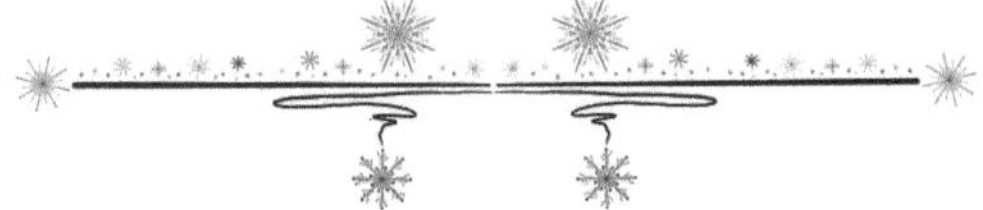

Die weiße Ebene hatte sich ausgebreitet. Als sie bei dem kleinen Dorf ankamen, in dem Seth vor Kurzem gesund gepflegt worden war, senkte sich Trauer über ihn. Alles hatte sich verändert. Die kleinen Gärten vor den Hütten waren in Schnee versunken. Die Fenster der Gebäude waren von Eisblumen bedeckt. Keine Wege führten mehr zu den eingeschneiten Hütten, keine Fußspuren zum Brunnen. In all dem Weiss konnte er sich zuerst nicht orientieren. Er musste Klat finden und Ena. Hoffentlich waren sie noch am Leben. Neben ihm ritt Sachrod, seine sonst so lockere Zunge schlief. Auch Isone und Liar schwiegen beharrlich. Pan war von ihrem schwarzen Pferd gestiegen und schien nun leichtfüßig über den Schnee zu laufen. Oder schwebte sie? Seth konnte es nicht erkennen. Eine dunkle Nebelwolke verhüllte ihre Füße. Seths Pferd stapfte weiter durch den Schnee. Die Kälte schien das Tier nicht zu stören. Heiße Wolken stoben bei jedem Atemzug des Reittieres aus seinen Nüstern. Seth spürte an seinen Oberschenkeln die Hitze des Tieres, die von äußeren Temperaturen scheinbar unbeeinflusst blieb. Die anderen ritten auf Pferden, die seinem sehr ähnelten. Doch sie waren nicht genau gleich. Pan hatte jedem eine andere Persönlichkeit und winzige Auffälligkeiten im Aussehen verliehen. Seths Pferd war ruhig und geduldig. Über einem Auge hatte es einen kleinen braunen Fleck. Er fragte sich, ob Pan beim Erschaffen mit Absicht diese Unterschiede hervorgerufen hatte oder ob sie von selbst entstanden waren. Es war seltsam, wieder mit Pan zusammen zu sein. Sie war gleichzeitig wie früher und doch vollkommen anders. Ihr Wesen hatte sich nicht grundsätzlich verändert, dennoch agierte sie nun nicht mehr wie früher. Sie war offener und selbstbewusster und gleichzeitig verletzbarer, da sie nun mehr Vertrauen in andere Wesen legte. Er fragte sich, was es mit diesem Eklantas auf sich hatte. Konnte man einem Nachtalben trauen? Dann schüttelte er den Kopf und dachte wieder an Klat, Ena und ihren Sohn. Wie war sein Name gewesen? Tar?

„Wir müssen die Häuser durchsuchen.", sagte er zu den anderen.

Pan drehte sich um. „Es lebt niemand mehr."

Wäre sein Gesicht nicht verhüllt gewesen, hätte sie den Schock darin erkennen können.

„Wie kannst du das wissen?", fragte er.

„Ich kann es fühlen. Aber wenn du willst, sehe ich nach."

Seth nickte.

Sie verschwand in einer Wolke aus dunklem Nebel, die von einer Hütte zur nächsten wanderte, hier und dort durch einen Schlitz in das Innere der Gebäude waberte und kurz darauf an anderer Stelle wieder erschien. Es vergingen nur wenige Augenblicke, bis sie erneut vor Seth stand. Sie schüttelte den Kopf. „Kennst du hier jemanden?"

Seth nickte. Er beschrieb ihr die kleine Familie, die ihm das Leben gerettet hatte. Pan schüttelte erneut den Kopf. „Ich hab sie nicht gesehen. Aber einige der Hütten sind auch leer. Vielleicht sind sie geflohen."

„Das hoffe ich.", murmelte Seth. „Das hoffe ich von ganzem Herzen."

Plötzlich flog ein riesiges Tier über ihre Köpfe. Seth und die anderen Männer duckten sich. Pan hingegen streckte ihre Hand aus und berührte den Bauch des schwarzen Ungetüms, das direkt über sie hinweg schwebte. Ein Lächeln lag auf ihrem Gesicht. Sie war so nah und doch so fern. Seth fühlte sich einsam. All die Liebe, die er für sie empfand, war so vollkommen sinnlos. Was er sich wünschte, würde niemals Wirklichkeit werden.

Das riesige Tier war weitergeflogen. In der Ferne sah Seth Flammen aus seinem Maul kommen und in der endlosen weißen Landschaft entstanden grüne oder braune Streifen.

„Was ist das für ein Tier?", fragte Isone.

„Es ist ein Guareg, ein Feuerrachen. In den alten Geschichten werden solche Wesen auch

Drachen genannt. Ich habe hier in der Gegend verschiedene Wesen und Pflanzen erschaffen, die die Kälte eindämmen sollten. Aber offensichtlich zu wenig."

„Vielleicht können wir gemeinsam überlegen, wie man das Eis am besten eindämmen kann. Mit einem guten Plan ist das sicher in den Griff zu bekommen." Liar sah sich in der Gegend um.

Seth nickte. „Das wäre eine gute Idee. Pan, du könntest uns erst einmal genau erzählen, was du bereits erschaffen hast."

In diesem Augenblick schienen sich die Schneehügel vor ihnen zu erheben. Riesige Gestalten wankten auf sie zu. Sie hatten Ähnlichkeit mit den Eismaren, nur waren sie mindestens fünfmal so groß und viel massiger. Sie schienen aus Schnee und Eis zu bestehen.

Seth rief Pan zu: „Vielleich wäre es jetzt Zeit was zu erschaffen."

„Genau aus dem Grund kann ich mir nie einen Plan machen.", rief sie zurück.

Sie hob den Blick zum Himmel und hob die Hände. Nur einen Moment später kam der Guareg zurück. Ein lauter Schrei grollend und tief fuhr Seth direkt in den Magen. Wie ein schwarzer Blitz zuckte das Tier durch die weißen Wolken am Himmel. Seine dunklen Schuppen schimmerten in Arins Licht. Die seltsamen Schneeriesen kamen langsam auf sie zu. Sachrods Pferd stampfte nervös und sein heißer Atem erhitzte Seths Haut durch die schwarze Kleidung. Isone und Liar schlossen zu ihm auf. Nah beieinander warteten sie und sahen dem Guareg zu, wie er hinabstieß zu den weißen Riesen. Mit Leichtigkeit brachte er zwei von ihnen zu Fall, als ein heller Blitz über den Himmel zuckte. Schnell wurde Seth klar, dass es ein Tier war, ein Wesen genauso groß wie Pans dunkler Drachen nur schien er aus Eis und Schnee zu bestehen. In der weißen Umgebung war er fast unsichtbar, sonst hätten sie ihn früher entdeckt. Er stürzte auf den Guareg zu. Wie zwei kämpfende Schlangen vereinigten sie sich in der Luft. Grollende Schreie und hohe klirrende Rufe ertönten. Hitze und Kälte vereinte sich zu einem drohenden Unwetter. Feuerstöße stoben durch die Luft, versengten, was sie trafen. Eisige Luftströme folgten und ließen alles erstarren, was ihnen in den Weg kam. Während die beiden Guareg am Himmel kämpften, stapften die Eisriesen weiter.

Seth ließ sein Pferd langsam rückwärts traben, die anderen folgten ihm, ohne die seltsamen Wesen aus den Augen zu lassen.

Pan hingegen hatte sich vom Geschehen abgewandt. Mit gesenktem Kopf und geschlossenen Augen stand sie da.

„Was macht sie da?", schrie Sachrod. Um sie tobten Stürme, Hitze und Kälte wechselten sich ab und grollendes Donnertosen ließ ihre Stimmen fast untergehen.

„Sich konzentrieren. Sie sagte doch, ihre Emotionen dürfen die Schöpfungen nicht beherrschen."

„Wie sollen wir ihr denn helfen?"

Seth schüttelte den Kopf. Er hatte keine Ahnung. So hilflos hatte er sich selten gefühlt. Pan wirkte so klein, so verletzlich vor dem tosenden Kampf. Die Eisriesen beachteten die Guareg nicht und wanderten Schritt für Schritt auf Pan und auch auf ihn zu.

„Wir können ihr nicht helfen. Wir können gar nichts tun.", flüsterte Seth.

In diesem Moment zog ein blendender Lichtstrahl über den Himmel, direkt auf Pan zu. Es sah aus, als würde ein Stern aus Licht herunterfahren. Doch kaum berührte er den Boden, wurde eine Gestalt sichtbar. Seth konnte nur zusehen, wie sie Pan in helles Licht hüllte. Eine Stimme wurde hörbar, glockenhell und irgendwie vertraut. Jetzt erst erkannte Seth, dass es die weiße Königin war. Sie hatte Pan eingehüllt. Ihre kleine Gestalt, das schwarze Kleid, das lange Haar, war vollkommen im Licht verschwunden.

„Was sollen wir tun?", rief Seth den anderen zu. Doch seine Worte gingen im Sturm des Drachenkampfes unter, der noch immer über ihnen wütete. Er rückte näher zu den anderen Männern.

„Wie können wir ihr helfen?", schrie Liar.

Seth zog das schwarze Tuch vom Gesicht. Die Kälte traf ihn sofort wie Nadelstiche. „Sie muss die Dunkelheit nutzen!"

„Wer von uns ist der schnellste Reiter?"

„Ich werde reiten. Gebt mir Rückendeckung.", Seth ließ keinen Widerspruch zu. Während er sein Pferd antrieb und so schnell wie möglich durch die Reihen der Eiswesen preschte, bewegten sich die anderen Männer vorwärts. Seth hörte sie hinter sich auf die Eisgestalten einschlagen. Sie brüllten herum und versuchten die Aufmerksamkeit der Eisriesen auf sich zu lenken und Seth betete zu Esher, dass niemand dabei würde zu Schaden kommen. Er konnte Pan nicht helfen, doch er musste ihr zumindest sagen, wie sie gegen die Königin ankommen konnte. Warum kam sie denn selbst nicht drauf? Es war doch vollkommen logisch. Endlich kam er dem Licht näher. Seine Augen tränten und schmerzten. Er verengte sie, bis er kaum mehr etwas sehen konnte. „Nutze die Dunkelheit! Die Finsternis! Pan! Nutze die Schwärze in dir! Du kannst das! Lass es Dunkel werden!". Seth wiederholte es immer wieder. Doch schließlich blieb ihm nichts übrig, als sich zu entfernen. Die Eismare kamen heran, das Ablenkungsmanöver musste abgebrochen werden. So schnell er konnte, wendete er sein Pferd, ließ es in engen Kurven um die Eisgestalten herumgaloppieren und schaffte es immer wieder, den langsamen wuchtigen Schlägen der Wesen zu entkommen.

Gemeinsam mit den anderen blieb er schließlich in einiger Entfernung stehen und beobachtete die Lichtkugel. In ihr wurde eine dunkle Gestalt sichtbar. Zuerst konnte man sie nur schemenhaft erkennen. Dann aber sah man sie wie einen schwarzen Nebelgeist im Licht stehen.

Die Eisriesen blieben erstarrt stehen und wandten sich ebenfalls dem Schauspiel zu. Selbst die beiden Drachen schienen in ihrem Kampf inne zu halten.

Pans Hände bewegten sich. Ihre Handflächen streckten sich und hoben sich dem Himmel entgegen. Winzige leuchtende Punkte stiegen von ihnen auf. Filigrane Flügel sirrten durch die Luft.

Seth zog die Brauen zusammen. Warum so etwas Winziges? Warum erschuf sie nicht einfach noch größere Riesen, die die Eisriesen erschlagen konnten?

Eine Wolke aus wundersam zarten Insekten stieg von Pans Händen nach oben. Weitere Wolken folgten, bis der Himmel leuchtete. Sie bewegten sich nicht auf die Eisriesen zu, nein, sie kamen dem Guareg zur Hilfe.

Warum half Pan sich nicht erst einmal selbst und kämpfte gegen die Königin? Ihr Licht hielt Pan immer noch umhüllt. Seth sah hinauf zum Himmel. Hoch oben legten die Insekten sich wie ein brennender Schleier über den weißen Eisdrache. Sofort kam der schwarze Guareg frei und ließ sein Feuer über sein leuchtendes Gegenüber wallen. Den Insekten schien die Hitze nichts anhaben zu können. Im Gegenteil, sie leuchteten noch heller. Der Eisdrache wandt sich gequält und versuchte die kleinen Tiere abzuschütteln. Der dunkle hingegen wandte sich Pan zu, die ihn mit einer Handbewegung auf die Eisriesen aufmerksam machte. Er stieß hinab und ließ einen Feuerregen auf die Riesen hernieder. Wieder und wieder schickte der Drache seinen heißen Atem auf die Wesen hinab, bis nur noch versengte Erde und dampfende Wasserwolken übrig blieben. Dann sah er hinauf zu seinem weißen Kontrahenten.

Seth sah, dass das helle Tier bereits geschwächt war. Pan schüttelte den Kopf und der schwarze Guareg schlängelte sich hinauf in den Himmel und verschwand als dunkler Blitz in den weit entfernten Bergen.

Das Licht, das Pan umhüllte, wurde nun noch heller und drohte sie erneut vollkommen einzuhüllen.

Seth schüttelte den Kopf über Pan. Warum nutzte sie nicht endlich die Dunkelheit? Sie hatte doch genau das richtige Mittel, um sich gegen die Königin zu wehren?

Da endlich wurden die schwarzen Nebel wieder sichtbar. Pans Gestalt formte sich darin und nun ging von ihr eine tiefe Finsternis aus, die jegliches Licht verschluckte.

Erschrocken biss Seth sich auf die Lippe. Das war keine einfache Dunkelheit. Das war eine Schwärze, die drohte alles um sich herum zu vernichten und in eine Leere zu ziehen, die nie wieder umkehrbar war. Deshalb hatte sie sie nicht genutzt. Seth war sich sicher. Die Traurigkeit und Schwere, die von der Dunkelheit ausging, war überdeutlich spürbar.

Ein gellender Schrei fiel und sein Echo hallte durch die weißen Ebenen. Seth war sich sicher, dass ganz Gard ihn hören konnte. Wie eine klebrige Substanz legte sich die Schwärze über die Gestalt der Königin und schluckte selbst den letzten Rest ihres Lichtes. Für einen Moment stand Pan mit ausgestreckten Armen in wabernden Nebel gehüllt vor der nun eingewebten Königin und hielt sie so fest. Dann ließ sie die Arme fallen und mit ihnen fiel auch der Nebel zu Boden und die Schwärze löste sich auf. Selbst aus der Ferne konnte er das Entsetzen im Gesicht der weißen Monarchin sehen. In einem Lichtblitz verschwand sie augenblicklich.

Am Himmel war der Eisdrache zu sehen, noch folgte er der Königin nicht.

Seth ritt näher an Pan heran und beobachtete dabei das Geschehen am Himmel. Immer noch war der Eisdrache mit den glühenden Insekten bedeckt.

„Werden sie ihn töten?", fragte er die Unsterbliche.

„Wenn ich es zulasse."

Einen Augenblick sahen sie gemeinsam nach oben.

Dann schloss Pan die Augen. In diesem Moment ließen die Insekten von ihrem Opfer ab und verschwanden im Wald. Das große weiße Tier strauchelte sichtbar, fing sich dann aber und flog davon in Richtung Gard.

„Warum hast du das Tier frei gelassen?"

„Weil es nicht unter dem Einfluss der weißen Königin steht. Es hat einen freien Willen, das hab ich gefühlt. Die Riesen hingegen hatten keinen Willen. Sie waren kaum lebendig. Freie Wesen gilt es zu schützen und meine Guareg haben nun ihren Gegenpol."

Seth sah, dass die anderen Männer sich ihnen näherten. „Die Finsternis ist auch für dich eine Gefahr, deshalb hast du sie nicht eingesetzt."

Pan nickte und sah ihn traurig an. „Eine Weile war ich in ihr gefangen. Ich habe Angst ihr wieder zu erlegen, da sie ein Teil von mir ist. Ein Teil, der sich ausweiten könnte und mich beherrschen."

Sachrod kam zu ihnen. „Wow. Das war ja mal eine Vorstellung."

Liar und Isone ritten ebenfalls heran. „Ich dachte schon, diese Eiswesen erschlagen uns alle.", sagte Liar. „Sonderlich hilfreich waren wir ja nicht für dich Pan. Du hast eigentlich alles selbst gemacht."

„Dennoch war es schön euch, dabei zu haben. Aber ihr habt recht. Ich hab euch in Gefahr gebracht. Wahrscheinlich sollte ich lieber wieder allein reisen.“

Seths schmerzte es, Pans Stimme traurig und leise werden zu hören. Wie gerne würde er bei ihr bleiben, sie in den Arm nehmen, sie trösten.

„An anderer Stelle könnten wir sicherlich hilfreicher sein.“, meinte Sachrod. „Wir könnten die Gerüchte widerlegen. Wir könnten für dich sprechen und die Leute auf deine Seite ziehen. Alle Menschen müssen sich gegen die Königin vereinigen. Dann könnten wir dir vielleicht eine Hilfe sein.“

Seths Herz zog sich zusammen, als sie flüsterte: „Ich kann das nicht allein.“

Er näherte sich ihr, legte behutsam einen Arm um ihre Schultern. In dem Augenblick durchströmte ihn eine tiefe Traurigkeit, die ohne Vorwarnung von ihr herüberschwappte. Erschrocken löste er die Berührung. Sofort fiel die Traurigkeit von ihm ab.

„Du musst nicht allein sein. Du kannst jederzeit bei jedem von uns vorbeischaun. Nur hier in dieser Eiseskälte ist es sinnlos dich zu begleiten. Hier können wir dir nicht von Nutzen sein.“

„Doch, ihr könnt mit eigenen Augen sehen, was die Königin treibt, könnt ihre Wesen sehen und mich beraten.“

Sie suchte nach einem Grund, sie bei sich zu behalten. Wie gut konnte er sie verstehen. Doch hier waren sie dem Tod geweiht. Gegen die übermenschlichen Wesen der Königin und gegen diese allumfassende Kälte konnten sie nicht ankommen. Er war sicher, dass Pan das auch wusste.

Er schüttelte langsam den Kopf. „Du brauchst keinen Rat. Zumindest nicht von uns. Die anderen Gurdor können dir raten oder die Nagur. Wir haben mit der Schöpfung von Wesen nichts zu tun. Wir haben keinen Einblick. Im Gegenteil. Wir stehen dir im Weg. Wenn du auch noch darauf achten musst, uns zu schützen, bist du gehemmt.“

Pans Schultern hingen kraftlos herab. Ihr schmaler Körper wirkte noch zerbrechlicher als sonst. Die schwarze Kleidung und das schwarze Haar, ließ die weiße Haut fast durchscheinend wirken. Ihre grüngoldenen Augen waren übergroß in ihrem schmalen

Gesicht. Sie sah so jung aus, fast noch ein Kind.

Wie sollte sie diese Bürden denn tragen, fragte Seth sich. „Pan, deshalb bist du doch nicht allein. Du hast doch wundervolle Fähigkeiten. Du kannst jederzeit innerhalb eines Wimpernschlages bei mir sein. Du bist absolut frei, zu tun was du willst, wann du willst und wo du willst. Du hast Eklantas, du hast Schatten, die Nagur und die Gurdor sind für dich da und du hast Freunde unter den Menschen, du hast uns. Nur weil wir dir hier nicht weiter folgen wollen ...“

„...oder können!“, warf Sachrod ein.

Seth nickte. „Oder können, sind wir doch weiter für dich da. Und es ist doch fantastisch, du kannst jederzeit zu uns kommen.“

Auch Liar nickte. „Ich hatte gedacht, ich könnte dir einfach folgen. Doch Seth hat recht. Hier können wir dir keine Hilfe sein. Und wir bringen unser Leben völlig sinnlos in Gefahr, wenn wir dir blind folgen. Du hast nun nun mal andere Fähigkeiten als wir. Und dennoch, ich steh zu meinem Wort. Ich werde immer für dich da sein. Nur blind folgen kann ich dir nicht."

Pan nickte. „Wisst ihr, ich war so lang allein. Ich hab mich so lange nur auf mich selbst verlassen, dass ich es einfach nicht mehr ertragen konnte. Aber ihr habt recht. Ich hab euch in Gefahr gebracht. Ich hätte euch nicht mit herbringen sollen."

Liar schüttelte den Kopf. „Nein. Es war dennoch gut so. Nun können wir das Ausmaß des Kampfes besser verstehen. Nun wissen wir, womit wir es bei der weißen Königin und ihren Wesen zu tun haben und wir können auch dich besser verstehen."

Seth nickte. „Ja. Und jetzt können wir dich an anderen Stellen noch besser unterstützen. Ich hatte auch schon eine Idee, wie dies mit Sachrods Hilfe hervorragend funktionieren kann." Er sah Sachrod wissend an und der nickte ihm zu.

Wenig später ritten die vier Männer zurück in Richtung Kanuras.

Seth blutete das Herz, als er Pan allein in der Kälte zurückließ.

„Sie ist stark, sie schafft das schon. Du weißt selbst, dass wir hier völlig fehl am Platz sind.

Entweder bringt uns eins von diesen seltsamen Wesen um, oder wir erfrieren oder wir verhungern, weil wir in dieser Eisebene nichts zu essen finden.", versuchte Liar ihn aufzumuntern.

„Sie hätte schon dafür gesorgt, dass so etwas nicht passiert."

„Ja, aber dann hätte sie sich die ganze Zeit um uns kümmern müssen. Wie eine Mutter um ihre Kinder. Also ganz ehrlich, aber das ist nichts für mich. Und ihr wären wir im Endeffekt auch nur im Wege gewesen."

Seth wusste das der Sänger recht hatte. Dennoch wünschte er, er könnte ihr helfen.

„Dann lass uns jetzt zügig zurückreiten. Und dann setzen wir unseren Plan in die Tat um!"

22. Gerüchte

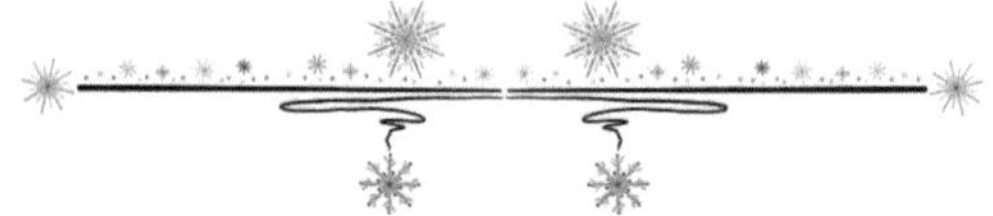

Die Taverne war brechend voll, als At Krassam zu spielen begann. Die Wirtin hatte ihnen einen Teil des Gastraumes freigeräumt und so Platz für die sieben Männer und ihre Instrumente geschaffen.

„Ein bisschen Spaß können wir in diesen Zeiten alle gebrauchen.", hatte sie Seth erzählt, als der mit ihr den Auftritt vereinbart hatte.

Schon dröhnten die Trommeln tief in seinen Eingeweiden. Die Männer verstanden ihr Handwerk. Die meisten der Instrumente hatte Seth nie zuvor gesehen. Es gab seltsame Flöten, viel größer als die üblichen. Einer der

Männer hatte ein Zupfinstrument, dem er zarte Töne entlockte.

Als Sachrod die Bühne betrat, gab es tosenden Applaus. Er trug bunte zusammengeflickte Hosen und eine kurze Weste. Darunter war nackte Haut zu sehen, was viele Frauen und einige Männer, wie Seth wahrnahm, mit Begeisterung kommentierten. Sie pfiffen und johlten. Um seine Knöchel hatte Sachrod Schellenbänder, die bei jedem Schritt mitklangen. Er stampfte im Takt mit den anderen Musikern und bewegte sich leichtfüßig. Seth beobachtete ihn aufmerksam.

Dann sang Sachrod mit tiefer rauer Stimme:

„Wenn klirrendes Eis das Land überzieht,
man im Sturm nicht die Hand vor Augen sieht,
wenn die weiße Königin Kälte uns schickt,
ein jeder voll Angst in die Zukunft blickt.

Dann wird Pan uns vor Übel beschützen,
mit all ihrer Kraft wird sie uns unterstützen.
Sie erschafft Wesen voll Wärme und Kraft,

sie steht uns bei voller Leidenschaft.

Pan unser Schutzgeist steht für uns ein.
Pan wird auf unserer Seite sein.
Beschützt uns Menschen, beschützt unsre
Welt,
wenn Eis und Kälte Einzug hält.

Wenn die weiße Königin unsre Herzen
gefriert,
und eisige Kälte in Lust zelebriert,
wird Pan unsre Leiber voller Liebe
erwärmen,
werden ihre Wesen uns in Güte
umschwärmen.

Folgt Pan unsrem Schutzgeist,
eh die Königin uns vereist,
folgt der Verbundenheit von Dunkel und
Licht,
denn nur gemeinsam ist Frieden in Sicht."

Kaum war der letzte Ton verklungen,
brandete der Applaus auf.
Seth zog sich nach hinten zurück und
beobachtete die Menschen im Raum. Weitere

Lieder folgten. Sachrod preiste Pans Schönheit in einem von ihnen. Dann mischten sich alte Weisen mit neuen Texten. Die Leute waren begeistert.

Seth war zufrieden. Genauso hatte er sich das vorgestellt. Sachrod und seine Männer hatten erstaunlich viel Ausdauer. Als schließlich das letzte Lied gespielt war und sich die Spielmannsleute verbeugten, wollte der Applaus nicht enden.

Sachrod sprang von der Bühne, als die anderen noch ihre Instrumente zusammen packten und eilte direkt auf eine der Schankmägde zu. Sie brachte ihm mit glühendem Wangen einen großen Krug. Auch die anderen Frauen himmelten den Sänger mit dem hellen Haar und den blauen Augen an. Kein Wunder, dass auch Pan an ihm Gefallen gefunden hatte, dachte Seth bei sich. Doch er spürte keine Eifersucht mehr. Sachrod war nicht nur ein ausgezeichneter Barde und Spielmann, er war vor allem ehrlich. Das respektierte Seth. Der Sänger kam nun auf ihn zu.

„Also dein Text ist echt ganz schön schmalzig und hochtrabend.", neckte er Seth.

„Dafür ist deiner viel zu anzüglich.", gab der zurück.

Sachrod grinste. „Das macht den Leuten mehr Spaß."

„Dient aber nicht unbedingt unserem Zweck."

„Ach was. Glaubst du sie können Pan nicht gleichzeitig verehren und begehren? Das ist ein Trugschluss. Je besser sie in allen Bereichen davonkommt, desto mehr werden auf unserer Seite stehen."

Liar trat zu ihnen. „Weiße Haut, schimmernd wie der Schnee, Haar so schwarz wie der Spiegelsee. Pans Augen sprühen goldene Funken …"

„… und du kannst gern jemand andres verunken.", vollendete Seth den Satz.

„Ich finde es gar nicht so übel.", meinte Isone, der sich den dreien anschloss. „Da fällt mir doch sicher auch noch was ein." Grüblerisch legte kratzte er sich am Kinn. „Pan ist im ganzen Land bekannt, schützt alle Wesen mit gütiger Hand. Ihr Herz voller Liebe, die Seele so rein, Pan wir unsere Rettung sein."

„Oh man, das ist ja wohl wirklich vollkommen übertrieben." Sachrod rümpfte die Nase. „Sie muss nah genug an den

Menschen sein um von ihnen angenommen zu werden."

Liar hingegen grinste. „Ich glaube wir sind da auf einem guten Weg. Wenn wir herumreisen und überall diese Lieder verbreiten, wird sich Pans Ansehen sicher wieder bessern."

„Bis jetzt ist es absolut miserabel, muss ich sagen. Ich hab üble Gerüchte gehört.", sagte Isone ernst.

Seth nickte. „Ja, wir haben da ein ganz schönes Stück Arbeit vor uns."

Die Tür der Taverne öffnete sich krachend. Kalter Wind fegte durch den Raum.

„Tür zu!", schrie einer aus der hinteren Ecke.

Seth konnte seine Wut nicht verbergen, als Tualah hereinspazierte. Sie war nicht allein. Drei Männer und zwei Frauen betraten hinter ihr den Schankraum.

Als Seth ihr entgegengehen wollte, hielt Liar ihn zurück. „Das macht keinen Sinn. Dann wirken wir, wie die aggressiven Leute. Lass sie nur ihr Ding machen, sie wird schon sehen, was sie davon hat."

Seth und die drei anderen Männer zogen sich an einen der Tische zurück und bestellten Braka, einen schmackhaften Eintopf, und

Wein. Nur Isone ließ sich einen Krug Wasser bringen. Als Tualah mit ihrer Begleitung an ihnen vorbeiging, sah sie keinen der vier Männer an. Seth musste an sich halten, um sie nicht anzusprechen. Er beobachtete, wie sie sich mit den anderen an einem Tisch nahe dem Tresen niederließ. Sie steckten die Köpfe zusammen und Tualah lachte. Dann bestellte einer der Männer bei der Schankmagd. Lautstark ließen sie die Krüge zusammenkrachen, bevor jeder einen tiefen Zug nahm.

Seth fand sie unangenehm, sie wirkten, als würden sie Aufmerksamkeit suchen. Nach einer Weile stand Tualah auf. So unauffällig wie möglich beobachtete Seth sie in den folgenden Stunden. Zuerst schlenderte sie zum Tresen und unterhielt sich dort mit dem Wirt. Den Abend über wechselte sie aber von einem Gast zum nächsten und sprach mit vielen Leuten. Auch die Männer und Frauen, die bei ihr am Tisch gesessen hatten, wanderten durch den Raum und sprachen mit den anderen Gästen.

Es war spät, die Nacht war hereingebrochen, als Seth eine Frau am Nachbartisch flüstern hörte: „Tualah hat mir gerade erzählt, dass Pan Guareg erschaffen hat, die ganz Arenlai in Schutt und Asche legen sollen. Von wegen, Schutzgeist. Tualah kennt sie von früher und Pan muss ein ganz bösartiges Wesen sein.“

„Das hab ich auch schon gehört.“, raunte ein junger Mann zurück. „Sie soll auch nur schwarze Wesen erschaffen, so schwarz wie ihre Seele. Nicht umsonst hat eine der Gurdor sie unsterblich gemacht. Die sind nun mal die Wesen der Finsternis. Da kann nichts Gutes dabei rauskommen.“

Empört stand Seth ruckartig auf. Sein Stuhl fiel dabei um. Er wandte sich allerdings nicht an die Leute am Nachbartisch, sondern marschierte direkt auf Tualah zu.

„Du wirst jetzt endlich dein verlogenes Schandmaul halten.“, schrie er sie an.

Liar zog die Brauen hoch. So kannte er Seth gar nicht. Sofort eilte er zu ihm. Sachrod und Isone blieben sitzen, beobachteten die Szene aber aufmerksam.

Tualah drehte sich langsam zu Seth um. „Ich lass mir von niemanden den Mund verbieten. Du kennst Pan doch noch gar nicht so lange, nicht wahr? Ich kenn sie länger als du und ich weiß, welche Abgründe in ihr schlummern."

„Mit Abgründen kennst du dich ja aus, nicht wahr?", mischte Liar sich ein.

Zwei der Männer, die mit Tualah in den Schankraum gekommen waren, traten hinter sie. Beide hatten dunkelbraunes langes Haar und Augen in derselben Farbe. Sie trugen die typische talranische Landestracht. „Machen dir die Kerle Probleme?", fragte einer der beiden Tualah.

„Lass nur, Probleme haben nur diese Herren da, die Pan offensichtlich verfallen sind. Sie beherrscht nun mal die Manipulation ausgezeichnet."

Seth ging einen Schritt auf sie zu, doch Liar hielt ihn zurück. Er schüttelte den Kopf. Nun war auch Isone zu ihnen getreten und hakte sich bei Seth ein. „Lass uns gehen."

Seth ließ sich missmutig von ihm nach draußen führen. Sachrod warf dem Wirt ein paar Münzen zu und folgte den beiden zusammen mit Liar hinaus.

Vor der Taverne blieben sie stehen. „Wir müssen ihr mehr entgegensetzen. Du hast doch gesehen, dass die Leute ihrer scharfen Zunge glauben.“

„Du hast es nur schlimmer gemacht, mit deinem Auftreten. Wir müssen souverän bleiben, nur dann wirken unsere Balladen auch.“, warf Sachrod ihm vor.

Seth schnaufte. „Du hast ja recht, aber das ist kaum zu ertragen, was Tualah da macht.“

„Sie waren mal Freunde, weißt du. Der schlimmste Hass entsteht immer aus Liebe.“, meinte Liar. „Lasst uns gehen. Es ist spät.“

Seth nickte und sie entfernten sich langsam vom Gasthaus und bogen in eine dunkle enge Gasse ein. Stumm liefen sie nebeneinander her. Arin schickte kaum ein Licht durch die dunklen Wolken. Die Kerzen in den Gebäuden waren längst erloschen. Der Weg zu Isones Haus war nicht weit. Seht hatte ein ungutes Gefühl. Niemand begegnete ihnen, als sie in eine weitere Gasse einbogen. In der Ferne hörte Seth Schritte. Sachrod sah ihn an und blieb stehen. Isone und Liar warteten ebenfalls und horchten auf die Schritte, die nun näherkamen. Seth drehte sich um und erkannte Tualah mit den beiden Männern. Wieder ergriff die Wut sein ganzes Wesen.

Liar sah ihn noch warnend an, doch er packte Tualah am Arm, als diese vorbei laufen wollte. Irgendwie musste er zu ihr durchdringen. Sie musste doch verstehen, was sie anrichtete.

Sofort ging einer der beiden Talraner auf Seth los und trat ihm ohne Vorwarnung gegen das Schienbein. Er ließ Tualah los und schlug nun seinerseits mit der Faust dem Talraner direkt ins Gesicht. Dessen Nase begann zu bluten und er packte Seth wütend am Hals und drückte zu.

Liar mischte sich ein und ergriff nun seinerseits den Mann, der Seth bearbeitete.

Seth lief bereits blau an. Sachrod wurde inzwischen von Tualah mit einem Dolch in Schach gehalten, während der zweite Talraner Isone gepackt hatte.

„Lass mich los!", schrie der und trat dem Mann mit voller Wucht auf den Fuß, sodass dieser aufschrie.

Seth gab nur noch ein Röcheln von sich und erschlaffte im Griff des Talraners. Da riss Isone sich los, schnappte sich einen Stock, der auf der Erde lag und schlug dem Mann damit von hinten gegen den Kopf. Er fiel ohnmächtig zu Boden und Seth mit ihm.

Tualah schrie auf und der zweite Talraner ergriff die Flucht, als er sah, dass er keine Chance hatte.

Sachrod und Liar schritten drohend auf Tualah zu, während Isone sich zu Seth herunterbeugte und ihm sanft auf die Wangen schlug. „Seth, wach auf."

„Das ist dein Werk, Tualah, das wirst du bereuen.", flüsterte Liar und packte die junge Frau.

In diesem Augenblick verdunkelte Nebel seine Sicht und umhüllte Tualah. Für einen Moment war die Personen im Nebel verschwunden, ehe dieser sich zusammenzog und zu einem Körper manifestierte.

„Pan!", rief Tualah erschrocken aus. Todesangst stand ihr ins Gesicht geschrieben.

Doch Pan schüttelte traurig den Kopf und hielt Liar und Sachrod beschwichtigend die Handflächen entgegen. „Tualah, du hast nichts zu befürchten. Geh deiner Wege. Ich bin nicht so, wie du mich erfunden hast. Leb dein Leben, vielleicht kannst du doch noch ein wenig Glück finden." Traurigkeit schwang in Pans Stimme mit und berührte Seth tief.

Sachrod hingegen rief. „Warum lässt du sie gehen? Sie ist die Ursache für all die bösartigen Gerüchte. Sie ist verantwortlich dafür, dass die Menschen dir nicht zur Seite stehen."

Pan wandte sich um und Tualah nutze die Gelegenheit, um langsam in eine der Nebengassen zu verschwinden. „Sie ist einsam, sie ist tieftraurig und leer. Sie weiß nicht, wie sie die Leere füllen kann. Ich kenne sie. Sie ist sich selbst der größte Feind, schlimmer als ich es je sein könnte."

Seth kannte Tualah kaum und doch hatte er das Gefühl, dass Pan mit ihrer Einschätzung richtig lag.

23. Rückzug

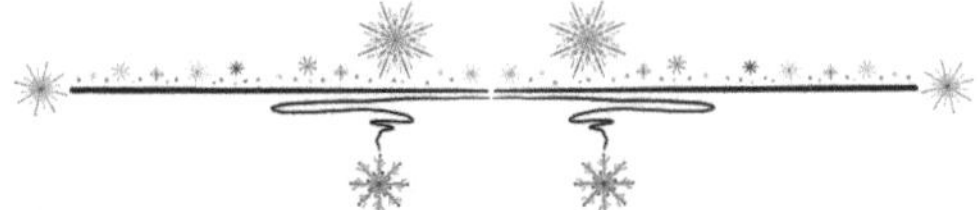

Seltsame Wellen schwappten durch Pans Körper. Über ihr wallten die Kronen der Bäume im selben Rhythmus. Sie hatte diesen Ort gewählt, um ihr Kind zu bekommen. Hier, umgeben von Grün, sollte die Ruhe des Waldes sie beruhigen und ihrem Kind einen guten Start ins Leben ermöglichen.

Seit einiger Zeit konnte sie mit dem Wesen in ihr intensiver in Kontakt treten. Es hatte keine Worte, aber Emotionen übertrugen sich zwischen dem Nachwuchs und seiner Mutter. In Pan wuchs die Angst, die Verbindung zu ihrem Kind könnte abreißen, wenn es erst einmal geboren war.

Sie durfte ihre Ängste nicht Überhand gewinnen lassen. Es war Zeit, besonnen zu bleiben.

Es ging nicht um sie, es ging nur um den kleinen Menschen, der bald Arenlai betreten sollte. Ein neues Leben, ein sterbliches Wesen, so hatte Gaszra es ihr gesagt.

Und Pans Gefühl sagte ihr, dass sie recht hatte. Pan war zwiegespalten. Die Hoffnung, ihr Kind für immer bei sich zu behalten, stand dem Wunsch entgegen, ihm ein normales Leben bieten zu können.

Tief in ihrem Inneren wusste sie, dass sie ihm diese Bürde niemals zumuten würde, wenn sie es verhindern konnte. Doch es war ohnehin nicht ihre Entscheidung. Sanft legte sie die Hände auf ihren Leib. Pan spürte keinen Schmerz. Ihr Bauch war inzwischen kugelrund. Sie fühlte die Wellen, die ihn immer wieder durchfuhren und sie nahm wahr, wie sie sich weitete, wie ein Ausgang geschaffen wurde. Seltsam, dass ihr Körper hierzu in der Lage war. Manchmal verlor er in den Wellen seine feste Gestalt, manifestierte sich dann jedoch sofort und der Prozess ging weiter. Wieder sah sie hoch in die Baumkronen, beobachtete, wie Arins Licht durch die hellgrünen Blätter fiel und sanft nach unten strahlte. Ein zarter Wind ließ die Äste hin und her wogen, wie ein Meer aus grünen Wellen. Die Bewegung übertrug sich erneut auf sie und die rhythmischen Schwingungen trieben ihr Kind sanft nach unten. Pan ließ es geschehen, gab sich ganz dem Moment hin. Wäre sie nun noch sterblich, so hätte sie unter Schmerzen zu leiden, das wusste sie. Doch dieses Schicksal war ihr nicht gegeben. Sie war froh, dass sie allein war, dass sie den Bitten von Seth und Sachrod nicht nachgegeben hatte. Sie hatten ihr helfen wollen. Doch wie sollten sie das verstehen? Pan hätte gerne eine Frau dabei gehabt, eine Freundin oder eine Mutter. Pan kannte niemanden, der diese Rolle einnehmen hätte können. Doch es störte sie nicht, allein zu sein. Genau genommen war sie auch nicht allein. Ihr Kind war bei ihr. Schatten war bei ihr. Und sie war sicher, dass Eklantas nicht weit weg war.

Sobald die Nacht ihr dunkles Gesicht zeigte, erschien er immer an ihrer Seite. Diesmal würde er vielleicht schon ein neues Wesen begrüßen dürfen.

Sie strich über ihren Bauch, massierte mit den natürlichen Wellenbewegungen der Geburt von oben nach unten. „Komm nur, mein Kind. Komm nur. Arenlai wird dir gefallen. Auch wenn ich wünschte, du könntest es zu einer anderen Zeit erleben."

Vielleicht würde das Kind ja bessere Zeiten sehen, vielleicht konnte sie der Königin etwas entgegensetzen.

Noch wusste sie nicht wie, noch war es Schadensbegrenzung, die Pan betrieb, wenn sie den Wesen der Königin die ihren gegenüberstellte. Vielleicht hatten ihre Freunde ja eine Idee. Ihre Freunde?

Ja, Pan gestand sich ein, dass sie die vier Männer inzwischen als Freunde sah, dass ein gewisses Vertrauen eingekehrt war.

Vielleicht war auch das gut. Vielleicht konnte sie dem Kind so mehr bieten. Denn sie selbst war nicht einmal ein Mensch. Zweifel tauchten in ihrem Kopf auf und Pan drängte sie mit aller Macht zurück. Das Kind sollte nicht mit Zweifeln auf die Welt kommen. Es sollte in Liebe und Geborgenheit geboren werden.

Wieder strich sie sanft über ihren Bauch. Die Wellen wurden stärker, sie öffnete sich. Pan versuchte, sich den Wogen anzupassen, spannte ihren Bauch im passenden Rhythmus an, um das Kind sicher auf die Welt zu bringen.

Der Rock ihres schwarzen Kleides war hochgeschoben. Sie lag auf weichem Moos mitten im dichten Wald. Ihr Oberkörper war gegen eine große Wurzel gelehnt, die geformt war, wie ein riesiger Arm, der Pan stütze.

Die Wellen wurden stärker. Dann nahm sie eine Veränderung wahr. Atemnot, Stille. Die Emotionen des Kindes verstummten.

Panik erschütterte Pan. Vollkommen hilflos fühlte sie sich. Warum nur hatte sie gedacht, das allein hinzubekommen. Sie brauchte Hilfe. In ihr schrie es.

In Gedanken rief sie immer wieder um Hilfe, schickte all ihre Angst hinaus in die Welt der wortlosen Gefährten.

Sofort waren sie da. Es waren zwei, Pan hatte sie nie zuvor gesehen.

Eine der Nagur war vollkommen grau. Ihre Haut wirkte wie rissiger Fels. Sie nickte ihr zu. „Em nusre ta nisbu."

Nisbu, das Wort kannte Pan. Es hieß Kind. Sie fühlte die beruhigende Wirkung der steinernen Frauengestalt vor ihr. Eine weitere Nagur flog hoch über ihnen in der Luft und schien sie zu bewachen. Aus der Ferne wirkte sie wie ein riesiger Schmetterling mit bunten Flügeln. Pan versuchte zwischen ihre Beine zu sehen, doch die steinerne Nagur schob sie zurück. „Em tar Horga."

Pan nickte. „Horga. Hilf mir. Hilf dem Kind." Wieder nickte die Steinerne und schob vorsichtig die schlanken Hände vorwärts in Pans Körper, der inzwischen halb in dunklen Nebeln lag. Pan sah nach oben in die Blätter der Bäume und betete zu Esher, ihr Kind möge überleben.

„Esher zure sukka kilegan."

Pan verstand ihre Worte nicht, doch sie fühlte ihre Zuversicht und überließ sich Horga voller Vertrauen.

Die Steinerne bewegte ihre Hände tief in Pans Leib hinein. Pan ließ es geschehen. Die

236

Wellen kamen ruckartig und trieben das Kind in Horgas Händen nach vorne. Pan spürte, wie Horga gleichzeitig das Ungeborene umfing und anzog.

Nur ein winziger Moment und die Nagur vor ihr hielt das Kind in den Händen. Pan sah, dass es ein Sohn war. Die Nabelschnur hatte sich um seinen Hals gelegt, das Gesicht war blau angelaufen.

Kein Atemzug hob seine Brust, kein Schrei ertönte.

„Bei Esher. Hilf ihm.", schrie sie Horga verzweifelt an.

Die biss mit scharfen Zähnen die Nabelschnur durch und löste sie vom Hals des Kindes. Dann legte sie es in Pans Arm. Doch immer noch zeugte kein Atemzug von seinem Lebenslicht. Pan legte ihn auf den Boden, pustete Luft in die kleinen Lungen und massierte dann in kraftvollen Bewegungen das winzige Herz. Noch einmal setzte sie mit dem Mund an, als endlich der Schrei des Neugeborenen durch die Nacht tönte. Voller Erleichterung fiel sie Horga um den Hals. Da sie mit ihr all ihre Emotion und Gedanken bereits teilte, veränderte die

Berührung nichts. Pan hatte das Gefühl, einen Freund wiedergefunden zu haben. Schnell löste sie sich und nahm den kleinen Jungen auf den Arm. Er hatte schwarzen Haarflaum auf dem Kopf und blaue Augen. Eine Liebe durchströmte Pan, wie sie sie nie empfunden hatte.

Horga lächelte sie an und auch die andere Nagur landete nun an ihrer Seite. Es musste Persagur sein, von der Pan schon einmal gehört hatte. Sie bildete in ihrer Farbenpracht einen starken Kontrast zu Horga. Wie ein bunter Schmetterling sah sie aus, die Flügel, gerade noch weit geöffnet, legten sich nun in feinen Falten zusammen und verschwanden vollständig unter dem langen Haar der Nagur.

Liebevoll sah Persagur den kleinen Jungen in Pans Arm an. „Le aunef tar urnom?" Pan verstand nicht, was die Persagur wissen wollte und ging für einen Moment in sich. Sie hörte Gaszras Stimme in ihrem Kopf, die ihr die alte Sprache übersetzte. „Wie soll sein Name sein.?", flüsterte die Gurdor ihr zu.

Pan nickte. Sie hatte sich schon Gedanken darüber gemacht. „Kardas.", sagte sie sanft zu ihrem Sohn.

„Kardas.", raunte die Persagur und strich dem Kind über die Stirn. Dann löste sie sich auf in einen farbigen Nebel, der fast wie ein Regenbogen wirkte. Neben ihr tat Horga dasselbe. Ihr steinernes Gesicht lächelte Pan aus grauem Nebel heraus zu, ehe sie verschwand.

24. Emotionsüberschuss

Kardas weinte seit Stunden. Die Erkenntnis traf sie wie ein Schlag. Sie konnte ihn nicht nähren. Ihre Brüste hatten keine Milch zu geben. Sie war seine Mutter, doch sie war kein Mensch mehr. Der Körper einer Unsterblichen produzierte keine Milch. Panik ergriff sie. Der Säugling würde verhungern, wenn sie nichts unternahm. Sie hatte gehört, dass die Adligen in Gard ihre Neugeborenen oft zu Ammen gaben. Das waren Frauen, die selbst ein Baby hatten und ihre Milch mit einem weiteren Kind teilen konnten. Zumindest war ihr das einmal so erzählt worden. Nur wo sollte sie selbst so eine

Amme finden? Sie konnte schlecht nach Gard gehen, ausgerechnet dorthin, wo ihr schlimmster Feind zu Hause war. Andererseits, vielleicht konnte sie jemand anderen beauftragen. Vielleicht war ihr Kind dort, so nah am Feind, sogar sicherer als anderswo. Wenn er nur nicht so schwarzes Haar hätte. Mit der weißen Haut und den blauen Augen hätte man ihn für einen Gardener halten können. Nur die schwarzen Haare verrieten, dass auch andere Wurzeln in ihm steckten. Sachrod!, dachte sie. Sachrod würde ihr helfen. Er war sein Vater. Er würde den Jungen nach Gard bringen und dafür sorgen, dass eine Amme ihn nährte.

Kaum hatte sie den Gedanken zu Ende gedacht, löste sie sich mitsamt dem Kind auf in dunklem Nebel und innerhalb eines Wimpernschlages stand sie neben Sachrods Lagerstätte. Er lag auf einem hölzernen Bett in einem der kleinen Zimmer der Taverne von Kanuras. Ein weiteres Lager beherbergte Isone. Kardas schrie noch immer in Pans Armen.

Sachrod schrak aus dem Schlaf hoch, genau wie Isone. „Was ist los?“, fragte er verwirrt.

„Das ist dein Sohn. Sein Name ist Kardas.“, kam Pan sofort zum Wesentlichen.

Staunend zog Sachrod die Brauen hoch, merkte aber augenblicklich, dass etwas nicht stimmte. Das Kind schrie so verzweifelt, als würde es um sein Leben gehen.

„Was stimmt nicht mit ihm?“

„Ich kann ihn nicht nähren. Du bist sein Vater. Hilf mir. Hilf ihm. Ich brauche eine Amme. Wir müssen sofort gehen!“

„Vielleicht erklärst du mir erst einmal wo wir eine Amme finden sollen. Ich kenne keine Frau, die gerade ein Kind geboren hat.“

„Ich aber!“, mischte Isone sich ein. „Sie lebt nicht hier in Kanuras, sondern in der Ebene vor Zurna.“

„Ich wusste nicht, dass dort überhaupt Menschen leben.“

„Sie lebt sehr zurückgezogen. Zufällig ist mir aber vor einigen Tagen ein junger Gardener begegnet, der damit geprahlt hat, sie geschwängert zu haben. Er hat sie allein zurückgelassen, kurz bevor das Kind zur Welt kam, hat er erzählt und das ist noch nicht lange her. Ihr Name ist Tena. Ich habe sie vor einiger Zeit in Gard kennengelernt.

Sie saß mit mir in derselben Zelle. Eine der wenigen Nureenerinnen, die die Königin benutzt hat für ihre Experimente. Sie kann euch helfen, dir und deinem Sohn."

Pan nickte. Das wäre sicherlich besser, als nach Gard zu reisen. „Bist du bereit mit mir zu reisen?"

„Lieber wäre es mir anders, aber was solls. Das werde ich schon überstehen." Er griff nach der weißen Hand, die Pan ihm entgegenhielt. Kaum hatte sie sie berührt, strömten die Emotionen von Pan und dem Kind auf Isone über. Pan beeilte sich, so schnell wie möglich an den Ort zu reisen, den Isone im Gedächtnis hatte, doch der kleine Augenblick reichte vollkommen, um das Chaos ihrer eigenen Gefühlswelt auf den Freund zu übertragen. Pan konnte es nicht zurückhalten. So erlebte sie, wie Isone all ihre Emotionen und die des Kindes teilen musste. Er fühlte die Todesangst des Kindes, Pans Panik, ihre Hilflosigkeit. Die Angst ließ andere Erinnerungen in Pans Gedächtnis hineintreiben und auch das musste sie nun mit Isone teilen. Der junge Mann war damit überfordert, das bemerkte sie, doch sie konnte es nicht ändern. Eine Erinnerung wurde klarer in Pans Geist. Blut strömte aus ihrer Nase, blaue Flecken übersäten ihren Körper. Wieder kam die Angst und dann eine tiefschwarze Dunkelheit, die alles auszulöschen drohte. Darin tauchte ein warmes Licht auf, das Pan und nun auch Isone tröstete. Als Pan endlich die Berührung löste, atmete Isone tief ein und öffnete die Augen.

„Es tut mir leid.", flüsterte er.

Pan ging nicht darauf ein. Nur das Überleben des Kindes war noch von Bedeutung. „Wir müssen uns beeilen." Sie sah weit und breit keine Unterkunft. Isone hingegen schien zu wissen, wohin er gehen musste. „Sie ist Nureenerin. In Nureen ist es sehr heiß. Sie haben Wohnhöhlen in der Erde, die meist gut getarnt sind."

„Bist du sicher, dass sie als Amme geeignet ist? Ich dachte Ammen gibt es nur in Gard."

Isone schüttelte den Kopf. „Ammen gibt es überall. Es geschieht auch bei normalen Menschen immer mal wieder, dass keine Milch kommt. Dann passiert es oft, dass eine andere Mutter, das fremde Kind miternährt.

244

Von Gard ist es nur am bekanntesten, da die Adligen es dort mit voller Absicht machen. Sie halten den Milchfluss sogar mit Kräutern zurück. Frag mich aber nicht warum."

Pan lief neben ihm her und sah noch immer keine Behausung. Nach was musste sie suchen? Eine Falltür im Boden? Sie hatte noch nie eine der Erdbauten der Nureener gesehen. Dass hier so nah an Zurna eine existieren sollte, wunderte sie.

„Was hast du eigentlich mit Seth und Sachrod vor?", sagte Isone unvermittelt.

Pan runzelte die Stirn. „Was soll ich denn mit ihnen vorhaben?"

„Naja, du hast schon bemerkt, dass beide an dir interessiert sind?"

„Und du hast schon bemerkt, dass ich kein Mensch mehr bin und niemanden berühren kann, ohne ein absolutes Chaos hervorzurufen?"

„Hm."

„Was soll das heißen? Hm?"

„Vielleicht musst du es einfach nur mal versuchen. Vielleicht kannst du es ja doch kontrollieren. Vielleicht ist es was anderes, wenn du erregt bist?"

„Vielleicht könnten wir uns nun darauf konzentrieren die Amme zu finden. Kardas verhungert und du erzählst mir hier was über Erregung.", verärgert presste Pan ihre Lippen zusammen.

„Ablenkung schadet doch nicht."

„Ich kann nicht mal normal denken, solange er so schreit. Wo ist denn nun diese verdammte Tena?"

In diesem Augenblick öffnete sich wie aus dem Nichts eine Klappe im Boden. Sie war nicht zu sehen gewesen, ihre Oberfläche war vollständig dem Untergrund der Ebene angepasst. Selbst das grünbraune Gras und die kleinen lila Blümchen, die überall wuchsen bedeckten auch die Klappe.

„Hier ist diese verdammte Tena.", sagte eine zierliche Frau. Ihre Haut war von dunklem Braun, das Haar schwarz und kurz geschoren. Die Augen dunkel und groß in dem schmalen Gesicht blickten Pan an.

„Entschuldige.", sagte Pan. „Mein Kind verhungert. Ich bin verzweifelt."

Tena sah Kardas in Pans Armen weinen. Die Schluchzer waren nur noch leise und kraftlos. „Er bekommt sofort etwas.", sagte die junge Nureenerin und streckte ihre Arme Pan entgegen.

Mit einem zögernden Blick auf Isone, der ihr aufmunternd zunickte, gab sie Tena den Säugling. Dann folgten Pan und Isone der jungen Frau in die Erdhöhle. Sie mussten eine breite Leiter hinuntersteigen. Unten war es zu Pans Überraschung nicht dunkel. Aus kleinen Löchern, die mit einer Art Rohr abgesichert zu sein schienen, kam Licht herein. Die Höhle war wohnlich. Rotbrauner Lehm bedeckte die Wände, an die aus hellem Holz Bänke und Regale gebaut waren. In einer kleinen Wiege lag ein Kind, das ein wenig älter als Kardas sein musste. „Da ist Urak, mein Sohn."

Urak schlief tief und fest. Tena setzte sich auf eine kleine Bank unter einem der Lichteinlässe, öffnete zuerst ihre dunkelbraune Jacke und dann das darunterliegende beigefarbene Hemd. Ihre Brüste waren nicht allzu groß, aber rund und Pan fragte sich, ob sie überhaupt genug Milch für beide Kinder haben würde.

Als könnte Tena ihre Gedanken lesen sagte sie: „Das wird schon gehen. Je öfter sie trinken, desto mehr Milch wird es. Einige Tage müssen sie sich die Menge teilen, aber dann wird es sicher schnell mehr."

Pan nickte. Dankbarkeit erfüllte sie, als sie sah, wie Kardas beseelt trank. Die leisen Schluchzer des Neugeborenen verebbten. Die kleinen weißen Fäustchen pressten sich an Tenas Brust. Er würde leben. Und doch würde sie ihn hier lassen müssen. Ihr Herz fühlte sich an, als würde jemand ein kaltes Metallband darum legen und enger ziehen.

„Vielen Dank.", sagte Pan.

Sie brachte die Worte kaum heraus und Tena sah von Kardas zu ihr. „Er wird immer dein Sohn sein. Nur weil du keine Milch hast, heißt das gar nichts. Du kannst auch hier wohnen, wenn du das möchtest. Dann kannst du für ihn da sein und ich übernehme nur das Stillen."

Pan wusste nicht, wie sie der jungen Frau alles erklären sollte. Vielleicht war es das Beste, es ihr einfach zu zeigen. Pan löste sich für einen Moment in dunklem Nebel auf, um gleich wieder sichtbar zu werden.

Tena blieb der Mund offen stehen. „Oh.", sagte sie nur.

Pan nickte. „Ja, oh. Ich bin kein Mensch. Ich bin eine Unsterbliche. Eine Mischung aus Gurdor und Nagur. Willst du mir dennoch helfen? Kardas ist sterblich. Das ist klar."

Tenas Mund stand immer noch offen und sie starrte Pan an. „Wenn ich es recht überlege, dann hab ich von dir gehört. Du hast einen Jungen getötet."

Ihre Augen zogen sich zu Schlitzen zusammen. Dennoch legte sie Kardas nicht weg.

„Ja, das hab ich. Aber falls das für dich von Interesse ist: Ich wollte es nicht. Mir wurde die Kraft des Schaffens gegeben und ich konnte noch nicht damit umgehen. Ich habe einen riesigen Vogel erschaffen und dabei nicht auf meine Gefühle geachtet. Ich war so wütend. Der Vogel hat meine Wut in sich getragen und den Jungen getötet. Zu deiner Beruhigung. Der Vogel existiert nicht mehr."

Pan senkte den Kopf und flüsterte. „Ich kann den Tod des Jungen nicht wieder gut machen. Doch ich bin der Gegenpol zur weißen Königin und muss das Eis und die Kälte zurückdrängen."

Tena entspannte sich. „Du scheinst anders zu sein, als die Gerüchte sagen. Mir wurde gesagt, du wärst böse, dunkel, du wärst das Unheil. Doch scheinbar bist du einfach nur fehlbar, wie wir alle.“

Ein kleines Lächeln hüpfte über Pans Lippen, nur für einen Moment. „Fehlbar. Ja, das bin ich ganz sicher.“

Tena strich Kardas sanft über die Stirn. Sie nickte. „Du kannst ihn bei mir lassen. Ich werde für ihn sorgen. Er wird mit Urat zusammen aufwachsen und ein ganz normales Leben führen. Wenn du möchtest, kannst du ihn jederzeit besuchen.“

Wieder ergriff eine kalte Hand Pans Herz. Sie fühlte sich unzulänglich, nutzlos. Nicht einmal für ihr eigenes Kind konnte sie sorgen. Vielleicht wäre es wirklich besser, Kardas hier das normale Leben eines Sterblichen führen zu lassen. Wie hätte sie ihn mitnehmen können? Sie hatte keine Ahnung, wie ihr eigenes Leben weiter verlaufen würde, wie sie es schaffen sollte, der weißen Königin Einhalt zu gebieten.

Und dann auch noch diese Gerüchte. Die Leute glaubten, sie sei das Böse in Person.

Das konnte sie ihrem Sohn nicht zumuten. Hier wäre er sicherlich besser aufgehoben. Ganz abgesehen davon, dass sie ihn nicht nähren konnte. Aber auch später, wenn dieses Problem nicht mehr von Bedeutung war, durfte sie ihn den Gefahren da draußen aussetzen? Ihr selbst würde nichts geschehen, doch Kardas war sterblich.
Sie würde sehen, wohin das Leben sie beide trug. Ihre Entscheidung stand fest. Dennoch fiel es ihr unglaublich schwer zu gehen und das Kind bei einer fremden Frau zurückzulassen. Sie hatte zwar ein gutes Gefühl bei Tena, aber das konnte trügen. Wieder nickte Isone ihr zu, wohl um ihr zu zeigen, dass die Nurenerin in Ordnung war.
Kurz beobachtete sie nur ihren Sohn in Tenas Armen, ehe sie nickte und sich langsam abwandte. Alle Worte des Abschieds blieben ihr im Halse stecken. Sie fühlte sich, als würde sie einen Teil ihrer selbst zurücklassen, als sie die Erdhöhle verließ. Isone öffnete den Mund, doch Pan schüttelte flehend den Kopf. Die weite Ebene lag vor ihr, als ihr Herz zerbrach.

25. Berührung

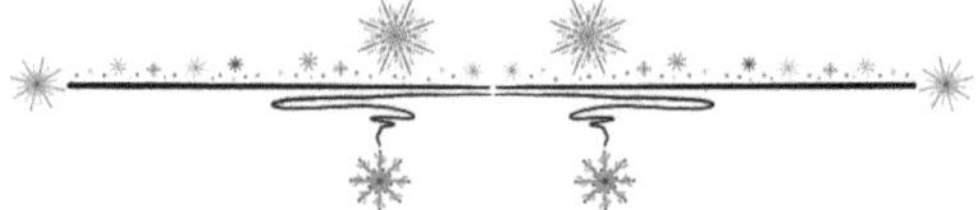

Pan stand neben Sachrod vor der Taverne in Kanuras. Wenige Stunden war es erst her, als sie den Sänger aus dem Schlaf gerissen hatte. Isone erzählte ihm, was geschehen war, während die Worte zu Pan nur durch einen dämpfenden Schleier drangen. Sie sah, wie Isone beide mitfühlend musterte, wie er sich schließlich verabschiedete und den Raum verließ. Eine Weile standen Pan und Sachrod einfach nur da. Es gab keine Worte, die Pan trösten würden. Sie konnte nur an die kleinen Hände denken, die nun von einer anderen Frau gehalten wurden. Würde er Tena Mama nennen? Würde er Pan überhaupt lieben können, wenn sie nicht bei ihm war, wenn sie ihn nur hin und wieder besuchen kam? War es ein Fehler gewesen, ihn dort zu lassen? Sie hätte ihn mitnehmen können, hätte ihn immer nur zum Trinken zu ihr bringen können.

Als würde er ihre Gedanken lesen, schüttelte Sachrod den Kopf. „Es ist besser so. Er wäre dir nur im Weg und du müsstest ihn ständig beschützen. So hart das klingt, aber deine Aufgaben sind größer als diese. Er wird es gut haben bei Tena, da bin ich mir sicher. Isone besitzt genug Menschenkenntnis. Er würde dir niemanden empfehlen, der nicht geeignet wäre."

Seine Worte bedeuteten ihr nichts. Sie hatte ihr Kind weggegeben. Sie war wie ihre Mutter. Trotz aller Gründe, trotz aller so wahnsinnig vernünftigen und wichtigen Gründe, war sie einfach wie ihre Mutter und hatte ihr Kind im Stich gelassen.

Und doch wusste sie, dass es für Kardas das Richtige war. Sie würde es sich niemals verzeihen, wenn sie ihn mit in die Gefahrenzone nehmen würde. Die Königin durfte nicht erfahren, wo er lebte. Sie durfte ihn niemals finden. „Ich werde Wesen erschaffen, die ihn schützen und behüten.“, flüsterte sie.

Sachrod nickte.

Eine einzelne Träne bildete sich in Pans Augenwinkel, löste sich zögernd daraus und suchte sich einen Weg über das schmale Gesicht, um schimmernd zu Boden zu fallen. Sofort formte sich ein winziger Keimling, gedieh in Windeseile zu einem kleinen Baum, verzweigte sich, bildete einen Stamm und wuchs hinauf zu Arins silbernem Licht, als wolle er sich mit ihm vereinigen. Arengabur, Dorsas dunkler Planet, hatte sich bereits von Arin entfernt und gab sein strahlendes Licht preis. Die Vögel zwitscherten und klangen in Pans Ohren wie Hohn. Das Leben ging weiter. In diesem Augenblick dachte sie, sie würde nie wieder lächeln können. Es war nicht die schwarze Traurigkeit, die über sie hereinbrach, es war eine tiefe Melancholie, die die Dunkelheit ihrer Kindertage zurückbrachte und die Einsamkeit. Selten hatte sie sich so allein gefühlt wie in diesem Augenblick. Sie wollte nur in den Arm genommen und getröstet werden.

Und war sie auch unsterblich, so war sie dennoch zur gleichen Zeit ein junges Mädchen. Vollkommen verloren stand sie vor der Tür der Taverne und wusste nicht, was sie nun tun sollte. Sachrod ging zwei Schritte nach vorne und öffnete die Tür der Taverne. „Komm mit mir. Du musst nicht alleine bleiben."

Pan nickte und folgte ihm stumm hinein. Er stieg die Treppe hinauf zu den kleinen Gästezimmern und betrat sein eigenes. Isone war nirgends zu sehen. Sachrod setzte sich auf das hölzerne Bett und sah sie an.

„Komm zu mir. Setz dich her.", raunte er heiser.

Pan runzelte die Stirn. „Ich kann nicht."

Er schüttelte den Kopf. „Du brauchst Trost und um ehrlich zu sein, ich auch. Es ist auch mein Sohn, weißt du. Ich werde mich ebenfalls um ihn kümmern. Ich werde ihn besuchen, wie du. Und wenn du willst, kann ich ihn auch zu mir holen, sobald er keine Milch mehr braucht."

Pan war nicht auf die Idee gekommen, ihn danach zu fragen. Sie hätte niemals gedacht, dass der Sänger sich dieser Verantwortung stellen würde.

„Aber was wir beide nun brauchen sind Berührungen.", flüsterte er.

Sie schüttelte traurig den Kopf. „Ich kann nicht Sachrod. Du wirst es nicht ertragen. Ich werde dich überschütten mit Chaos, sobald ich dich anfasse."

„Hast du es denn versucht?"

„Eine einfache Umarmung reicht schon aus."

„Vielleicht ist es aber etwas anderes, wenn es nicht bei der Umarmung bleibt. Manch eine hat schon alles um sich herum vergessen in meinen Armen." Ein Grinsen huschte über sein Gesicht.

„Tief in mir weiß ich, dass es nicht funktionieren wird. Ich hab Angst. Solche Angst. Wenn ich es versuche, dann bekomme ich Gewissheit. Wenn es nicht klappt, dann ist jede Hoffnung auf Liebe dahin."

„Liebe ist viel mehr als nur das Pan. Liebe darfst du niemals aufgeben, egal ob du nun Menschen berühren kannst oder nicht."

Er hatte leicht reden, dachte Pan sich. Welcher Mann würde sie lieben, wenn sie ihn nicht berühren konnte. Welcher Mann würde bei ihr bleiben? Einen Moment lang dachte sie an Seth. Seine Augen, sein liebevoller Blick. Er würde sich mit der Zeit verwandeln, da war sie sich sicher und dann würde er sich eine sterbliche Frau suchen und sesshaft werden.

Sachrod saß noch immer auf dem Bett und sah sie erwartungsvoll an. In ihr wuchs der Impuls sich einfach in Luft aufzulösen. Und dennoch blieb sie, näherte sich ihm, setzte sich zögernd neben ihn auf das Bett. Eine Weile saßen sie nur da, nah beieinander, ohne sich zu berühren. Pans Herz begann nicht, schneller zu schlagen, so wie früher, hatte sie überhaupt ein Herz? Sie wusste es nicht. Kein Herzschlag musste Blut durch ihren unsterblichen Körper pumpen. Doch ihr einstiges Herz war vielleicht noch vorhanden, nutzlos nun. Fühlen konnte sie, lieben konnte sie, das war ihr klar. Aber keine Erregung wallte durch ihren Körper. Sachrods Gesicht näherte sich ihrem. Seine geschwungenen Lippen hatten sie einst in Verzückung versetzt. Würde es wieder passieren? Konnte sie bei ihm liegen? Sein Mund berührte ihren und sofort übertrugen sich seine Emotionen auf sie. Sie erlebte seine Erregung, fühlte Liebe und Vertrauen von ihm herüberschwappen. Ihre eigenen Gefühle, ihre Zweifel, ihre Verzweiflung verschoben sich im Gegenzug auf ihn. Dennoch intensivierte er den Kuss, legte seine Hand auf ihre Brust und begann, sie sanft zu kneten. Mit der anderen berührte er ihren Rücken und drückte sie an sich. Die Angst gewann und die Verzweiflung. Pan verlor die Kontrolle über ihren Geist. All die Stimmen in ihr, die sonst nur leise im Hintergrund murmelten, all die Bilder, die Gedanken der Gurdor und der Nagur, mischten sich mit ihren eigenen Empfindungen und denen Sachrods. Es war ein Tosen aus Stimmen, Gefühlen und Szenen, die sich wild abwechselten. Sie sah Gaszra in Zurna stehen, hörte sie zu den Nachtalben sprechen. Sie schwamm mit Isru durch die Weiten des Meeres, kletterte mit Horga über die steinernen Felsen des Gebirges. Alles passierte gleichzeitig, ein Lärm toste durch ihren Geist, der sie betäubte und Sachrods Berührung verblassen ließ.

Es war nur ein Moment, doch er war so intensiv, dass der Sänger von ihr abrückte, als hätte er sich an ihr verbrannt.

Pan sah sein entgeistertes Gesicht, seine vollkommene Ratlosigkeit und Überforderung. Sobald er die Berührung löste und sie sich wieder beruhigte, wurden die Stimmen leiser.

Pan lächelte traurig. „Nun, zumindest weiß ich es jetzt sicher."

In diesem Moment klopfte es an der Tür. „Sachrod, wir wollen los. Bist du fertig?", hörte Pan Seths Stimme. Das hatte ihr gerade noch gefehlt. In diesem Augenblick hätte sie jeden anderen lieber gesehen.

Schon wollte sie verschwinden, da schüttelte Sachrod energisch den Kopf. „Vielleicht solltest du das lieber mal klären. Er liebt dich. Vielleicht noch mehr als ich. Und ich weiß, dass du ihn auch liebst."

„Es ist nicht der Moment dazu. Nicht jetzt. Nicht heute."

Sachrod schüttelte den Kopf. „Sprich mit ihm. Erzähl ihm deinen Kummer, deine Ängste. Gib ihm eine Chance. Er ist ein guter Kerl, das weiß ich und du brauchst Liebe, egal in welcher Form. Lass nicht zu, dass du hart wirst. Es war immer deine Stärke voller Gefühl zu sein. Pan, du bist noch so jung. Auch wenn du unsterblich bist, hast du doch erst siebzehn Jahre auf dem Buckel. Du kennst dich nicht aus mit der Liebe. Du hast keinerlei Erfahrung. Schreib die Liebe nicht jetzt schon ab. Sie hat viele Gesichter. Und gerade in Zeiten der Not musst du die Nähe der Menschen suchen, die dich lieben. Liebe hilft dir! Vergiss das nicht. Jetzt allein zu sein wäre fatal."

Wieder klopfte es. Sachrod stand auf und öffnete die Tür.

Seths Blick fiel sofort auf Pan und sie fühlte sich ertappt. Wie sollte sie ihm das alles erklären.

Sachrod ging an Seth vorbei und sagte im Vorübergehen. „Ich lass euch mal allein. Ihr habt genug zu besprechen."

Zögernd betrat Seth den Raum und schloss langsam die Tür hinter sich. Er sah Pan erwartungsvoll an. Ihr fehlten die Worte. Für einen Augenblick schwieg sie, dann sprudelte alles aus ihr heraus.

„Ich kann dich nicht berühren. Niemals. Ich kann niemals bei dir liegen. Ich musste meinen Sohn weggeben, hab ihn bei einer fremden Frau gelassen. Sie wird ihn stillen, ich konnte ihm keine Milch geben. Du wirst eine andere Frau finden, eine mit der du eine Familie haben kannst, eine die dich glücklich macht. Ich kann niemanden glücklich machen. Ich bringe nur Traurigkeit, ich fühl nur noch Traurigkeit. Was für ein Sinn macht so ein Leben denn? Ich muss nur noch den einen Zweck erfüllen: Die weiße Königin in Schach halten. Nur dazu bin ich überhaupt noch auf dieser Welt."

„Pan. Das stimmt doch nicht. Du magst ja unsterblich sein, aber das hat doch dein Wesen nicht verändert. Mag sein, dass du keine herkömmliche Familie haben wirst. Das heißt aber doch nicht, dass du gar keine hast. Auch wenn dein Sohn von einer anderen Frau gestillt wird, kannst du doch für ihn da sein. Und auch wenn du mich nicht berühren kannst, kannst du mich lieben. Und ich dich. Und woher willst du überhaupt wissen, ob es nicht etwas vollkommen anderes ist, wenn du jemanden küsst, jemanden liebkost. Vielleicht bist du dann ja innerlich viel ruhiger."

Sie schüttelte den Kopf. „Ich hab es ausprobiert."

„Was? Mit Sachrod? Warum denn nur mit dem? Warum hast du mich denn nicht gefragt?"

„Bei dir fühl ich doch noch viel intensiver. Da hab ich es doch noch weniger unter Kontrolle. Ach, es spielt doch keine Rolle.", sie machte eine wegwerfende Handbewegung. „Es geht einfach nicht. Das ist das absolute innere Chaos, das kann keiner aushalten. Das muss auch keiner aushalten. Es ist einfach nicht mehr wie früher. Das muss ich akzeptieren."

„Es ist mir egal!", brüllte Seth sie an. „Es ist mir vollkommen egal."

Entgeistert schüttelte Pan den Kopf. „Aber ich werde niemals bei dir liegen können. Ich werde dir niemals ein Kind gebären."

„Ich liebe dich. Daran wird sich nichts ändern."

Die Traurigkeit wurde immer stärker. Am liebsten wäre Pan einfach verschwunden, hätte sich für alle Ewigkeit in dunklen Nebel aufgelöst. Wären ihre Probleme damit nicht gelöst? Sie sah Seth näherkommen. Sah die Sehnsucht in seinem Gesicht. Nein, das konnte er nicht tun. Das würde alles nur noch schlimmer machen. Pan war wie gelähmt, als Seth die Hände nach ihr ausstreckte. Nein, wollte sie flüstern, doch das Wort blieb ihr im Hals stecken.

Das Chaos begann, noch ehe er überhaupt ihre Haut berührte, bevor seine Lippen die ihren fanden. In ihr brandete es auf, ein Sturm aus Stimmen und Erinnerungen, aus Angst und Traurigkeit. Völlig unkontrolliert floss er auf Seth über, sobald er sie berührte. Sie hatte es nicht mehr in der Hand. Es war der Tropfen, der das Fass zum Überlaufen brachte. Alles in ihr strömte heraus und übertrug sich auf Seth. Sie krallte sich an ihm fest, als könne er ihr Halt geben.

Doch sie spürte sein Schwanken, spürte sein Entsetzen und seine Angst. Nein. Seth war nicht anders. Er konnte es nicht aushalten. Er konnte sie nicht aushalten.

Pan löste sich von ihm. Ihr Gesicht war wie versteinert.

„Begreifst du es nun?", sagte sie und erhielt keine Antwort.

26. Eklantas

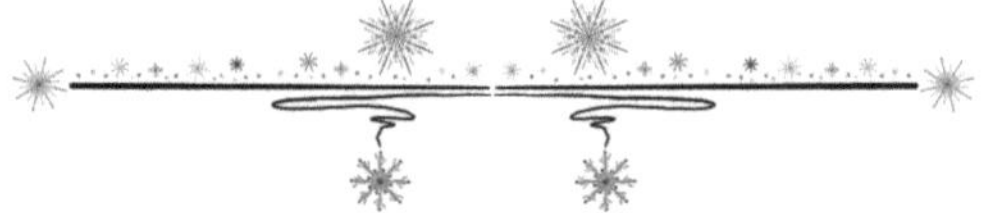

Eklantas erfühlte Pans Schmerz. Warum rief sie ihn nicht? Nächtelang lungerte er schon vor der Taverne in Kanuras herum. Wie nannten die Menschen sie? Zum vollen Krug? Was für ein lächerlicher Name. Pan war bei ihnen. Sie suchte ihre Nähe, immerhin konnte sie inzwischen Hilfe annehmen und machte nicht mehr alles mit sich allein aus. Eklantas langer Schwanz schwang ungeduldig von einer Seite auf die andere. Er hatte keine Lust, die Taverne zu betreten. Die Blicke der Menschen waren ihm unangenehm. So hatte er Position auf einem stabilen Ast im Baum vor dem Gebäude bezogen. Ein Raunen zu seinen Füßen zog seine Aufmerksamkeit nach unten. Schatten rieb sich an seinem Bein und sah ihn dann mit den goldgrünen Katzenaugen an. „Pan? Siehst du mich?", fragte er die Katze. Die gab ein kurzes Miauen von sich. Nur einen Moment später manifestierte sich Pan vor ihm. Schatten setzte sich an ihre Seite und beobachtete ihn.

Eklantas fühlte die Traurigkeit, die von Pan ausging. Sie war stärker geworden, allerdings nicht so tiefschwarz, wie damals, als er sie zum ersten Mal wahrgenommen hatte. Etwas Warmes schwang in ihr mit. Am liebsten hätte er sie berührt, um all ihre Gefühle direkt zu empfinden. Doch er hielt sich zurück. „Du hast das Kind bekommen?", fragte er nun.

Sie nickte. Er nahm wahr, wie sich die Traurigkeit verstärkte.

„Du kannst das Kind doch jederzeit wieder zu dir holen?"

Pan schüttelte den Kopf. „Eklantas, das verstehst du nicht. Was für ein Leben soll ich ihm denn bieten? Soll ich ihn ständig der Gefahr aussetzen? Er ist nicht unsterblich."

„Ich glaube du verstehst nicht, Pan. Du musst die Dinge akzeptieren, wie sie sind und das Beste daraus machen. Du bist nun mal unsterblich, mit all den Vor- und Nachteilen, die du darin siehst. Kämpf nicht dagegen an. Hör auf es zu bedauern. Das bringt dich doch nicht weiter."

Sie sah ihm in die Augen. „Du verstehst das nicht."

Er erwiderte ihren Blick. „Dann zeig es mir.", sagte er und hielt ihr die Hand entgegen.

Zögernd streckte auch sie ihre Hand nun aus und langsam näherte sie sich der seinen. Ruckartig öffnete sich die Tür der Taverne. Erschrocken zog Pan die Hand zurück. Eklantas verbarg sich zwischen den Ästen und Blättern der Baumkrone, während Pan innerhalb eines Augenblickes auf dem Boden ankam.

„Pan, da bist du ja. Ich hab dich schon gesucht.", lallte Isone.

„Ich dachte du trinkst nur noch Wasser.", hörte Eklantas Pan antworten.

„Der Einfluss deiner Freunde tut mir nicht gut. Sachrod will, dass ich mit ihm auftrete.

Hast du ihm erzählt, dass ich früher als Tänzerin unterwegs war?"

„Nicht, dass ich wüsste. Zumindest erinnere ich mich nicht daran. Aber das wäre doch auch nicht schlimm, oder?"

Isone schüttelte den Kopf. „Ich weiß nicht. Irgendwie fühl ich mich nicht mehr sicher, wenn ich als Frau unterwegs bin, seit...", er verstummte.

Eklantas sah den jungen Mann aufmerksam an. Seltsames Wesen, dachte er. Sind alle Menschen so? So unsicher, so verworren?

Pan antwortete Isone: „Lass dich von der Königin nicht beherrschen. Lass sie nicht gewinnen. Nicht in unserer Welt und auch nicht hier drinnen.", sie zeigte auf Isones Stirn. „Tu was du willst, Isone, tu was dich glücklich macht."

Diesen Rat sollte Pan wohl lieber selbst beherzigen, dachte der dunkle Alb.

Isone nickte, flüsterte „Danke" und wankte zurück in die Schenke.

Eklantas löste sich aus der Dunkelheit und sprang leichtfüßig zu ihr herunter. Schatten manifestierte sich neben Pan. Die Katze war von Nebel umgeben. Der Nachtalb sah Pan

aufmerksam an. „Machst du was dich glücklich macht? Tust du, was du willst?"
„Was ich will ist mein früheres Leben."
„Isone will auch sein früheres Leben, das vor seinen grausamen Erlebnissen mit der Königin und ihren Schergen. Jammert er? Nein, tut er nicht. Er akzeptiert, dass er nicht zurück kann und versucht mit dem klarzukommen, was er nun hat. Und du? Du sagst doch genau das, er soll machen, was er will, was ihn glücklich macht. Und das gilt auch für dich. Du musst nun herausfinden, was du mit deinem neuen Leben anfangen willst, was dich glücklich und zufrieden macht. Was für Werte willst du leben, welchen Weg gehen? Oder willst du bis in alle Ewigkeit darüber jammern, dass du nun unsterblich bist?"
„Du weißt ja nicht, was das bedeutet.", spie sie wütend aus und fasste ihm ohne Vorwarnung an beide Schultern. Sie hielt ihn fest im Griff, als all ihre Empfindungen ihn sofort durchströmten. Die tiefe Traurigkeit, die mittlerweile wie ein sanfter breiter Fluss durch sie flutete, drang zu Eklantas durch. Er erlebte ihr Wissen, dass sie niemals die Liebe

würde leben können wie ein Mensch. Sie ließ ihn den Moment empfinden, als sie Kardas zurückgelassen hatte. Er fühlte ihren Schmerz. Der Alb sah wie sie versuchte Sachrod zu berühren, erlebte das Entsetzen in dessen Gesicht. Sofort hatte der Nachtalb das Bedürfnis sie zu trösten, ihr sein eigenes Licht zu senden, doch er hielt sich zurück. Er wollte ihr Selbstmitleid nicht verstärken. Stattdessen konzentrierte er sich auf Momente aus seiner Erinnerung, die er immer so akzeptiert hatte, obwohl sie ihn eingeschränkt und abgewertet hatten. Er erinnerte sich daran, wie ihn Kinder aus einem Dorf mit alten Lebensmitteln beworfen hatten, um ihn zu vertreiben. Er zeigte ihr die finsteren Blicke, sobald er eine Stadt betrat. Er lies sie all die Worte hören, die Menschen ihm entgegenschleuderten. Und dann ließ er sie seine Gleichgültigkeit spüren, all diesen Situationen gegenüber. Er zeigte ihr Gaszras Liebe, zeigte ihr die wilden Nachtalben, die sich in der Dunkelheit der Nacht geborgen fühlten und sein Gefühl für sie selbst. Pan ließ ihn los und nickte. „Du hast recht. Es gibt immer auch Gutes. Und doch: ich bin so müde. Jedesmal, wenn ich Kraft schöpfe, passiert wieder etwas, dass mich zu Boden wirft. Diese tiefe Traurigkeit in mir, kann mich jederzeit wieder hinabziehen. Es ist so schwer, ständig dagegen anzukämpfen."

„Dein tiefes Gefühl mag deine Schwäche sein, aber auch deine Stärke. Lass du die weiße Königin nicht siegen hier drin. Und auch deine Finsternis kannst du gegen sie einsetzen. Sie wird sie vollkommen handlungsunfähig machen."

Pan schüttelte den Kopf. „Das hab ich bereits einmal gemacht. Doch die Dunkelheit droht mich selbst zu verschlingen, wenn ich sie einsetze. Es ist nicht nur Dunkelheit, es ist Schwärze und Leere. Und sie macht sich in mir breit. Ich habe Angst vor ihr, Eklantas. Ich habe Angst vor der Dunkelheit in mir."

„Pan. Du bist stark. Da bin ich mir sicher. Du wirst einen Weg finden, damit zurecht zu kommen. Die Dunkelheit ist der einzige Weg, der Königin wirklich etwas entgegenzusetzen. Ansonsten wirst du immer dabei bleiben, ihre Taten nur auszugleichen."

Er machte die Geste nach, die Pan vorher bei Isone angewendet hatte und zeigte auf Pans Stirn. „Du bist nicht allein. Nutze das. Wenn die anderen auch nicht mit dir reisen können, ich kann es. Nimm mich mit dir. Die anderen kannst du jederzeit besuchen, wo auch immer sie sind. Nutze ihr Angebot. Sie werden deine Nachrichten verbreiten und so dein Ansehen verbessern. Und auch deinen Sohn kannst du doch jederzeit sehen. Auch hier ist die Unsterblichkeit von Vorteil. Nur ein Gedanke und du bist bei ihm. Ich bin sicher, du kannst dich sogar im Geiste mit ihm verbinden."

„Ich weiß das alles Eklantas. Nur mein Gefühl ändert es nicht. Die Traurigkeit begleitet mich schon lange, so lange. Sie wird hoffentlich wieder verblassen. Doch du hast recht. Nun muss ich sehen, wie ich mit der Königin umgehe. Es ist mir zuwider, immer nur zu reagieren, auf ihren Hass."

„Die Gurdor haben ihre Nachtalben, Panrah. Die Nagur haben sogar jeder eine eigene Form der Alben geschaffen. Du bist ein ganz besonderer Schutzgeist, einer, der Licht und Dunkel in sich vereint. Vielleicht ist es Zeit, nun selbst Alben zu erschaffen, die dir dienen und dich unterstützen. Dann musst du nicht mehr alles ganz allein machen. Alben sind intelligente Wesen und sie können deine Sicht der Welt in sich aufnehmen und werden dann ein ganz besonderes Verständnis für dich haben. Gaszra sagt immer, die Nachtalben wären ihre Kinder."

„Meine Kinder. Ich hab schon ein Kind, weißt du." Traurig schüttelte sie den Kopf.

Eklantas seufzte. Vielleicht war es noch zu früh.

Als hätte sie seinen Gedanken gehört, flüsterte sie. „Lass mir ein wenig Zeit. Ich werde darüber nachdenken."

27. Schattenalben

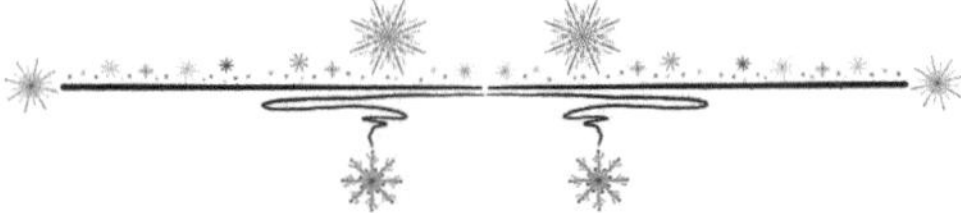

Pan wanderte durch den gefrorenen Wald. Sie war hier schon einmal gewesen, scheinbar in einem anderen Leben. Gleich da vorne musste die kleine Hütte sein, in der sie Seth das erste Mal gesehen hatte. Gard war nicht weit entfernt. Ein breiter Streifen schneebedeckter Ebene lag zwischen dem Wald und der weißen Stadt. Der Forst war verändert. Die Kälte hatte jegliches Leben vertrieben. Nur die Alben waren zurückgeblieben. Pan hörte die Wölfe Galsars heulen. Riefen sie nach ihr? In der Ferne sah sie einige Eismare.

Schatten begleitete sie. Die Katze war eine Wohltat für ihre einsame Seele.

Zwischen den Bäumen, deren Äste bei jeder Berührung brachen, tauchte die Hütte vor ihr auf. Nichts hatte sich verändert, abgesehen von der trostlosen Stille, die sich über dem Wald ausgebreitet hatte. Kein Vogel sang mehr, nur die Wölfe heulten einsam ihr schauriges Lied. Langsam ging sie auf die Tür zu und stieß sie auf. Vor ihrem inneren Auge saß Seth immer noch in dem alten zerschlissenen Sessel am hinteren Ende der Hütte. Sie konnte sich genau an seinen Blick erinnern.

Hier hatte sich nichts verändert. Sie setze sich an den hölzernen Tisch und hielt einen Moment inne. Pan hatte sich vorgenommen, Alben zu erschaffen, doch noch hatte sie Angst. Was wenn sie es falsch machte? Was, wenn die Alben bösartig sein würden. Eklantas hatte gesagt, sie würden ihre Werte übernehmen.

Gerade das besorgte sie. Was waren ihre Werte? Gehörte sie zu den Guten? Sie hatte einen Jungen getötet. Was, wenn sie Wut miteinfließen ließ, was, wenn ihre

Traurigkeit sich auf die neuen Wesen übertrug? Zuerst musste sie zu sich selbst kommen. Sie brauchte Klarheit. Es war gut, dass Eklantas ihr immer wieder den Kopf wusch. Es stimmte, was der dunkle Alb sagte, für jeden anderen hatte sie einen Rat. Sie sollte sich lieber einmal selbst daran halten.

Für einen Moment zog sie in Betracht, Seth und die anderen zu besuchen und um Rat zu fragen. Doch welchen Rat konnten sie schon geben? Auch wenn sie Pan gern hatten, sie verstanden das Wesen der Unsterblichkeit nicht gänzlich und erst recht nicht die Schaffenskraft. Es war besser, es allein zu tun.

Plötzlich fühlte sie sich in dem kleinen Raum aus Holz beengt. Diesmal stand sie nicht auf und ging durch die Tür. Sie nutzte die Kraft ihrer Gedanken und manifestierte sich tiefer im Wald. Es war still, nicht einmal ein leiser Windhauch ließ die Bäume erzittern. Pan sah nach oben in die Baumkronen. Der Himmel war von hellem Blau mit wolkenweißen Strichen durchzogen. Die Nadelbäume standen fast kahl da, bestimmt hatte ein eisiger Sturm ihre Nadeln gefordert. Wie Gerippe erhoben sie sich in den Himmel.

War es in Ordnung, wenn die Alben ihre Traurigkeit kannten? Es war eine stille dunkle Melancholie, die auf ihr lag. Die schwarze Finsternis war gewichen. Pan wusste, dass sie diese Betrübnis nicht würde ablegen können. Sie schien zu ihr zu gehören, wie die tiefe Traurigkeit, die sie von Zeit zu Zeit besuchte.

Ein leises Lächeln schlich sich auf ihre Lippen. Vielleicht war es auch vollkommen in Ordnung, kein fröhliches Wesen zu haben. Vielleicht war nicht jeder dazu bestimmt, andere aufzuheitern und zum Lachen zu bringen.

Wie zu sich selbst sagte sie leise: „Es ist in Ordnung."

Dieser eine Satz brannte sich in ihre Seele ein. Sie musste nicht anders sein. Sie war in Ordnung. Alles war in Ordnung. Plötzlich fühlte sie sich aufgehoben. Die leisen Stimmen in ihr schienen ihr zuzustimmen. Vor ihrem Geist tauchte das Bild von Alben auf, die sie verstehen würden. Sie würden ihre Sanftheit, ihre Traurigkeit und ihren

Wunsch nach Frieden begreifen. Sie würde keine hasserfüllte Streitkraft erschaffen. Hass und Krieg war nicht das, was Pan in die Welt tragen wollte. Auch wenn sie gegen die weiße Königin kämpfen mussten, ihre Wesen sollten Liebe und den Wunsch nach Frieden verspüren und nicht Hass.

Eine Erleichterung befiel Pan. Sie musste keine blutrünstige Kriegerin werden, wie die Königin ihr einst suggeriert hatte. Gefühlskälte und Hass war nicht das, was Stärke nährte. Sie war vollkommen in Ordnung, wie sie war, egal was manche Menschen sagten. Und ihre Alben würden wunderbar werden. Ein Bild tauchte in ihrem Kopf auf. Es waren Wesen, die genauso groß waren wie Pan. Ihre Haut war hell, wie die ihre. Die Augen waren dunkel und das Haar wehte in schwarzen Wellen um ihre Schultern. Sie trugen graue Gewänder, die ihre Gestalten umhüllten und mit jedem Windstoß um sie wallten.

In der Dämmerung würden sie fast unsichtbar sein. Sie sollten sich wie sie in den Nebeln bewegen, sich transformieren und wieder manifestieren können. Und sie würden bei Tag und bei Nacht an ihrer Seite sein, denn Licht und Dunkel liebten sie, wie Pan, gleichermaßen. Schattenalben würde sie sie nennen. Kaum war dieser Name in ihren Gedanken aufgetaucht, flüsterte es in ihr: „Santu achari, Schattendiener." Doch Pan schüttelte den Kopf. Diener sollten sie nicht sein. Helfer vielleicht, Mitstreiter, Begleiter. Wieder hörte sie Worte in sich, doch sie blendete sie aus. Es spielte keine Rolle, wie die anderen sie bezeichneten. Sie nannte sie Schattenalben und sie würden zu ihrer Familie werden, so wie Eklantas es gesagt hatte. Liebe keimte in ihr auf, floss in das Bild ein und bildete eine tiefe Verbindung zu den Wesen, als sie sich vor ihr manifestierten. Es war so leicht, ein Wimpernschlag nur, ein Gefühl, ein Gedanke und sie waren da. Es waren Tausende. Sie streichelten ihre Seele und sahen sie aus schwarzen Augen an. Jedes dieser Wesen war ein wenig anders. Der eine hatte ein runderes Gesicht und schmalere Wangen, der nächste welligeres Haar, wieder ein anderer einen etwas fülligeren Körper. Sie standen um sie herum und kamen heran, drängten sich um sie. Die, die nahe genug waren berührten Pan und es war nicht unangenehm. Sie fühlte nur ihre eigene Stimmung und Liebe in ihnen.

28. Gard

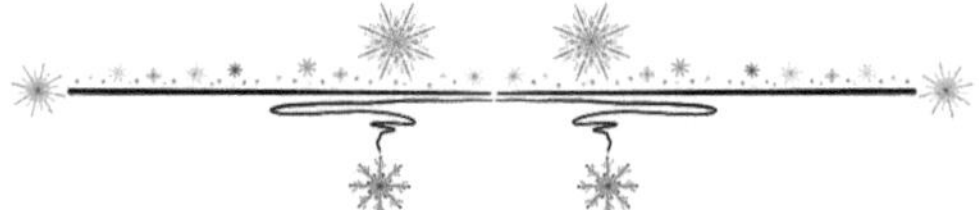

Einige Tage später stand Pan erneut vor den Toren der weißen Stadt. Die Nacht war bereits hereingebrochen und ermöglichte es Eklantas, mit ihr zu kommen. Pans Katze saß neben ihr auf dem schneebedeckten Boden. Dahinter folgten viele der Schattenalben und blieben nah bei ihnen stehen. Pan wusste nicht, was sie hier erwarten würde. Noch einmal wollte sie nicht in die Falle tappen. Sie musste auf der Hut sein.

Eklantas begleitete sie nicht, als sie sich innerhalb der Stadtmauern manifestierte. Die Stadt war immer noch hell erleuchtet.

Pan würde ihm den Schmerz, den er durch das Licht ertragen würde müssen, niemals aufbürden. Ihre Schattenalben hingegen folgten ihr, es war wundervoll, dass sie genauso schnell reisen konnten, wie sie selbst. Pan hatte bemerkt, dass die neuen Alben wie Eklantas, durchaus einen eigenen Willen hatten und selbstständig dachten. Wenn sie auch dazu geschaffen waren, Pan zu unterstützen, so waren sie doch keineswegs nur Werkzeuge.

Es waren eigenständige Wesen und Pan lernte sie gerade erst richtig kennen.

Doch nun konzentrierte sich auf den Weg, der vor ihr lag. Sie hatte sich im innersten Kreis manifestiert und stand vor dem Eingang zum Berg, in dem die Räumlichkeiten der Adligen und der Königin selbst lagen. Einen Moment lang zögerte sie, dann drückte sie gegen die riesige Tür. Wie erwartet war sie abgesperrt. Doch für Pan war das kein Hindernis. Dunkler Nebel umhüllte sie und ihre Alben für einen Moment, ehe sie alle im Inneren des Berges sichtbar wurden. Sie befanden sich in einer riesigen Höhle aus weißem Gestein, in die

Pans Heimatdorf problemlos hineingepasst hätte.

Rundum waren helle Türen zu sehen, teilweise waren sie mit feinen Schnitzereien verziert. Vollkommene Stille lag über dem Raum und hinter den Türen schien sich nichts zu bewegen.

In der Mitte der Halle war eine Art Marktplatz. Verschiedene Buden und Tische, alle aus weißem Holz gefertigt, waren hier in einem Halbkreis aufgestellt. Etwas davor befand sich ein großer, von Tassersteinen beleuchteter Brunnen aus weißem Gestein. Schatten sprang auf den Rand der Wasserquelle und ließ ihre Tatze durch das kühle Wasser gleiten. Winzige Wassertropfen sammelten sich im schwarzen Fell der Katze. Sie schüttelte sich, sprang herunter und schlenderte zu Pan, ehe sie sich an ihr Bein schmiegte.

Nur ein Gedanke, und die Schattenalben schwärmten aus und durchsuchten die Räume zu allen Seiten. Nach und nach führten sie erschrockene Gardener durch die Türen in die Halle. In einem Kreis um Pan versammelten sie sich. Eine Weile wartete

Pan einfach ab. Es kamen immer mehr Schattenalben mit den Bewohnern des Berges in die Halle zurück. Der Raum füllte sich. Kein Raunen ging durch die Menschenmenge. Still standen sie da, voller Angst, was ihnen bevorstand. Doch Furcht war nicht das, was Pan verbreiten wollte. Sobald die Alben keine Menschen mehr im Berg finden konnten, begann sie zu sprechen.

„Ihr habt nichts zu befürchten.", sagte sie sanft. „Auch wenn euch das vielleicht so erzählt wurde, ich bin nicht das Böse. Ich bin nicht hier, um die ganze Welt ins Dunkel zu stürzen. Im Gegenteil. Ich möchte vereinigen, verbinden, versöhnen, was viel zu lange im Streit lag."
Die Angst verschwand nicht aus den hellen Augen der Adligen von Gard. Noch immer sagte niemand ein Wort, sie bewegten sich kaum, standen reglos vor ihr und starrten sie an.
„Ich bin Pan, Schutzgeist der Dunkelheit und des Lichtes. Beides liebe ich, beides vereinige ich in mir. Ich schütze diese Welt vor der weißen Königin. Diese möchte ganz Arenlai

in Kälte erstarren lassen. Selbst hier in Gard, ist es viel kälter als üblich. Wenn wir sie gewähren lassen, wird es bald unbewohnbar für Menschen sein, so wie es die Ebenen und die Wälder vor Gard bereits sind. Wir müssen Arenlai schützen."

Ratlosigkeit machte sich in Pan breit, als noch immer niemand sich regte.

Dann fiel ihr auf, dass ihre Alben wie Bewacher hinter den Menschen standen. Mit einer schnellen Handbewegung rief sie sie zu sich. Sie versammelten sich nun hinter Pan.

„Ihr seid nicht gefangen. Ich wollte euch nur um Hilfe bitten. Sagt mir, wo die Königin sich aufhält. Helft mir, sie zu verstehen. Warum handelt sie so? Was treibt sie an? Welche Schritte wird sie als nächstes gehen? Allein kann ich immer nur die Kälte wieder eindämmen und den Wesen, die sie erschafft, andere entgegenstellen. Bitte helft mir."

Nun, ganz langsam und leise, erhoben sich die ersten Stimmen. Es war ein kaum vernehmbares Raunen, die Blicke veränderten sich, die Angst wich nicht, doch es war immerhin keine Todesangst mehr.

Vielleicht hatte sie es falsch angepackt. Sie hätte sanfter vorgehen müssen, jeden einzeln besuchen, warten bis zum Tagesanbruch.

„Ich sehe schon. Es war nicht unbedingt höflich, euch alle aus dem Schlaf zu reißen. Doch ich musste den Moment nutzen, die Königin hat mich beim letzten Mal gefangen genommen, als ich hier war, ich konnte kein Risiko eingehen. Ich bitte um Verzeihung für diesen rüden Umgang mit euch. Wer gehen möchte, darf dies natürlich tun."

Niemand verließ die Halle, doch das Raunen wurde allmählich lauter und hin und wieder konnte Pan einige Wortfetzen verstehen.

„Seltsames Wesen …"

„… aus dem Schlaf gerissen … dachte jetzt ist es zu Ende."

„… kann ich nicht verstehen, …"

„Was sind das für seltsame Alben? … nie gesehen."

„…unheimlich…"

Pan ergriff erneut das Wort. „Ich kann verstehen, dass euch das alles nicht ganz geheuer ist, doch ich versichere euch, dass ihr von mir nichts zu befürchten habt. So wie es mir scheint, ist die Königin nicht hier, sehe ich das richtig?"

Einige nickten zögernd.

„Das ist doch schonmal ein Anfang. Vielen Dank für eure Antwort." Sie schenkte einigen der Gardenern ein leises Lächeln und bewegte nun näher heran.

Ein paar wichen aus den vorderen Reihen zurück und rempelten die Leute hinter ihnen an. Sofort blieb Pan stehen und hob beschwichtigend die Hände.

„Keine Angst. Ihr könnt auch gehen, wenn ihr euch fürchtet. Doch es ist auch eure Welt. Auch ihr müsst in ihr leben. Sicherlich habt ihr doch bemerkt, dass die Kälte, die die weiße Königin bringt nichts positives ist."

Ein paar aus den hinteren Reihen entfernten sich unauffällig und schienen in Richtung einer kleinen Tür davonschleichen zu wollen. Als Pan sie direkt ansah, blieben sie stehen. Doch Pan winkte ab: „Ihr dürft ruhig gehen, das habe ich doch gesagt. Ich bin nicht hier, um jemanden etwas anzutun, auch nicht um euch gefangen zu halten."

Zwei Männer liefen daraufhin schneller und verschwanden aus der Halle. Nun lösten sich weitere Personen aus der Menschenmenge und schlichen vorsichtig, ängstlich Pan beobachtend davon. Doch sie nickte nur. Die, die blieben entspannten sich nun sichtlich.

„Die Königin ist schon seit einiger Zeit weg.", sagte eine junge Frau leise. Sie war in ein helles lockeres Gewand gekleidet. Ihr weißes Haar fiel offen über ihre Schultern.

„Danke schön.", antwortete Pan. „Wie ist dein Name?"

„Sir", flüsterte sie vorsichtig.

„Der König wurde eingesperrt. Wir haben es nicht gewagt, ihn zu befreien." Hoffnungsvoll blickte ein alter Mann Pan an. „Er ist ein guter König, er hat nichts gewusst, von ihrem Plan, da bin ich sicher."

„Weißt du, wo er ist? Können wir ihn jetzt befreien?"

„Er ist unten in den Verließen."

Pan schüttelte den Kopf. „Da kann ich nicht hingehen. Dort hat sie mich beim letzten Mal in die Falle gelockt. Viele der Räume dort sind mit einem Material ausgestattet, dass es mir verbietet mich zu transformieren. Ihr müsst ihn da rausholen."

Wieder ging ein Raunen durch die jetzt etwas kleinere Menschenmenge.

„Sie wird uns dafür töten!", meinte ein jüngerer Mann und ein paar andere pflichteten ihm bei.

Pan verstand ihre Angst. Doch was sollte sie tun? Sie konnte unmöglich selbst hinunterlaufen. Zu groß war ihre Sorge, dort nie wieder herauszukommen. Doch dann fiel ihr etwas ein. Sie konnte sich Hilfe holen.

Gesagt, getan, sie löste sich in dunklen Nebel auf und ließ vollkommen verwirrte Gardener zurück in der Halle. Einen Moment später kam sie mit nicht weniger verwirrten Menschen zurück, die ihr trotz ihrer Ahnungslosigkeit ins Ungewisse gefolgt waren.

Seth, Liar, Isone und Sachrod standen mit ihr in der Halle.

Einige Menschen hatten den kurzen Zeitraum genutzt, um in ihre Räumlichkeiten zu verschwinden, viele hatten aber einfach abgewartet.

„Das sind Freunde von mir. Bitte erklärt ihnen ganz genau, wo der König zu finden ist."

Sie nickte den vier Leuten zu, die sie, kurz zuvor überrascht hatte. Liar nickte zurück und ging auf die Reihen der Gardener zu. Sachrod und Seth folgten seinem Beispiel. Als auch Isone folgen wollte, hielt Pan sie zurück. „Du siehst wundervoll aus Isone."
Isone war in ein langes blaues Kleid gehüllt, das perfekt zu ihren Augen und ihrem Haar passte. Bunte Bänder schmückten schmale Zöpfe, die sie sich ins offene Haar geflochten hatte. Die Augen waren zart bemalt mit winzigen Schmetterlingen und blaugrünen Mustern. Die Lippen waren in sanften Rosa geschminkt. Isone strahlte Pan an. „Ich trete jetzt wieder als Tänzerin auf. Sachrod lässt mich mit seiner Truppe reisen."
Dann folgte sie den anderen. Wenig später kam Seth auf Pan zu. „Vielleicht wäre es besser, wenn du nicht mit all diesen Wesen, was sind das eigentlich für Geschöpfe, hier warten würdest. Es erschreckt sie. Lass uns ein wenig allein und wenn du wieder kommst, dann bring nicht all diese Kreaturen mit, sondern nur ein paar oder komm allein."
Pan nickte und verschwand mit ihren Alben im Nebel.

29. Kerker

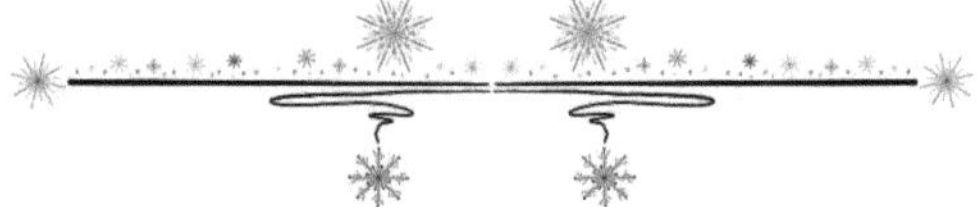

Seth wanderte langsam hinter Liar die langen weißen Gänge im Inneren des Berges entlang. Es hatte etwas Gespenstisches, kein Geräusch war zu hören. War hier niemand, oder waren sie alle so still? Er erinnerte sich genau an den Moment, als er das letzte Mal hier gewesen war. So viel hatte sich seitdem verändert. Pan hatte sich verändert. Die Nähe, das Band, das er so deutlich gespürt hatte, wandelte sich ebenfalls stetig. Sie verwandelte sich, da war er sich sicher. Nach und nach legte sie die letzten menschlichen Eigenarten ab und erkundete dafür die

Gaben, die die Unsterblichkeit mit sich brachte. Wehmut ergriff ihn. Die Zukunft, die er sich mit ihr vorgestellt hatte, würde so niemals eintreffen.

Sachrod stieß ihm den Ellenbogen in die Seite. Entrüstet wollte er schon aufschreien, da sah er weit vorne im Gang einige Personen. Sofort drängte er sich gegen die Wand. Allerdings würde das nicht viel bringen. Sie waren wieder einmal so überstürzt aufgebrochen, dass sie keine weiße Kleidung übergezogen hatten. Wenn Pan ihnen etwas mehr Zeit und Informationen gegeben hätte, dann wären sie nun besser vorbereitet. Sie schien zu vergessen, wie es ist, ein Mensch zu sein. Sie war zu fokussiert auf ihre Aufgaben. Daran sollte sie dringend arbeiten. Geduld musste sie lernen. Er würde sie bei Gelegenheit daran erinnern. Sie war so jung. Wie sollte sie auch all diese Bürden tragen, alles sofort verstehen. Liar schlich so wie er, flach an die Wand gedrückt langsam nach vorne auf die Personen in der Ferne zu. Hinter Seth folgten Sachrod und Isone.

Pan hätte ihnen auch ein paar ihrer Alben mitgeben können, sinnierte er. Wahrscheinlich wollte sie sie schützen. Allerdings konnten sie hier unten genauso gefangen werden. Auf den Gedanken war Pan wohl nicht gekommen.

Er konnte nur den Kopf über sie schütteln. Und doch waren sie hier, folgten ihren Wünschen, unterstützten sie, wo sie konnten. Die anderen hatten, genau wie er, nicht gezögert, als sie nach Hilfe gefragt hatte. Es fiel ihr immer noch schwer, das sah man ihr an. Wieder diese Gedanken, warum nur musste er ständig über sie nachdenken?

Erneut konzentrierte er sich auf die Situation. Immer näher kamen sie den Leuten, die ganz in weiß gekleidet waren. Auch ihre Haare und ihre Haut waren vollkommen weiß, wie bei den Gardenern üblich.

Sie hätten sich hervorragend tarnen können, vor den weißen Wänden. Doch sie standen stattdessen offen vor einem großen Tor. In ihren Händen hielten sie jeweils schwere Zweihänder. Niemand von ihnen trug eine Rüstung, wie beim Militär von Gard üblich.

Dafür waren sie alle in weiße Gewänder aus fließendem Stoff gekleidet, der bis zum Boden reichte. Es war sinnlos, in Deckung zu bleiben. Sie hatten sie längst gesehen. Ihre dunkle Kleidung, ihr Haar, in dieser Umgebung waren sie weithin sichtbar. Dennoch reagierten die Gardener nicht. Seth marschierte nun in der Mitte des Ganges mit gezückter Waffe auf die Wächter zu. Liar, Sachrod und Isone folgten ihm. Langsam verringerten sie den Abstand. Mit verschränkten Schwertern blieben die Gardener vor dem Tor stehen, den Blick auf die vier Eindringliche gerichtet.

Es schien keine direkte Gefahr zu bestehen. Ihre Waffen richteten sich nicht auf Seth, als er schließlich vor ihnen stehen blieb.

„Mein Name ist Seth. Ich komme, um den weißen König zu sehen."

Einer der Gardener antwortete: „Das ist nicht möglich."

„Wir wissen, dass der König sich in diesen Räumen befindet. Lasst uns zu ihm durch."

Der Gardener schüttelte den Kopf. „Auf Befehl der Königin dürfen wir niemanden zu ihm durchlassen."

„Auf Befehl der Königin?", fuhr Liar aus der Haut. „Wie könnt ihr noch auf ihren Befehl handeln? Seht ihr nicht, was sie unserer Welt antut? Seht ihr nicht, wie viele Menschen sie in den Untergang geschickt hat, wie viele Alben für ihre Unsterblichkeit ihr Leben lassen mussten. Sie bringt Kälte und Tod, sonst nichts. Setzt euch zur Wehr!"
Eine der Frauen trat vor. „Wir müssen unser Leben und das unserer Liebsten schützen. Sie bestraft jede Weigerung mit dem Tod."
„Sie bringt so oder so unweigerlich den Tod. Wie soll Gard weiterhin existieren in dieser lebensunfreundlichen Kälte, die sie erschafft?"
„Gard wird weiter bestehen. Die Gardener werden die einzigen Menschen auf dieser Welt sein und Gard selbst wird auf ewig ein wärmeres Klima als der Rest Arenlais haben, so dass wir hier leben können. Spürt ihr es nicht? Die Kälte dringt nicht durch bis nach Gard."
„Das wollt ihr auf dem Gewissen haben? Das alle Völker dieser Welt aussterben, außer das der Gardener? So herzlos könnt selbst ihr nicht sein."

„Wir schützen unsere Familien."

„Auch ich habe eine Familie und Isone hier neben mir ebenfalls. Wollt ihr wirklich, dass all die Familien dieser Welt sterben? Die Kinder der Rashu, die eben noch in ihren blühenden Obstgärten gespielt haben, sollen sie steifgefroren in der Kälte liegen? Die wundervollen Talraner, die die grünen Wälder bewohnen und keinem Tier etwas zu leide tun, dürfen ihre Kinder nicht weiterleben? Und die Nureen, die wundersame Bauten unter der Erde bewohnen, haben ihre Kinder es nicht verdient, erwachsen zu werden?"

„Wir können es nicht tun. Seht es doch ein. Unser eigenes Leben und das unserer Kinder steht doch an erster Stelle. Das würdet ihr doch nicht anders machen.", verteidigte sich nun der Gardener.

Liar schnaubte, doch Seth hielt ihn zurück.

„Viele Menschen würden es so machen. Doch wir sind gekommen mit Panrah aus dem Lande Talru. Was sie auf sich genommen hat, immer noch auf sich nimmt, um dieses Land zu retten, das öffnet euch vielleicht die Augen. Als junges Mädchen zog sie los auf

Bitten der Nagur und der Gurdor, um die Mörderin der Alben zu finden und das Leid der Unsterblichen und der Menschen zu beenden. Niemand half ihr, ganz allein war sie. Keiner glaubte ihr zu Beginn und dennoch hat sie sich auf den Weg gemacht. Sie fand den Tod, als sie anderen half. Ol und Gaszra haben sie wiederbelebt und ihr die Unsterblichkeit gegeben. Alles wurde ihr genommen. Sie kann niemals eine Familie gründen. Auf ewig soll sie nun der Gegenpol zur Königin sein, ihre Kälte zurückhalten und Arenlai beschützen. Was sie selbst wollte, danach wurde nicht gefragt. Ihr eigenes Kind musste sie zurücklassen, ihre Liebe, ihre Träume. Und all das tut sie, um Arenlai zu schützen. Wir stehen auf ihrer Seite. Und nun wollen wir zum König. Wenn ihr uns nicht durchlasst, werden wir notfalls mit Waffengewalt zu ihm durchdringen. Diese Welt muss der Königin etwas entgegensetzen. Auch ihr, auch die Gardener gehören zu dieser Welt. Vereinigt euch mit den anderen Völkern, spielt nicht länger das gesegnete Volk. Kommt herab von eurem hohen Ross und kämpft mit uns gegen die

Ungerechtigkeit. Für euch selbst, für eure Kinder und für alle Kinder Arenlais. Könnt ihr euren Kindern in die Augen sehen und ihnen sagen, dass all die anderen Völker und das Wohl unserer Welt euch gleichgültig sind? Könnt ihr das?"

Er machte sich kampfbereit und seine Gefährten taten es ihm gleich. „Öffnet das Tor oder euer Blut wird die weißen Wände dieser Stadt rot färben."

Nie war Seth entschlossener gewesen. Zwei der Gardener richteten ihre Schwerter auf ihn. Der Mann, der gesprochen hatte allerdings, hielt sie zurück. „Ich werde die Verantwortung auf mich nehmen. Sehen wir, was der König zu sagen hat. Dann können wir immer noch entscheiden, wie wir weiter verfahren."

Zögernd hielten die beiden Männer weiter ihre Waffen auf Seth gerichtet, doch die anderen zogen sich zurück und machten den Durchgang zum Tor frei. Schließlich gaben auch sie nach und stellten sich mit gesenktem Blick zu beiden Seiten des Tores auf.

Seth nickte ihnen zu. Er hatte schon damit gerechnet, kämpfen zu müssen. Aufmerksam

schlich er auf das Tor zu, immer wieder abschätzend, ob nicht doch ein Angriff erfolgen würde. Dann schob er das schwere Tor mit aller Kraft auf. Dahinter war es dunkel. Schwarzer Stein bedeckte die Wände. Pan hatte recht gehabt. Hier wäre sie nicht wieder rausgekommen.
Er flüsterte Liar zu: „Du und Isone, bleibt hier. Nur, falls wir in eine Falle geraten.“
Liar nickte ihm zu und blieb mit Isone zurück.
„Wartet!“, hielt der Gardener sie auf. Er hatte einen Schlüsselbund in der Hand.
Seth nahm ihn entgegen und begab sich dann durch das Tor in den finsteren Raum. Sachrod folgte ihm auf ein Zeichen hin. Zögernd schlichen sie tiefer hinein. Hier war es leicht, sich im Dunklen zu verstecken. Nur wenig Licht kam von vereinzelten Tassersteinen in der Decke. Auf beiden Seiten des Raumes waren vergitterte Türen zu sehen. Sachrod wollte schon auf eine zugehen, doch Seth schüttelte den Kopf und hielt warnend seinen Zeigefinger an die Lippen. Vorne am Ende des Raumes war eine

weitere große Tür, ebenfalls vergittert, die Seth bereits ins Auge gefallen war.

Der Eingang war von winzigen Tassersteinen umgeben, so als wäre er markiert worden. Seth rechnete damit, dass jeden Moment die Königin hier auftauchte. Doch würde sie sich in diese Räume wagen? Wenn es für Pan eine Gefahr war, dann auch für sie. In diesem Moment manifestierte sich eine Idee in seinem Kopf. Vielleicht gab es doch einen Ausweg für Pan. Wieder drehten sich seine Gedanken um sie. Er musste sich konzentrieren. Vorsichtig schlich er auf die Zelle zu, in der er den König vermutete. Ein Blick zwischen den Gitterstäben hindurch bestätigte seinen Verdacht. An der hinteren Mauer, dem Gitter gegenüber, hing eine weiße Gestalt in Ketten an der Wand. Seine helle Haut und sein langes Haar hoben sich unnatürlich vom schwarzen Gestein ab. Nur ein weißes Kleid, schlicht wie ein Nachtgewand, bedeckte seinen Körper. Die Krone hingegen war wie zum Hohn hoch über ihm an der Wand befestigt. Sein Kopf hing kraftlos herab. Als Seth den Schlüsselbund bewegte und nach dem passenden Schlüssel suchte, ließ das klirrende Geräusch den König auffahren. Hellblaue Augen bohrten sich tief in Seths Gehirn und schienen jeden seiner Gedanken zu verstehen. Einen Moment lang musterte er das schmale eingefallene Gesicht des Königs, der sicher einmal ein gutaussehender Mann gewesen war und es vielleicht wieder werden konnte.

Nun war nur noch Kummer, Hunger und Leid in den feinen Zügen zu sehen. Ein Schmerz lag in seinen Augen, der Seth zutiefst berührte.

Endlich hatte er den Schlüssel gefunden und schob ihn zitternd in das Schloss. Die Tür öffnete sich knarrend.

Sachrod blieb vor der Zelle stehen, als Seth sich dem König näherte. Wieder suchte er den passenden Schlüssel um die silbernen Metallbänder, die an Fußknöchel und Handgelenken angebracht waren, zu öffnen. Er sah, wie der König bei jeder Berührung seiner abgemagerten Knochen die Lippen zusammenpresste, um nur ja keinen Laut von sich zu geben. Die Haut unter den Metallfesseln war bläulich verfärbt.

Seth wollte den König schon auf seine Schultern heben, doch mit spröden Lippen raunte der: „Ich kann gehen.“ Dann hob er seine Hand und zeigte hinauf zu seiner Krone. Seth holte sie herunter und bot dem Herrscher seinen Arm zur Unterstützung an. Der weiße König sah Seth dankbar in die Augen. „Ich dachte schon, ihr kommt, um mich zu töten. Ich dachte schon, sie hat euch geschickt.“

30. Der weiße König

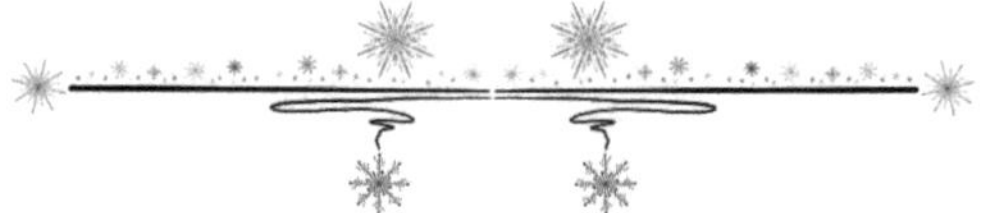

Pan lief hin und her. Nebel waberte stetig um sie herum. Ihre Unruhe übertrug sich auf die kleine Katze, die ihren Bewegungen folgte. Liar hatte Pan zwar berichtet, dass Seth mit dem König aus dem Kerker zurückgekehrt war, doch bisher hatte sich keiner von ihnen blicken lassen. Einige Gardenerinnen hatten sie in einen Thronsaal führen wollen, was Pan abgelehnt hatte. Diese Räume hier beengten sie, nahmen ihr die Luft zum Atmen und erzeugten die Angst vor der Gefangenschaft. Nichts sehnte sie mehr herbei, als endlich wieder hinaus in die

Wälder Arenlais zu flüchten. Dennoch, es hatte einen Grund, warum sie hier war.

Sie musste mehr über die Königin erfahren, um ihr etwas entgegensetzen zu können. Es war ihr zuwider, immer nur auf die Aktionen der Herrscherin zu reagieren. Wie konnte sie sie langfristig in Schach halten? Eklantas hatte gesagt, sie müsse ihre Dunkelheit nutzen. Doch damit konnte sie sie nicht ununterbrochen umhüllen. Wie sollte sie dies bewerkstelligen, ohne ihr eigenes Leben vollständig aufzugeben?

Liar hatte sich unter die Gardener gemischt. Pan hörte gehört, wie er Geschichten über sie zum Besten gab. Sie wusste, was er vorhatte. Das taten auch die anderen, wenn sie Lieder über sie sangen. Sie wollten sie den Menschen näherbringen, wollten ein besseres Bild von Pan vermitteln. Doch sie selbst war sich nicht sicher, ob sie das verdiente. War sie so gut, wie die Lieder vorgaben? Gab es denn Menschen, die so gut waren? Waren die Nagur und die Gurdor gut? Oder folgten sie einfach nur ihren naturgegebenen Zielen?

Pan fühlte sich fremd, zwischen all den Menschen. Ihre Alben hatte sie außerhalb der Stadt postiert, um die Gardener nicht zu verschrecken, Eklantas konnte Gard nicht betreten und selbst Schatten hatte sich inzwischen auf eigene Wege begeben. Ihre Unruhe war der Katze wohl zu viel geworden. Für einen Moment verband sie sich mit ihrem Geist und sah, wie die Katze durch die weißen Straßen außerhalb des Berges schlich. Wie gerne wäre Pan mit ihr gegangen. Endlich öffnete sich die Türe an der rechten Seite der Halle. Allerdings erschien nicht, wie von Pan erwartet, der weiße König. Es waren zwei Gardener, die einen schweren geschnitzten Thron hereintrugen, den sie in der Mitte des Saales platzierten. Vier Frauen folgten. Sie legten weiße Felle rund um den Herrschersitz auf den Boden und schmückten den Raum mit leuchtenden Steinen und hellen Blumen. Dann stellten sie sich hinter dem Thron auf.

Nochmals öffnete sich die Türe und es erschienen Kämpfer mit ihren schweren Zweihändern, die typisch für das Gardener Militär waren. Gekleidet waren sie in verzierte silberne Rüstungen, ihre Helme hingegen trugen sie, wie zum Zeichen des Friedens, unter dem Arm. Sie postierten sich links und rechts vom Thron.

Liar gesellte sich mit Isone zu Pan, die nun vor dem Königsstuhl stand und darauf wartete, den Herrscher zu Gesicht zu bekommen.

Als die Tür sich wieder öffnete, erschienen Seth und Sachrod. Auch sie stellten sich zu Pan. Seth sah sie aufmunternd an, wie Pan bemerkte.

Dann endlich tauchte der König auf. Er trug ein langes weißes Gewand, reich bestickt mit glitzernden Edelsteinen und glänzenden Perlen. Seine Haut glänzte an manchen Stellen und war mit weißer Farbe und Schmucksteinen verziert. Das konnte allerdings nicht darüber hinwegtäuschen, dass der König kraftlos und mager war. Was hatte die Königin mit ihm getan? Mächtig saß die silberne Krone auf seinem schmalen Haupt. Seine Schritte wirkten beklommen, auch wenn er offensichtlich all seine Kraft aufbrachte, um seine Schwäche nicht zu zeigen.

Er ließ sich auf seinem Thron nieder und blieb aufrecht sitzen.

Ein Raunen lief durch die Menge. Immerfort öffneten sich die Türen ringsum und immer mehr Menschen strömten in den Raum. Pan wurde nach und nach näher an den Thron gedrängt. In all der weißen Pracht kam sie sich mit ihrem schwarzen Haar und ihrem schlichten dunklen Kleid sehr auffällig vor.

Einen Moment lang berührte sie Seth am Arm und sofort strömten seine Gedanken zu ihr herüber. Er hatte keine Angst, er war zuversichtlich. Sie sah durch Seth den König an eine schwarze Wand gekettet, sah den Blick aus seinen blauen Augen, spürte, dass Seth ihn auf ihrer Seite wusste. Seth hingegen zuckte zurück und hielt nun ein wenig mehr Abstand zu ihr.

Schließlich hob der König die Hand und sofort verstummte das Gerede.

„Lange habt ihr mich nicht zu euch sprechen hören. Viel zu lange. Unsere Königin, meine geliebte Frau, war die wahre Herrscherin dieses Reiches. Doch zu lang hab ich die Augen verschlossen, hab unser Geschick vertrauensvoll in ihre Hände gelegt.“

Eine tiefe Traurigkeit lag in seiner Stimme.

Kraftvoller sprach er weiter. „Doch nun ist das vorbei. Nun kann sie nicht länger unsere Königin sein. Leid und Tod hat sie uns gebracht, uns und ganz Arenlai. Niemals wieder wollen wir uns ihr untergeben. Wir lassen uns nicht in Ketten legen, wir lassen uns nicht für ihren Wahn, für ihre falschen Wünsche benutzen. Wir sind nicht ihre Diener. Ein Herrscher ist da, um sein Volk zu führen in guten Zeiten als auch in schlechten. So werde ich euch nun durch diese Zeiten führen.“

Ein leises Flüstern erhob sich in der Menge. Angst und Zweifel mischten sich mit Hoffnung. Für Pan war es fast spürbar. Sie hatte seinen Worten nichts hinzuzufügen. Zu gerne hätte sie den König nur für einen Moment berührt. Mehr wäre nicht nötig, um all sein Wissen über die Königin aufzusaugen.

Sie bewegte sich einen Schritt auf ihn zu.

Sofort hob er die Hand. „Panrah aus dem Lande Talru, Unsterbliche, die du Licht und Dunkel vereinst. Du bist gekommen, um mich aus den dunklen Kerkern befreien zu lassen. Obwohl wir dich nie willkommen geheißen haben, bist du unserem Volk zur Hilfe gekommen. Wir danken dir dafür." Dann wandte er sich an die Bevölkerung: „Verbreitet nun die Kunde: Der König ist wieder da. Königin Ifur herrscht nicht mehr über Gard."

Mit einer Handbewegung bedeutete er dann den Menschen, den Saal zu verlassen. Sie waren es gewohnt, sich führen zu lassen und taten sofort, was der Herrscher ihnen auftrug. So leerte sich der Raum in kürzester Zeit. Nur seine Leibwachen blieben bei ihm.

Pan stand mit Liar, Isone, Sachrod und Seth vor dem König. Noch immer hielt er sich aufrecht, obwohl Pan seinem Gesicht ansah, dass er Schmerzen litt. Tiefes Leid hatte sich in seine Züge gebrannt. Seine Stimme war leise und brüchig, als er Pan erneut ansprach: „Ich danke Dir von Herzen Panrah, dir und deinen Gefährten. Lange hätte ich nicht mehr durchgehalten, dort unten. Sie hätte mich nicht sterben lassen, doch mein Geist war schon ermattet und fast hätte mich der Irrsinn gepackt."

Pan konnte nicht verstehen, wie die Königin ihm das hatte antun können. Hatte sie ihn nicht geliebt? War er nicht ihr gewählter Gefährte? War es nur eine Zwangsehe gewesen? All die Fragen lagen ihr auf der Zunge, doch es gab einen Weg, der so viel schneller, so viel effektiver war.

„Erlaubt mir, euch zu berühren und so eine geistige Verbindung mit euch einzugehen. Ich möchte die Königin und euch verstehen, eure Vergangenheit sehen, euer Miteinander, eure Erinnerungen. Ich muss sie verstehen, um besser gegen sie anzukommen."

„Auch wenn ich meine Erinnerungen mit euch teile, werdet ihr sie nie verstehen. Ihr seid nicht wie sie. Nicht einmal ich verstehe die Königin. Ich habe sie nie verstanden. Jetzt weiß ich das. Zu Beginn habe ich es versucht, doch sie hat es nicht zugelassen. Die Kälte, die sie nun hinaus in die Welt bringt, ist die Kälte ihres Herzens. Lange Zeit habe ich versucht, es zu ignorieren, habe es mir schöngeredet, habe nur das Positive in ihr gesehen. Doch diese Frau ist grausam. Ich weiß nicht, ob sie überhaupt etwas fühlt. Ich dachte, ich wäre von Bedeutung für sie, doch ich war nur eine willenlose Puppe, derer sie sich nun entledigt hat."

Pan schritt auf ihn zu. „Dennoch. Vielleicht gibt es etwas in euch, dass mir weiterhilft. Bitte, lasst mich durch eure Augen sehen."

Sie kniete sich vor ihn hin, senkte den Kopf und streckte ihre Hand nach oben. Es dauerte einen endlosen Moment, ehe sie die zerschundene Haut seiner Finger auf den ihren spürte und die Flut der Bilder auf sie übersprang.

Das Erste, was sie wahrnahm, war ein glockenhelles Kinderlachen, das bis in ihr Herz vordrang. Durch die Augen eines kleinen Jungen sah sie ein zartes Mädchen, vielleicht drei oder vier Jahre alt, das durch die verschneiten Gassen Gards lief. Der Junge folgte ihr und warf Schneebälle auf sie, denen sie geschickt auswich. Im nächsten Moment griff eine Hand das Kind. „Prinzessin. Kommt sofort zurück in den Palast. Hier ist es viel zu gefährlich. Außerdem ziemt es sich nicht für die zukünftige Königin, sich wie ein Kind zu benehmen!"

Pan fühlte die Traurigkeit des Jungen, als das Mädchen davon geführt wurde und sie sah die verzweifelten Augen des Mädchens, mit denen sie den Jungen flehend ansah. Es war der König, das konnte Pan fühlen. Er kannte Ifur schon seit ihrer Kindheit. Das nächste Bild, das sich in Pan manifestierte, war wieder die Königin in Kindertagen, nun aber etwas älter. Sie saß auf weißen Kissen in der Mitte eines hellen Raumes. Zahlreiche Bücher waren um sie herum verteilt. Das Mädchen stand auf und ging auf eine Schale mit Obst zu.

Gerade wollte sie danach greifen, als eine Frau mit strenger Stimme einschritt. „Prinzessin! Ihr holt euch eure Mahlzeiten nicht selbst. Dafür sind die Diener da! Das ist unter eurer Würde.“

Neben den Kissen auf dem Boden saß ein Junge im Schneidersitz. Es war der König, Pan erkannte sein Gesicht. „Ich kann es doch für dich holen.“

„Sprich deine zukünftige Königin angemessen an!“

„Prinzessin Ifur, bitte erlaubt mir, euch etwas frisches Obst zu reichen.“

Ifur nickte und er brachte das Gewünschte.

„Geh nun, Junge, und lass die Prinzessin allein. Sie hat noch viel zu lernen."

Durch die Augen des Jungen beobachtete Pan, wie endlose Stapel an Büchern hereingetragen wurden. Sie hörte die Lehrerin sprechen: „Das Wichtigste für eine Königin muss immer die Sicherheit der Stadt und des Volkes sein. Gard ist erbaut, um jedem Angriff stattzuhalten. Doch eine Königin muss immer darauf achten, keine Schwächen aufkommen zu lassen. Sie muss sich selbst und ihre Stadt immer stark erscheinen lassen. Kein Gegner darf sich auch nur in Gedanken auf eine Schwäche einstellen."

Der junge König sah noch einmal zurück. Pan sah durch seine Augen die Prinzessin, der die Tränen über die Wangen liefen. Sie sagte etwas zu der Gardenerin, doch diese schüttelte energisch den Kopf. „Eure Gefühle sind nicht von Bedeutung. Ihr seid für größeres bestimmt, seid ein Abkömmling Eshers, von Ol selbst zur Königin berufen. Ihr stammt ab von all den Königen Gards, die vor euch lebten. Haltet eure Tränen zurück für das höhere Ziel. Lernt nun. All das Wissen werdet ihr brauchen, um das Volk Gard in Reichtum und Ehre zu führen und in Sicherheit. Vor allem in Sicherheit."

Die Szene änderte sich und nun sah Pan die Krönung Ifurs. Immer schneller wechselten nun die Erinnerungen des Königs. Sie sah die Hochzeit der beiden, ihren ersten Kuss, sah, wie er sich immer wieder näherte, sie jedoch starr seine Nähe zurückwies. Sie sah ihr Lächeln, das nicht mehr bis zu den Augen vordrang, hörte sanfte Worte, mit denen sie ihn beruhigte und umgarnte, bis er aufhörte, Fragen zu stellen.

Sie sah, wie er sich von Reichtum, von teuren Gewändern und Genuss berieseln ließ, ohne weiter nachzufragen. Dann fühlte sie sein Entsetzen, als er von ihren Verbrechen erfuhr, von den Toten, von den Entführungen. Pan sah, wie der König die Königin zur Rede stellte, wie sie all seine Fragen abschmetterte und ihn abführen ließ. Er hatte gedacht, sie würde ihn lieben, er wäre wichtig für sie. Doch in diesem Moment war ihm klar geworden, dass er nicht mehr für sie war als ein Kleidungsstück oder ein alter Stuhl.

Die Erinnerung des Königs wechselte erneut. Diese lag nicht allzu lange zurück. Er hing in seiner Zelle angekettet an der Wand. Pan fühlte seinen Hunger, seine Qual. Gravierender als der körperliche Schmerz aber war für ihn der Verrat seiner Frau, denn er hatte sie zutiefst geliebt und verehrt. Die Königin hatte ihn nur kalt angesehen. „Du wirst hierbleiben, mein König, vielleicht hab ich noch einmal Verwendung für dich. Deine Widerworte kann ich nicht gebrauchen. Komm zu Sinnen und du kannst vielleicht wieder unter den Gardenern leben, als mein Bote unter den Menschen."

„Niemals wieder werde ich dir folgen Ifur. Du hast die Menschen verraten. Du hast Gard verraten."

„Sprich mich nicht an, wie ein Mädchen aus dem niederen Volk. Hast du nichts dazugelernt? Ich bin ein Abkömmling Eshers und du bist nichts weiter als ein Insekt. Gard ist dazu da, mir zu folgen. Die Menschen sind dazu da, mir zu dienen. So war es immer und so soll es auf ewig sein. Ich bringe Gard die Sicherheit, die diese wundervolle Stadt verdient hat. Niemand wird jemals wieder einen Angriff auf die Stadt wagen. Du hingegen wirst zur Besinnung kommen oder hier bis zu deinem Tod dahinvegetieren. Und ich werde dafür sorgen, dass du eine lange Zeit am Leben bleibst. Wenn ich das nächste Mal zu dir komme, hast du besser deine Meinung geändert."

Der König löste die Verbindung und sackte erschöpft in sich zusammen.

„Danke.", flüsterte Pan. Dann sprach sie seine Wächter an: „Bitte bringt den König nun in seine Räume. Sorgt dafür, dass er ausreichend versorgt wird. Seine Wunden müssen behandelt werden."

Sie nickten Pan zu.

Der König hingegen erwiderte: „Ich brauche keinen, der für mich spricht. Lange genug habe ich mir meine Stimme nehmen lassen. Jetzt wird sie lauter denn je ertönen."

„Bitte nehmt euch kein Vorbild an der Königin. Eure Weichheit, eure Liebe war keine Schwäche, auch wenn ihr das jetzt glaubt. Ihr habt sie nur der falschen Person geschenkt. Lasst nicht ihre Kälte in euer Herz einkehren."

Der König nickte und ein sanftes Lächeln

spielte um seine Lippen. „Euren Rat hätte ich früher hören sollen, Panrah.“

„Es ist nie zu spät. Nun könnt ihr Gard führen.“

31. Streit

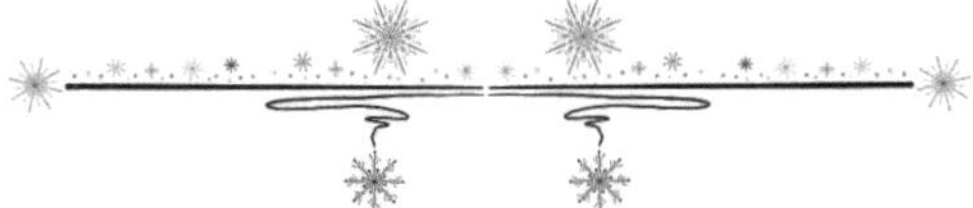

Eklantas schlich durch die Gassen der Handelsstadt Kanuras, als er Stimmen hörte. Verborgen in den Schatten der Nacht war er für die Menschen unsichtbar. Sein kleiner schmächtiger Körper war wunderbar geeignet, sich in die dunkleren Ecken einer Gasse zurückzuziehen. Die schwarze Haut tat ihr Übriges dazu. Nur seine leuchtenden gelben Augen konnten ihn verraten, so war er darauf bedacht, sie zu verbergen.

Die Stimmen drangen aus der nahen Taverne zu ihm. Ein Fenster war geöffnet und der Wind trug die Worte zu seinen Ohren, die schon leistete Geräusche zu vernehmen vermochten. Nachtalbenohren, spitz und lang waren ein besseres Hörinstrument als die kleinen runden Ohren der Menschen, dachte der Alb bei sich. Dann konzentrierte er sich auf die Worte. Es war die Stimme einer Frau, die er schon einmal gehört hatte.

„Pan ist eine Gefahr für Arenlai, das müsst ihr doch sehen. Sie ist mit dunklen Dämonen im Bunde, die ihr die Unsterblichkeit schenkten. Das ist vollkommen unnatürlich. Kein Mensch hat sich je mit den Gurdor verbündet, den Geistern der Nacht. Jeder fürchtet die Gurdor, das wisst ihr doch. Sie haben die dunklen Alben erschaffen, die seit Urzeiten nachts unsre Kinder rauben und unsere Reisenden überfallen. Die Gurdor selbst wollen das Licht vernichten, wollen Arenlai für alle Zeiten unter dem dunklen Stern Arengabur in völliger Dunkelheit sehen, so wie ihre Herrscherin, ihre Schöpferin Dorsa es schon damals wollte, ehe Esher die Welt verlassen hat."

„Esher hat uns niemals verlassen, warum sagst du so etwas?"

„Er hat uns nicht verlassen? Warum lässt er dann all dieses Unheil zu? Warum lässt er zu, dass Pan die ganze Welt einfriert?"

Nun hörte Eklantas deutlich die Stimme Liars heraus.

„Du weißt genau, dass Pan dafür nicht verantwortlich ist. Die weiße Königin lässt Arenlai in Kälte versinken. Pan will uns allen nur helfen. Das wollte sie schon immer. Du kennst sie. Sie hat auch dir schon einige Male geholfen. Warum verleugnest du sie nun?"

Die Stimme der jungen Frau spie verächtlich aus. „Pah, geholfen? Sie hat mir alles genommen! Sie ist für den Tod von Garbotak verantwortlich und für den Tod vieler anderer, hast du das vergessen?"

„Du bist für deren Tod viel eher verantwortlich, hast du uns alle doch verraten und dich auf die Seite der Königin gestellt. Tualah, die Verräterin. Einst warst du ihre Freundin. Hast du das vergessen?"

„Nenn sie nicht so, du bist mit dem Dunklen im Bunde!", war eine tiefe Männerstimme zu hören.

Dann setzte ein chaotisches Stimmengewirr ein. Schreie durchmengten sich mit Gekreisch und dem Lärm umstürzender Möbel. Schon sah Eklantas einige Personen aus der Taverne stürzen. Der Alb blieb in seiner dunklen Ecke und beobachtete, was geschah.

Liar hatte Tualah am Haarschopf gepackt. Zwei Männer kamen hinterher. Der eine war äußerst muskulös und groß, hatte rotes Haar und einen langen Bart.

Isone, in ein weites Kleid gehüllt, schlug dem kleinerem der beiden auf den Rücken. Dieser taumelte gegen Liar, der daraufhin das Gleichgewicht verlor und zu Boden fiel.

Tualah stürzte mit ihm, ihr Haar war immer noch in Liars Hand gefangen. Ein weiterer Mann, den Eklantas vorher nicht gesehen hatte, kam aus der Taverne.

Seth und Sachrod folgten ihm. Zuerst schrien sich die Männer gegenseitig an, dann wurde daraus ein Schubsen und schließlich ballte der Erste seine Faust und schlug zu. Seth war der Getroffene und ging mit blutender Nase zum Gegenangriff über. Er drosch dem Angreifer ebenfalls ins Gesicht. Sachrod half Liar wieder auf die Beine, der Tualah an ihrem Haar mit sich hochzog.

Der rothaarige Hüne trat Sachrod daraufhin gegen sein Bein.

Der knickte kurz ein, fing sich jedoch noch und drehte sich zu seinem Kontrahenten um. „Was soll das? Wir können doch über alles reden!", stieß der Barde noch aus, ehe ein Faustschlag ihn im Magen traf und jegliches Wort im Keim erstickte. Wütend verteidigte Isone ihren Freund und trat ihrerseits dem stattlichen Kämpfer gegenüber.

Der Schmalere, der den Hünen von Anfang an begleitet hatte, mischte sich ein und packte Isone am Kragen. „Nun, Weibchen, lass die beiden mal in Ruhe kämpfen. Die schlagen dich sonst noch zu Brei." Isone hingegen hatte nicht vor, sich unschädlich machen zu lassen und trat dem Mann in seine Weichteile. Stöhnend sackte der zusammen.

Eine Stimme ließ alle auffahren. „Ruhe, oder der Händler hier stirbt." Seth hatte ein Messer an seiner Kehle. In den Schatten verborgen spannte Eklantas seine Muskeln an, bereit jederzeit zuzuschlagen, sollte es für einen von Pans Freunden zu gefährlich werden.

„Lass Tualah los!", sagte Seths Peiniger mit ruhiger Stimme.

Liar gehorchte.

Tualah spuckte ihm vor die Füße. „Wo ist eure Pan jetzt? Lässt euch hier einfach alleine für sie kämpfen? Feige ist sie und herzlos, das wisst ihr ebenso wie ich. Sie hatte nie viel für die Menschen übrig, nun ist sie nicht mal mehr einer."

Eklantas beobachtete Seth weiterhin. Das Messer drückte sich gegen dessen Kehle, ein Blutstropfen entstand an der Spitze des Dolches, die sich seitlich ein wenig zu tief ins Fleisch grub. Hatte Tualahs Verteidiger das beabsichtigt? Waren sie auf einen Kampf bis zum Tod aus?

Sollte er bereits eingreifen? Der dunkle Alb schlich langsam hinter Seth und seinen Peiniger, er sah zu Boden, damit seine Lider die verräterischen gelben Augen verdecken konnten. Eklantas benötigte keine Waffen. Er kannte jeden Schwachpunkt des menschlichen Körpers. Auch wenn er seine Kenntnisse nicht gerne einsetzte, dieser Mann, Seth, war Panrah wichtig. Sie mochte ihn, er kämpfte für sie.

Es war eine schnelle Bewegung aus der Dunkelheit. Eklantas griff das Handgelenk, das das Messer führte, drückte mit aller Kraft zu und die Waffe fiel. Dann sprang er nach oben, seine Arme umfingen den Hals des Mannes und in einer schnellen Bewegung riss Eklantas ihn mit sich zu Boden und hielt ihn dort umklammert fest. Auch wenn der Nachtalb kleiner und schmaler als die meisten Menschen war, so hatte er doch eine immense Kraft und Schnelligkeit. Kaum hatten sich die beiden rothaarigen Männer gefasst, zogen sie nun ihrerseits Dolche hervor und standen kampfbereit vor Tualah. Diese zückte ihre silbernen Wurfscheiben.

Liar hingegen streckte abwehrend die Hände nach oben. „Eklantas hat euren Freund in seiner Gewalt. Lasst es uns nun friedlich beenden!"

Eklantas sah sofort an Tualahs Augen, dass es niemals ein einvernehmliches Ende geben würde. Der Tod ihres Mitstreiters schien ihr nichts zu bedeuten, außer vielleicht noch mehr Grund, den Hass zu schüren. Hasste sie gerne? War Hass ihr einziger Antrieb? Eklantas konnte nicht verstehen, warum die junge Frau ihren eigenen Tod und den ihrer Begleiter nicht fürchtete. Für ihn würde es

nur einige Augenblicke kosten und er hätte
sie alle getötet, das wusste der Alb, doch er
wollte es nicht. Es wären nur ein paar
Sprünge, ein paar Griffe, einige Drehungen
und schon wären ihre Genicke gebrochen.
Ein menschliches Leben war so zerbrechlich,
so vergänglich. Doch er wollte sie nicht
nehmen. Er hasste es, zu töten. Dennoch war
er darauf gefasst, es zu tun, falls es nötig
werden sollte. Er betrachtete die helle Haut
des Menschen, den er hielt. Selbst jetzt
reflektierte sie das bisschen Licht, das durch
die Fenster der umstehenden Gebäude fiel.
Eklantas Haut hingegen war schwarz wie die
Nacht und matt, sie reflektierte nichts. Seine
drahtigen Glieder hatten den Mann in festem
Griff.

„Wir kämpfen bis zum Tod!", schrie Tualah
und sofort zogen auch Liar und Sachrod ihre
Dolche hervor.

Isone und Seth hingegen hatten ihre Waffen
in der Taverne liegen lassen. Niemals hätten
sie damit gerechnet, dass ihr Streitgespräch
so enden würde.

Tualahs erste silberne Scheibe flog direkt auf den Nachtalb zu, der sie einfach mit der Hand auffing.

„Was für ein sinnloses Unterfangen, Tualah. Du kannst mit deinen Waffen einen Alb nicht töten."

„Du bist eines von Pans unnatürlichen Wesen!"

„Ich bin Eklantas Genefirat und ich bin schon lange vor Pan auf dieser Welt gewesen. Du weißt viel zu wenig Tualah. Beende diesen sinnlosen Kampf, oder du wirst sterben!"

„Ich fürchte mich nicht vor dem Tod!"

„Aber deine Freunde wollen vielleicht leben!"

Noch immer standen die anderen Männer kampfbereit, aber abwartend auf dem Platz vor der Taverne.

Wieder war Tualah es, die zum Angriff überging und ihre glänzenden Wurfscheiben sirrten durch die Luft. Eine tiefe Wunde klaffte sofort an Liars rechtem Arm. Das hielt Tualah nicht auf, sie warf weiter eine Scheibe nach der anderen. Seth fügte sie eine oberflächliche Wunde am Oberschenkel zu. Sie traf aber nicht nur ihre Feinde, nein auch ihr Begleiter, den Eklantas immer noch in seinem Griff hielt, wurde an der Schulter getroffen. Entsetzt sah der Alb die Menschenfrau vor ihm an.

Sie war rasend. so etwas hatte er schon gesehen, bei solchen Menschen, die allgemein als verrückt bezeichnet worden waren, wobei der Alb nie recht verstanden hatte, was das eigentlich sein sollte.

Intensiver beschäftigte er sich erst mit den Menschen, seit er Pan kannte. Diese hier war sehr seltsam. Sie hatte keine Gefühlsverbindung zu den anderen Sterblichen. Es schien, als hätte sie nicht mal zu sich selbst eine Verbindung. Doch die Zeit fehlte ihm, sie zu durchschauen. Pans Freunde waren in Gefahr. Blitzschnell analysierte er die Situation nochmals, ließ dann den Mann in seinem Griff los, gelangte mit einigen schnellen Sprüngen zu der jungen Frau am gegenüberliegenden Ende des Platzes und zwang nun diese in einen festen Klammergriff.

Alle anderen auf dem Platz hatten sich nicht bewegt und sahen nun zu ihm. Der Mann, den er gerade noch gehalten hatte, rappelte sich mühsam auf und hielt sich die verletzte Schulter.

„Töte sie, Eklantas. Sie wird immer gegen uns kämpfen. Sie macht Pan das Leben schwer und sie verletzt sogar ihre eigenen Leute. Sie hat es nicht verdient zu leben!", schrie Liar in seiner Wut.

Da hüllten Nebelschwaden den Platz ein und Pan manifestierte sich vor ihnen. Ihre Katze strich ihr um die Füße. „Wer von uns kann schon sagen, welches Leben lebenswert ist und welches nicht. Wer von uns kann den anderen verurteilen? Schatten liegen auf jeder Seele, Dämonen begleiten jeden von uns. Tualah hat ihre eigenen und die bekämpft sie ununterbrochen."

Eklantas hielt Tualah noch immer fest. Sie zu töten lag ihm fern und er war froh, dass Pan genauso dachte. Er war sicher, Liar würde wieder zur Besinnung kommen. Er hatte in der Wut gesprochen und vielleicht würde Tualahs Tod für die Menschen wirkliche eine Erleichterung bringen. Doch die wahre Gefahr für Arenlai ging nicht von dieser Menschenfrau aus.

Pan kam näher.

„Ich hasse dich Pan. Ich hasse dich mit all meiner Seele. Du hast mir alles genommen. Du bist alles, was ich verachte." Jedes Wort, leise gesprochen, war kalt wie ein Dolch.

„Ich weiß, dass du mich hasst, Tualah. Doch ich hasse dich nicht. Du hast mich verletzt, immer wieder. Lange Zeit hatte auch ich Hass in meinem Herzen. Doch nun kann ich nur Bedauern für dich empfinden. Wie anders wäre unser Weg verlaufen, hättest du meine Freundschaft annehmen können. Ich habe dich tatsächlich geliebt, weißt du. Mein Hass ist vergangen. Ich wünsche dir so sehr, dass du glücklich wirst, dass du einen Menschen findest, dem du dich wirklich öffnen kannst, dass du wahre Nähe zulassen kannst. Geh nun Tualah. Geh und finde deinen Weg."

„Du solltest mich besser töten, Pan. Ich werde dich auf ewig verfolgen. Du redest von Liebe und doch weißt du nicht, was das ist. Du führst alle nur ins Verderben."

„Jeder von uns führt Liebe und Verderben mit sich, weißt du das nicht Tualah? Wir alle tragen gute und böse Anteile mit uns. Nur eine einzige Entscheidung und schon kann sich das Leben vollkommen verändern und wir wissen es nicht einmal. Man hat niemals alles unter Kontrolle. Man kann immer nur sein Bestes geben. Und manchmal ist das Beste schlecht. Dann versucht man es wieder auszugleichen. Das ist das Leben. Schuld trägt jeder von uns. Man muss lernen, damit umzugehen. Es tut mir leid, Tualah, wenn ich dich verletzt habe. Das war niemals meine Absicht. Freundschaft bot ich dir einst an. Doch deine Dämonen kann ich nicht bekämpfen. Diesen Kampf musst du selbst durchstehen."

Sie nickte Eklantas zu. Der ließ Tualah sofort los. Die junge Frau lief davon in die Dunkelheit und die Männer, die mit ihr gekämpft hatten, folgten ihr. Nur der eine, den Eklantas festgehalten hatte, der blieb sitzen. Eklantas lächelte Pan an. „Es freut mich, dass du auch mit dir selbst Frieden gefunden hast. Ob diese junge Frau das auch schaffen kann, bezweifle ich allerdings."

„Wir werden sehen Eklantas, wir werden sehen. Danke, dass du meinen Freunden beigestanden hast. Und danke, dass du dabei so zartfühlend vorgegangen bist. Scheinbar

habe nicht nur ich dazugelernt.“
Er nickte und sein Herz füllte sich mit Liebe.

32. Kalte Gegener

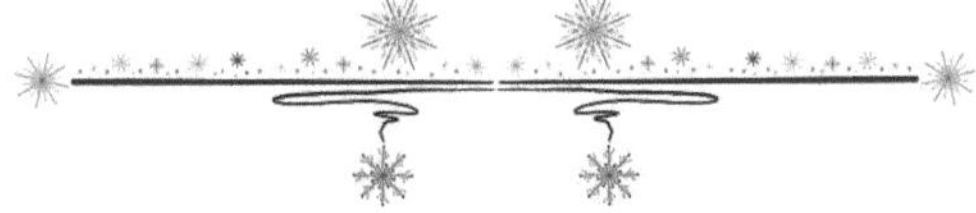

Schreie rissen Seth aus dem Schlaf. Eilig warf er sich Hemd und Mantel über, griff nach einem Schal und wickelte ihn sich um den Hals. Dann packte er sein Schwert, das neben der ärmlichen Bettstatt lag, auf der er eben noch gelegen hatte.

Isone war so nett gewesen, für ihn und Sachrod Platz zu schaffen. Liar hatte zusammen mit den anderen Spielmännern einem Schlafplatz in der Taverne den Vorzug gegeben. Jetzt hätte Seth ihn lieber an seiner Seite gehabt. Wieder hallten Schreie zu ihm herein. Der Morgen graute. Sie hatten sich den richtigen Zeitpunkt ausgesucht, kaum jemand war in Kanuras auf den Beinen. Seth sah aus dem Fenster und erschrak.

Eine schiere Masse an Wesen kam da durch die Stadt gewalzt. Den größten Teil bildeten weiße Gestalten, die Frauen ähnlich sahen, aber keine Augen hatten. Sie waren sehr groß und ihre Glieder waren länger und feingliedriger als die der Menschen. Sie waren so nahe, dass Seth befürchtete, sie würden ihn sehen. Schon war Isone an seiner Seite und kurz darauf taumelte Sachrod herein. Die beiden hatten sich, genau wie Seth, mit einigen Schichten Kleidung gegen die Kälte geschützt. Und doch klapperten ihnen die Zähne. Hinter den seltsamen Frauen rückten riesige Bären heran. Die Bekanntschaft eines solchen Wesens hatte Seth noch in unangenehmer Erinnerung.

Weitaus größere Tiere mit stämmigem Körper und drei Hörnern auf dem Kopf, genauso weiß wie die anderen Gestalten der Königin, folgten den Bären.

Am Himmel flogen unzählige weiße Vögel und dazwischen riesige bleiche Drachen, ähnlich Pans Guareg, die statt Feuer Eis spien. Sie hatten eine unwirkliche Schönheit und gaben hohe Töne von sich, die wie der Singsang des Windes an kalten Wintertagen klang, sobald er durch die Ritzen der Häuser fegte.

Wenn Guareg Feuerrachen hießen, was war dann der Name, dieser Wesen, schoss es Seth durch den Kopf. So eine große Macht war dieser Königin inne. Viel zu viel Macht. Entsetzen ersetzte schnell die Faszination für die seltsamen Wesen, als einer der Guareg seine eisigen Geschosse auf zwei Frauen niederregnen ließ, die gerade aus der Tür ihres Hauses kamen. Wie gefrorene Dolche zuckte der eisige Atem durch die Luft und tötete die beiden auf der Stelle. Immerhin starben sie schnell.

Flucht war keine Lösung. Was konnten sie dieser Übermacht entgegensetzen? In Kanuras lebten Händler, Handwerker und allerlei Gesindel, aber kaum Kämpfer. Niemand hatte damit gerechnet, dass die Königin die Städte angreifen würde.

Jetzt schüttelte Seth darüber den Kopf. Sie hätten damit rechnen müssen. Sie hätten mit allem rechnen müssen. Pan war die Einzige, die ihnen jetzt helfen konnte. Doch wo war sie? Sie tauchte auf, wann sie wollte. Er hatte keine Möglichkeit, sie zu rufen. Warum nicht? Warum hatte sie ihnen diese Möglichkeit nicht gegeben?

Oder konnte Pan sie hören? Er verstand sie immer weniger. Sie war zu jung, um so einen Krieg auszufechten. In hundert Jahren war sie vielleicht einmal so weit, mit einer derartigen Bürde umzugehen. Bis dahin waren sie längst alle tot.

Isone stieß ihn an. „Was sollen wir machen?"

Seth hatte keine Antwort. Er zuckte verloren mit den Schultern. „Wenn wir da hinausgehen, sind wir tot, so viel steht fest."

Isone nickte. Sachrod blieb stumm. Die anderen Bewohner der Stadt dachten wohl genau wie sie. Niemand trat mehr vor die Tür. Einige, die es anfangs versucht hatten, lagen leblos in den Gassen. Doch die weißen Wesen blieben nicht stehen. Unaufhaltsam kamen sie näher. Bedrohlich kreisten die Eisdrachen über den Dächern von Kanuras.

„Pan muss kommen!", flüsterte Isone eindringlich.

Je näher die Wesen der Königin rückten, desto unerträglicher wurde die Kälte.

Seth zog sich einen weiteren Mantel über, während Isone sich eine Decke überwarf und Sachrod ebenfalls eine entgegenschleuderte. Das Feuer im Kamin war längst niedergebrannt, nur eine schwache Glut fand sich noch darin.

Mit starren Fingern legte Seth einige winzige Holzsplitter darauf und pustete sanft. In diesem Augenblick hörte er über sich das Geräusch von splitterndem Holz und schon löste sich ein Stück aus der Mauer des kleinen Hauses und gab den Blick auf ein weiteres Wesen frei, dass Seth noch nie gesehen hatte. Seltsamerweise sah es sanft aus. Es stand auf zwei Beinen, war größer und stämmiger als Seth und sein Körper war in weißes Fell gehüllt, das flauschig und weich wirkte. Seine Augen waren von hellem Blau und sahen Seth direkt an. In seinen Pranken, die Händen ähnelten, hielt er die Holzplanken, die er aus dem Haus gerissen hatte. Er wirkte wie ein neugieriges Tier, das spielen wollte. Beruhigend streckte Seth ihm die Handflächen entgegen und begann, auf ihn einzureden: „Ganz ruhig. Alles ist gut. Sch, sch. Alles in Ordnung. Bleib ganz ruhig.“

Vorsichtig schlich er Schritt für Schritt nach hinten und entfernte sich. Isone und Sachrod taten es ihm gleich. Eine seltsame Ruhe kehrte kurzzeitig in seinem Herzen ein. Wenn es so enden sollte, dann war das eben so.

In diesen friedlichen Gedanken hinein schob sich das Entsetzen, als das riesige Tier erneut ein Stück aus der Fassade riss und das kleine Haus betrat. Es wandte sich nicht Seth zu, damit hätte er leben können, nein es packte Isone, die in seinen Pranken so zart und verletzlich aussah. Die Decke, die um ihren Körper gewickelt war, glitt zu Boden. Der Mantel teilte sich und gab den Blick auf ihr farbenfrohes Kleid frei. Ihr blaues Haar wallte hin und her, als das Wesen sie zuerst schüttelte und anschließend fasziniert betrachtete. Dann schnüffelte es an ihr. Seth stürzte auf das Untier zu, rammte sein Schwert in das Bein des Wesens, das aufbrüllte und sich schüttelte. Isone gab es hingegen nicht frei. Nun schien auch Sachrod aus seiner Lethargie zu erwachen und ging ebenfalls auf das Wesen los. Bevor er es erreicht hatte, schleuderte das Tier Isone durch die Luft, ohne sie loszulassen. Ihr Kopf schlug gegen den Holztisch und ein lautes Knacken war zu hören. Jegliche Bewegung erschlaffte und Isone hing leblos herab. Das Tier schmetterte sie weiterhin herum, nutzte sie als Waffe gegen die beiden Männer. Seth hatte Angst, sein Schwert zu benutzen. Ein kleiner Hoffnungsschimmer blieb, dass Isone noch am Leben war, er wollte sie nicht verletzen. Sachrod stand das Entsetzen ins Gesicht geschrieben. Von draußen hallten weitere Schreie und Lärm von berstendem Holz und zersplittertem Stein zu ihnen. Ein kurzer Blick durch das Loch in Isones Haus zeigte Seth, dass auch andere Dorfbewohner in ihren Behausungen nicht mehr sicher waren.

Für einen Moment schloss er die Augen und konzentrierte sich vollkommen auf Pans Gesicht. Er rief sie im Geiste mit all seiner Kraft, mit all seinem Gefühl und aller Entschlossenheit, die er noch aufbrachte. Dann öffnete er die Augen und ging auf das Tier los, dass Isone immer noch im Griff hatte.

Seth sprang behände hin und her und gelangte so hinter das Tier. Sachrod näherte sich ihm von vorne, sodass es ein wenig von Seth abgelenkt war. Als der jedoch zustieß, warf sich das Tier im selben Augenblick nach vorne und schleuderte Isone auf Sachrod, der zu Boden stürzte.

Grauer Nebel hüllte die beiden ein, in dem Pans Umrisse sichtbar wurden. Schatten fauchte das große weiße Tier an und sprang ihm ins Gesicht. Das Wesen wankte einen Moment, versuchte die Katze zu greifen und sich vom Fell zu ziehen, was ihm einige blute Kratzer einbrachte.

Seth befand sich noch immer hinter dem weißen Tier und sprang schnell zur Seite, als dieses rückwärts auf ihn zuwankte.

Pan stand über Isone gebeugt da, Trauer war ihr ins Gesicht geschrieben. Sie sah das weiße Wesen an und abrupt wurde es in hellgrauen Nebel getaucht. Pans Alben erschienen und trugen das Tier einfach mit sich hinaus in die Kälte. Weitere manifestierten sich und schienen sich bewachend vor das Loch in der Wand zu stellen. Auch draußen wurden Schattenalben sichtbar und kämpften gegen die Wesen der weißen Königin. Pan hingegen blieb bei Isone, strich ihr sanft über das Haar und sah sie traurig an.

„Deine Tränen! Schenke ihr deine Tränen und sie wird wie du ewig leben!", flüsterte Sachrod eindringlich.

Seth fühlte sich wie gelähmt. Isone hatte eine farbenfrohe strahlende Zukunft vor sich gehabt. Er sah sie noch tanzen, sah sie ihre bunten Kleider aussuchen, das lange blaue Haar mit schillernden Bändern schmücken.

„Ja, Pan, schenk ihr das Leben wieder. Dann könnt ihr euch zusammen gegen die Königin stellen.", stimmte er Sachrod zu.

Er sah in ihrem Gesicht, wie sie mit sich rang. Wie sie die Trauer und die Tränen zurückhielt. „Nein. Das ist nicht recht. Dieses Leben kann ich ihr nicht antun. Und das Gleichgewicht würde das nur noch mehr durcheinander bringen. Das geht auf gar keinen Fall." Vorsichtig strich sie Isone das Haar aus dem Gesicht und bettete sie auf die Decke, die achtlos am Boden gelegen war. „Kümmert euch um sie. Ich muss hinaus. Die Stadt wird sonst fallen."

Seth blieb entsetzt zurück neben der toten

Isone und dem sprachlosen Sachrod. Er konnte nicht glauben, dass sie Isone nicht geholfen hatte. Warum? War ihre Gabe nicht dazu da, anderen zu helfen? An den Schultern der Schattenalben vorbei, sah er ihr hinterher. Mit wenigen Handbewegungen erschuf sie Guareg, die den weißen eisspeienden Flugtieren am Himmel den Kampf ansagten. Schwarze Bären erschienen und kämpften gegen die der weißen Königin. Unzählige Schattenalben begleiteten Pan, Nebel umgab sie und verschleierte den Wesen der Königin die Sicht. Hohe Schreie ertönten, als Feuervögel mit glühendem Gefieder am Himmel erschienen und herabstießen ohne Gnade. Der heiße Atem der Guareg vertrieb die Kälte, es wurden immer mehr, die über der Stadt kreisten und bald schon hatten sie die Übermacht und die Wesen der Kälte flohen aus Kanuras. Mit ihnen wich auch das Eis. Sanfte Schneeflocken fielen herab auf die Erde und hüllte die Toten in weiches Leichentuch.

33. Verzweiflung

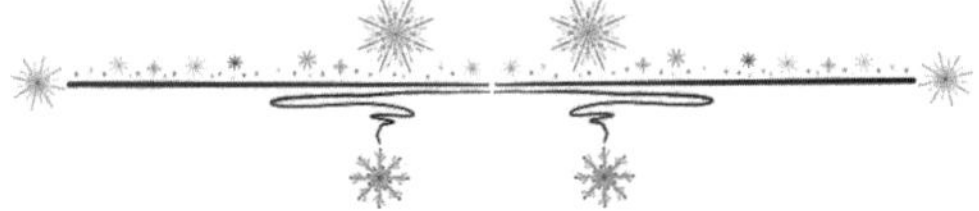

Die Nacht war hereingebrochen und schenkte Pan einen Moment der Geborgenheit. Zerbrochen waren die Mauern der gemütlichen Häuser und die Herzen ihrer Bewohner. Auch Pans Herz hatte einen Riss mehr erhalten, an diesem Tag. Noch klangen ihr die Worte von Sachrod in den Ohren. Hatte er recht?

Hätte sie Isone beleben sollen? Welche Auswirkungen brächte das mit sich? Wäre Isone besser mit der Transformation umgegangen als sie selbst? Und müsste sie dann nicht alle Leute, die starben wieder erwecken?

Nein, das war nicht möglich. Sie war nicht Herrin über Leben und Tod. Sie konnte nicht entscheiden, wer das ewige Dasein bekommen dürfe und wer nicht. Die Auswirkungen auf die Welt wären nicht vorhersehbar. Dieses Risiko konnte sie nicht eingehen. Doch sie hatte die unverständlichen Blicke von Sachrod und Seth gesehen und wieder waren sie ein stückweit von ihr abgerückt.

Pan fühlte es. Nach und nach entwickelte sie sich weg von den Menschen und hin zu den Schutzgeistern. Sie hatte keine andere Wahl. Sie musste größer denken, die Welt beschützen, nicht nur die einzelnen Personen. Doch die Freundschaften würden das vielleicht nicht aushalten. Das war Pan bewusst. Darauf konnte sie keine Rücksicht nehmen. Sie war hier, um Arenlai zu schützen, zumindest das war ihr klar. Seth und Sachrod hatten sich gemeinsam mit Liar in die Taverne zurückgezogen, die großteils unversehrt war und vielen Bürgern eine Schlafstatt bot, die nicht mehr in ihre eigenen Häuser zurückkonnten. Sie war zu spät gekommen. Doch wie sollte sie überall gleichzeitig sein? Sie musste sich mehr auf die Stimmen in ihr konzentrieren, vor allem auf die der weißen Königin selbst. Dann konnte sie sie jederzeit aufspüren und verfolgen.

Für die Menschen war Pan kaum sichtbar. Sie saß in einem der großen Bäume, die den Marktplatz beschatteten. Neben ihr lag Schatten schnurrend auf einem breiten Ast. Von hier oben konnte man einen großen Teil der Stadt sehen. Pan genoss es mittlerweile sehr, dass sie in einem Gedankenbruchteil sein konnte, wo sie wollte. Doch es schmerzte sie, dass sie nicht rechtzeitig anwesend gewesen war, um Isone zu retten.

Ein leises Knacken im Geäst kündigte Eklantas an, der zu ihr hochgeklettert kam. „Du hast richtig gehandelt, Panrah!", sagte er ohne Umschweife.

Sie nickte. „Ich weiß, doch das macht es nicht besser. Es lindert den Schmerz nicht."

„Mancher Schmerz muss ertragen werden."

Pan sah Eklantas an. Der Nachtalb war so viel älter als sie. So viel hatte er schon erlebt. Wie viel Schmerz war dabei gewesen? „Ja, da hast du wohl recht."

„Du wirst besser werden und dann wird das Gleichgewicht auch wieder funktionieren, glaub mir. Nach und nach wird es besser werden und leichter für dich."

Wieder nickte sie. Dann saßen sie eine Weile schweigend nebeneinander auf dem Baum. Es tat so gut. Es fühlte sich so richtig an. Ja, es waren keine Menschen, es war ein Nachtalb und eine Katze, doch für Pan war es wie Familie und sie empfand sich angenommen und am richtigen Platz.

Der Moment der Geborgenheit verging, als lautes Geschrei die Ruhe zerschnitt. Es hörte sich an wie ein Streit, gefolgt von Gerangel oder einem Kampf.

Pan verstand keines der Worte, doch sie sprang, ohne zu zögern, vom Baum. Schwarzer Nebel umhüllte sie und federte den Sprung ab, ließ sie sanft auf dem Boden landen. Eklantas folgte ihr leise. Sie schlichen durch die dunklen Gassen, immer den Geräuschen hinterher, die lauter und lauter wurden. Als sie schließlich um eine Ecke bogen, sahen sie einige Männer, die auf eine Gestalt am Boden eintraten. „Du bist eine Lügnerin und eine Betrügerin. Immer hast du uns nur an der Nase herumgeführt und jetzt bekommst du die gerechte Strafe!", schrie einer der Männer gehässig.

„Halt!", brüllte Pan, so laut sie konnte. Sofort hielten die Männer inne. Drei von ihnen drehten sich um und liefen davon. Der letzte blieb einen Moment lang stehen, spie vor der verletzten Person aus und verschwand erst, als Pan näherkam.

Voller Entsetzen erkannte sie, wer da am Boden lag. Sofort sank sie auf die Knie und nahm die schmale Frau in den Arm. Für einen Moment übertrug sich Tualahs Erinnerung auf sie. Ihr ganzes Leben schien vor ihren Augen abzulaufen. Sie sah Tualah als kleines Mädchen lachend einem Schmetterling nachlaufen. Sie beobachtete, wie sie älter wurde, wie sie sich entwickelte. Pan sah die Augen von Tualahs Vater, die sie ansahen, wie kein Vater seine Tochter ansehen sollte. Sie sah, wie Tualah sich wehrte, wie er sie niederdrückte auf eine karge Bettstatt. Pan spürte den Schmerz tief in Tualah. Sie fühlte, wie sie sich zurückzog, wie sie alles ausblendete, weil es sonst nicht zu ertragen gewesen wäre. Pan konnte es fast nicht ertragen.

„Tualah. Oh nein. Was ist geschehen? Warum haben sie dir das angetan?" Sie wusste selbst, nicht mehr, ob ihre Frage sich auf die Männer bezog, die sie zusammengeschlagen hatten oder auf Tualahs Vater.

Blutüberströmt lag Pans einstige Freundin am Boden. Der Schnee um sie herum färbte sich dunkel und verriet, wie viel Blut die Frau in Pans Umarmung verlor. Pan fühlte, wie das Leben aus Tualahs Körper strömte.

„Pan. Du bist es.", flüsterte Tualah.

„Ganz ruhig. Sprich nicht. Das ist zu anstrengend."

Sacht schüttelte Tualah den Kopf, hustete, blieb dann entkräftet liegen. Blut rann aus einem ihrer Mundwinkel. „Ich muss..."

Beruhigend strich Pan über Tualahs schwarzes Haar. Die Gedanken hatten sich beruhigt. Vielleicht war es so, wenn man starb. Vielleicht kehrte dann Ruhe ein.

„Ich bin hier, Tualah. Ich bleib bei dir." Pan hielt die Tränen um jeden Preis zurück. Gerade Tualah durfte sie das nicht antun. Das

346

war klar. Doch die junge Frau so zu sehen, schmerzte Pan fast noch mehr als Isones Tod.

„Pan. Ich muss es dir sagen… tut mir so leid." Stöhnend unterbrach Tualah und krümmte sich in Pans Armen.

„Du musst mir gar nichts sagen, gar nichts erklären. Ich weiß schon Tualah. Ich weiß."

„Nein, Pan. Du weißt nicht … ich muss.", wieder hustete sie, diesmal hustete sie Blut und irgendwelche Bröckchen aus. Pan ließ sie nicht los.

„Ich liebe dich Pan. Hab ich immer. Konnte nur nicht. Ich kann es einfach nicht. Es tut mir so leid. Aber ich wusste immer, dass du meine Freundin warst, dass du es gerne gewesen wärst." Geschwächt legte sich Tualah zurück. Ihre Augen schlossen sich. Mit aller Kraft verdrängte Pan die Tränen und strich weiter Tualah über das Haar und die Stirn.

„Ich wollte nur, dass du das weißt."

„Das weiß ich Tualah. Das hab ich immer gewusst. Ich wünschte ich wäre stärker gewesen, damals. Dann hätte ich es dir nicht übelgenommen."

Ein letzter Atemzug, seltsam tief und im nächsten Moment bewegte sich Tualahs Brust nicht mehr.

Pan musste sie zur Seite legen und dann ließ sie ihren Tränen freien Lauf. Silberne Blumen bildeten sich auf dem Boden und wuchsen schnell zu glitzernden Büschen, die das Licht Arins spiegelten, heran. Sie umrahmten Tualahs dunkles Haar wie ein Kranz aus silbernen Blumen. Eklantas blieb stumm bei Pan stehen, bis die Tränen versiegten.

34. Gemeinsame Pläne

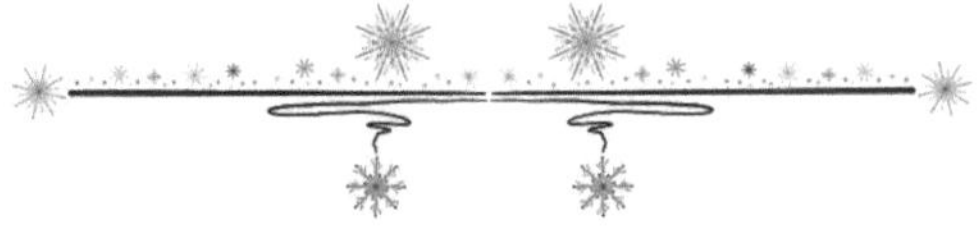

Pan saß auf dem Boden des kleinen Raumes der Taverne. Um sie herum hockten Liar, Sachrod und Seth. Letzterer redete leidenschaftlich auf Pan ein. Seine Worte waren so lockend, so voller Hoffnung auf eine bessere Zukunft und doch hatte Pan das Gefühl, dass es nicht richtig war, dem nachzugeben.

„Du müsstest nie wieder gegen ihre Wesen antreten. Endlich wäre Arenlai nicht mehr in Gefahr. Die Kälte würde vergehen und alles wäre wie zuvor. Du könntest friedlich mit deinem Sohn leben. Wir könnten zusammen leben. Dieser ständige Kampf, den du austrägst, wäre nicht mehr nötig.“, versuchte Seth sie zu überreden.

„Wir helfen Dir dabei!“, mischte sich nun Liar ein. „Wer sagt denn, dass der Weg, den die Nagur dir gewiesen haben wirklich der Richtige ist? Wer sagt denn, dass das Gleichgewicht nicht auch anders hergestellt werden kann?“

„Wenn sie nicht mehr die Möglichkeit hat zu handeln, fehlt doch das Gleichgewicht zu mir.“, flüsterte Pan.

Ungeduldig schnaubte Seth: „Du brauchst doch gar kein Gleichgewicht. Du machst ja nichts Falsches!“

„Alles und jeder braucht ein Gleichgewicht. Sobald man eines zerstört, wird eine Kette von Geschehnissen ausgelöst.“ Warum konnten sie das nicht verstehen?

„Pan, du kannst doch dann einfach leben, ohne ständig neue Wesen zu erschaffen. Dann ist doch auch kein Gleichgewicht nötig.“

„Oder du erschaffst einfach immer selbst das Gleichgewicht zu den neuen Wesen. Das machst du doch jetzt auch schon.“, fügte

Sachrod an. „Ich würde auch gerne mit dir und unserem Sohn in Frieden leben.“

Seth runzelte die Stirn.

„Und meinetwegen mit dem da.“, fügte Sachrod grinsend hinzu.

„Es geht ja nicht nur um dich. Bis du wirklich das Gleichgewicht zu ihr bilden kannst vergehen vielleicht noch Jahre. Bis dahin werden Menschen sterben und nicht nur Menschen, sie verändert ja die ganze Welt. Tierarten sterben aus, Pflanzen gehen in der Kälte ein. Das dürfen wir nicht weiter zulassen.“

„Eklantas sagt, dass ich immer besser werde und es schon bald viel schneller eindämmen kann.“

„Eklantas! Was weiß der vom Leben der Menschen?“

„Eklantas weiß viel mehr als du denkst. Ich kann das nicht so einfach entscheiden. Lasst mir ein wenig Zeit.“

„Zeit in der viele Wesen sterben, vergess das nicht Pan. Lass dir also nicht zu viel Zeit.“, setzte Seth sie unter Druck.

Ohne ein weiteres Wort löste Pan sich in Nebel auf und verschwand. Es war nur ein

Gedanke und sie manifestierte sich im Wald vor Gard. Seth hatte recht, zu viele waren gestorben. Hier lebte niemand mehr, kein Mensch und kein Tier. Nur Galsar und ihren Alben konnte die Kälte nichts anhaben. Sie spürte ihre Nähe, hörte Galsar, die ihr sicher hilfreich zur Seite gestanden wäre, doch Pan konnte die Nähe nicht ertragen.

Sie fühlte, wie sie sich in sich selbst zurückzog, wie sie wieder die Hilfe ausschlug, die angeboten wurde. Sie würde so gerne mit ihrem Sohn leben, sehen, wie er aufwuchs. War es so schlimm, auch etwas für sich selbst zu wollen? Und doch spürte sie, dass sie den Plänen ihrer Freunde nicht zustimmen sollte.

Es war falsch, es war Unrecht. Sie durfte das nicht tun. Das fühlte sie tief in sich. Sie und die Königin würden ein Gleichgewicht herstellen und dann könnten sie gemeinsam in alle Ewigkeit existieren. So hatten Ol und Gaszra das gewollt und so würde es sicher auf Dauer funktionieren.

Doch Ol und Gaszra waren nicht allwissend. Eventuell irrten sie, vielleicht konnte es auch anders erfolgreich sein. Sie bemerkte, dass

Galsar näherkam, dass sie mit ihr sprechen wollte und erneut wechselte sie blitzschnell ihren Standpunkt. Diesmal war es der Wald in Talru. Auch hier lag mittlerweile Schnee, obwohl der Forst sonst immer grün gewesen war. Die Kälte war noch nicht so stark und die Vögel zwitscherten ihre Lieder. Sie musste doch auch diese kleinen Wesen schützen. Wenn sie Seths Plänen nachgab, könnte die Königin niemanden mehr schaden, für immer oder zumindest für lange Zeit. Und doch, es war zu grausam.

Es wäre viel einfacher für Pan, das stimmte sicherlich, doch war der leichtere Weg auch der richtige? Was sollte sie nur tun?

Eklantas würde ihr abraten, da war sie sicher. Doch er kannte die Menschen nicht gut genug. Er sah alles aus der Sicht eines Unsterblichen. Schatten strich um ihre Beine. Pan nahm die Katze hoch und streichelte sanft über das Fell. Ihr Schnurren beruhigte sie ein wenig. Das konnte sie der Königin unmöglich antun? Und doch, die weiße Königin hätte keine Probleme damit, ihr selbst jegliche Grausamkeit anzutun. Und es wäre zum Schutz aller Wesen Arenlais.

Rechtfertigte das, jemandem Leid zuzufügen?

Pans Gedanken kamen nicht zur Ruhe. Sie begann unruhig auf und abzuwandern, die Katze noch in den Armen haltend. Schatten gefiel das gar nicht, sie fauchte und sprang eilig davon. Pan blieb stehen und sah sich um, ließ den Wald auf sich wirken. Sie beobachtete die wogenden Kronen der Bäume im Wind, hörte auf die Lieder der Vögel, lenkte ihren Blick auf Insekten, die im Schnee nichts mehr zu fressen fanden. Sie waren diese Kälte nicht gewohnt, bald würden auch sie sterben.

In diesem Augenblick traf sie ihre Entscheidung. Entschlossen schob sie die anderen Gedanken zur Seite und fokussierte sich ganz darauf, welche positiven Auswirkungen ihr Entschluss mit sich bringen würde. Für einen Moment genoss sie die Ruhe des Waldes, dann begab sie sich erneut in die alte Taverne.

Seth, Liar und Sachrod waren im Schankraum. Der war so voll, dass sie am Tresen stehen mussten. Alle Tische waren besetzt und viele Leute standen herum. Es würde noch einige Zeit dauern, bis Kanuras wieder vollständig aufgebaut war und die Menschen zurück in ihre Häuser konnten.

Seth wand sich ihr zu, sah mit seinen goldenen Augen direkt in ihre. Die Frage stand ihm im Gesicht. Pan nickte und Seth lächelte sie an und nickte zurück.

35. Die Falle

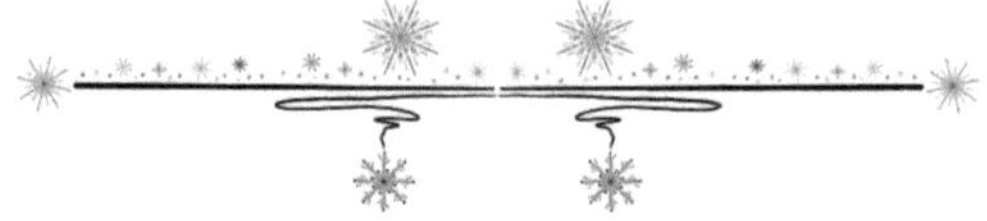

Gard hatte für Seth immer etwas Unwirkliches gehabt. Diese weißen Mauern, die sich in mehreren Ringen um und durch die Stadt zogen. Mauern, die Menschen aussperrten und ihnen im inneren Schutz spenden sollten, fand er immer schon beengend. Als er nun wieder durch die Torbögen wanderte, sah sie kaum anders aus, als noch vor ein paar Jahren und doch hatte sich etwas verändert.

Es waren keine Menschen auf der Straße, die Kälte draußen war nicht auszuhalten. Nur in den Häusern konnte man sich aufhalten. Das Armenviertel war menschenleer. Entweder waren die Leute allesamt erfroren in ihren

windigen Hütten oder aber, und das hoffte
Seth sehr, der König hatte sie ins Innere des
Berges geholt. Vor ihm marschierte Pan. Sie
war so nahe und doch unendlich weit
entfernt. Zweifel beschäftigten Seth schon
seit Tagen. Konnte es wirklich so werden wie
früher? Konnten sie zusammen leben?
Neben ihm stapfte Sachrod durch den
Schnee. Er würde Teil dieses Lebens sein. Der
Spielmann würde Zeit mit seinem Sohn
verbringen wollen und mit Pan. Damit würde
Seth zurechtkommen, da war er sich sicher.
Aber Pan hatte sich verändert. Sie war eine
vollkommen andere Person als das junge
Mädchen, das er einst kennengelernt hatte.
Schon im Äußeren unterschied sie sich
grundlegend von der alten Pan. Ihre einst
grüne Haut war vollkommen weiß mit einem
unwirklichen Schimmer, der ihr einen
seltsamen Glanz verlieh. Das schwarze Haar
fiel ihr immer noch glatt über die Schultern,
doch mittlerweile umgab sie fast ständig ein
transparenter Nebel, der meist vor allem um
ihre Füße waberte. Die Katze, die sie meist
begleitete, hatte dieselben Besonderheiten
und die Augen beider waren nach und nach

immer goldener geworden und leuchteten im Dunklen. Das wäre Seth vollkommen egal gewesen, doch Pan hatte sich auch im Wesen verändert.

Die unschuldige Naivität war verschwunden und hatte sich gewichtigen Werten untergeordnet. Sie hatte eine ganz andere Sicht auf die Welt gewonnen und schien sich von seiner, der menschlichen Sicht, nach und nach zu entfernen.

Er fühlte sich ihr nicht mehr so nah, das einstige Band wurde dünner. Wenn sie nicht mehr so schwerwiegende Aufgaben hatte, wenn nicht mehr die Last ganz Arenlais auf ihren Schultern liegen würde, dann würde es besser werden, hoffte Seth.

Sachrod stieß ihm mit dem Ellenbogen in die Seite: „Wo bist du denn mit deinen Gedanken? Warum bleibst du denn einfach stehen, Liar hätte dich fast umgerannt. Jetzt komm schon, wir müssen weiter."

Liar brummte zustimmend. Es war Seth gar nicht bewusst gewesen, dass er stehen geblieben war. Viel zu sehr hing er wieder seinen Gedanken nach.

„Es wird schon klappen!", munterte Sachrod ihn auf. Doch er lag falsch mit seiner Annahme, dass Seth an ihrem Plan zweifelte.

Schon betraten sie das Innere des Berges. Sie wurden bereits erwartet. Der König war nicht anwesend. Einige Adlige hingegen, die in seinen Diensten standen, begrüßten sie höflich und baten sie, ihnen zu folgen. „Wollt ihr noch speisen? Braucht ihr etwas zu trinken oder etwas anderes?"
Pan schüttelte ungeduldig den Kopf, ohne auf die Menschen, die mit ihr gekommen waren, Rücksicht zu nehmen. Sie vergaß schon, wie es war hungrig zu sein, schien es Seth. Dennoch folgte er ihr, ohne zu murren. Sie mussten es jetzt hinter sich bringen, dann würde das endlich ein Ende haben. Liar und Sachrod folgten ebenso stumm. Es waren keine Worte mehr nötig. Sie hatten alles genauestens abgesprochen. Gemeinsam begaben sie sich hinab in die Tiefen des Berges, dort wo Pan bereits einmal gefangen gewesen war, dort wo auch der König einst gefesselt hing und Garbotak seinen Tod fand. Seth konnte sich genau erinnern. Wieder

ging ihm der Moment durch den Kopf, als Pan gestorben war, das Gefühl würde er niemals vergessen. Doch Pan zögerte nicht, obwohl sie sich in Gefahr begab. Sie stürmte direkt auf die Zelle am Ende der Halle zu, in der einst Ol gelegen hatte und begab sich hinein.

Es war eine winzige Zelle ohne jegliches Fenster. Einige Adelige legten Pan ein Netz aus schwarzen Metallfäden über. Andere hochgeborene Männer und Frauen traten hinzu und banden sie in diesem Netz zusammen. Dann schloss sich die Tür hinter Pan. Seth konnte es kaum ertragen, zuzusehen. Doch wie abgesprochen zog er sich zurück. Genau wie Sachrod und Liar war er weiß gekleidet und zog nun die Kapuze tief über das Gesicht. Er stellte sich hinter die Adligen, die nun in einer Reihe auf einer Seite vor der Zelle aufgestellt blieben. Liar und Sachrod taten es ihnen gleich.

Seths Herz klopfte zum Zerspringen. Wenn etwas falsch lief, würde Pan hier bis in alle Ewigkeit sitzen. Allein konnte sie aus der Zelle nicht entkommen. Die Zeit schien nicht zu vergehen. Stumm standen sie da, ebenso reglos, wie die gardenischen Männer und Frauen vor ihnen.

Endlich öffnete sich die vordere Tür der Halle. Schon hörten sie die Stimme des Königs, „Natürlich, meine Königin. Sie kann nicht entkommen. Keine Angst, sie ist vollkommen gefesselt."

„Angst? Was redest du? Angst kenne ich nicht. Doch wenn durch deine Dummheit der Erfolg deiner Mission zunichte gemacht wäre, dann würde ich dich das sicher büßen lassen. Angst wäre also eher etwas, das du verspüren solltest. Aber wenn du mir wirklich Pan zum Geschenk machst, dann kann ich vielleicht über die Schwächen in der Vergangenheit hinwegsehen und dich am Leben lassen."

Nicht nur Pan riskierte hier etwas, wurde Seth in diesem Augenblick klar. Der König selbst musste um sein Leben fürchten. Der Plan sollte also unbedingt funktionieren.

„Sie kann nicht entkommen, meine Königin."

„Schweig nun, ich kann dein Gesäusel nicht ertragen." Die Stimme der weißen Königin war von seltsamer Schönheit und dennoch eiskalt und grausam. Seth hatte vergessen, wie sie diese Mischung in sich vereinte. Ihr Gesicht hatte eine betörende Zartheit und Lieblichkeit, doch schnell senkte er den Blick, als sie in Reichweite kam. Er wollte auf keinen Fall, dass seine Augenfarbe ihn verriet.

„Öffnen!", befahl sie den Adligen.

Sofort bewegte die junge Frau sich, die den Schlüssel hatte und ging auf die Tür zu. Sie schob die kleine Steinplatte zur Seite, die das Schloss verbarg und steckte den Schlüssel hinein. Zitternd nestelte sie damit im Schloss herum und schaffte es vor Nervosität nicht, ihn richtig hineinzubekommen.

„Verschwinde!" Wieder waren die Worte eiskalt. Gleichzeitig fuhr die Königin der Gardenerin mit einem silbernen Dolch quer über das Gesicht, woraufhin sie blutend zu Boden fiel.

Seth musste an sich halten, um nicht zu ihr zu stürzen und ihr zu helfen.

Die Königin drehte den Schlüssel im Schloss um und Genugtuung machte sich auf ihrem Gesicht breit.

„Panrah. Wie kannst du nur so dumm sein, zweimal in die gleiche Falle zu tappen?"

In diesem Augenblick sprangen die Adligen alle gleichzeitig von der Türe zurück, eine zog mit einem Ruck die Verletzte vor der Zelle weg. Auch Seth und seine Freunde hechteten davon und von der Decke fiel ein Netz herunter. Die Königin war gefangen. Ein gellender hoher Schrei hallte durch den Saal. Eine seltsame Kälte ging von Ifur aus. Seth betrachtete sie nun eingehender. Helle Lichtstrahlen versuchten sich, aus dem engmaschigen Netz zu befreien. Pan hingegen löste sich aus ihrem Flechtwerk, das an der Rückseite von Anfang an nur lose verschnürt gewesen war und warf es mit einem Ruck der Königin über, die ihr abgewandt die Gardenerinnen vor dem Netz anstarrte.

„Geht nun.", sagte Pan ruhig und entschlossen.

Seth wollte nicht gehen, wollte sie nicht allein lassen mit Ifur, der weißen Königin, für die kein Leben Bedeutung hatte. Dennoch setzte er sich mit den anderen in Bewegung.

Seth hätte die Monarchin einfach in die winzige Zelle gesperrt, doch Pan hatte das nicht gewollt. Zumindest sollte sie Platz haben.

Als er den großen Thronsaal verließ, tat er es schweren Herzens. Er blieb vor der offenen Tür stehen, die es Pan ermöglichte, weiterhin ihre Fähigkeiten einzusetzen. Die weiße Königin lag noch immer in ihrem Netz gefangen am Boden.

Pan bewegte ihre Hände und um sie herum legte sich eine schwarze glänzende Schicht über alle Wände. Auch die Kuppel, die Pan einst selbst zerschmettert hatte, um Gaszra zu sich zu rufen, überzog sie mit demselben finsteren Material.

Seth beobachtete sie. Pan wandte sich ihm zu, sah ihm direkt in die Augen und hob dann beide Hände. Vor dem Eingang bildete sich eine schwarze Wand und Pan verschwand aus seinem Blickfeld. Zurück blieb er mit seiner Angst um Pan und seiner Hoffnung, alles würde sich zum Guten wenden.

36. Pans Kinder

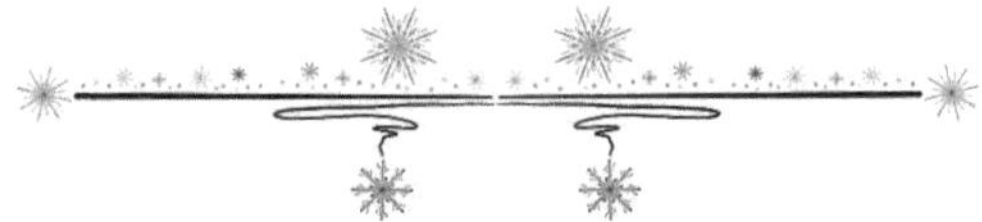

Sie wusste, dass die anderen auf sie warteten. Doch so konnte sie die Königin nicht allein lassen. Pan spürte, dass Ifurs Kind herauswollte. Sie konnte eine werdende Mutter nicht in Gefangenschaft allein gebären lassen und vor allem konnte sie das Neugeborene nicht zurücklassen.

„Das Kind kommt.", sagte sie kurzangebunden.

„Was interessiert es dich?"

„Ich bin nicht wie du. Ich kann ein Lebewesen nicht einfach sterben lassen und das Kind würde hier sterben."

„Ich würde dich hier problemlos verrotten lassen, bis in alle Ewigkeit und all deine

Freunde und auch deinen Sohn würde ich mit dir einsperren, damit du sie sterben siehst und ihr Fleisch neben dir zerfällt."

Pan lächelte sanft. „Das weiß ich. Aber wie ich schon sagte, ich bin nicht wie du. Ich will auch nicht wie du sein. Dein Kind kann nichts für deine Taten und auch für dich selbst empfinde ich Mitleid."

„Was sagt dir denn, dass ich zulasse, dass du hier wieder verschwindest, wenn du mich aus dem Netz befreist? Was sagt dir, dass ich dich und mein Kind nicht einfach hier drin behalte?"

„Du wirst das Kind hier nicht sterben lassen wollen."

„Es ist mir vollkommen egal!"

Pan schüttelte den Kopf und löste das Netz, dass die Königin gefangen hielt. Mit einem verwunderten Blick sah die ehemalige Herrscherin sie an.

„Du riskierst deine Freiheit für mein Kind?"

„Vielleicht solltest du dich jetzt niederlegen. Ich spüre, dass das Kind bald kommt. Die Wellen haben schon begonnen."

Tatsächlich gab die Königin nach. Sie legte sich auf den schwarzen Boden. „Ich sehe hier drin kaum etwas.", seufzte sie.

Pan runzelte die Stirn. „Das kann ich leider nicht ändern."

Die Königin focht ihren Kampf still. Nur hin und wieder kam ein leises Raunen über ihre Lippen. Es ging schneller als bei Pan. Die Wellen zogen sich gleichmäßig durch Ifurs Rumpf. Schon weitete sich ihr Körper und Pan sah den Säugling. Sie sprach beruhigend auf die Königin ein und griff sanft nach dem Kopf des Kindes, sobald er sich der Öffnung näherte. „Gleich ist es da. Keine Angst, gleich kommt es."

Es war eine unkomplizierte Geburt und Pan war erleichtert.

Das Kind nahm seine ersten Atemzüge und begann zu weinen. Pan griff den kleinen Dolch, den die Königin bei sich gehabt hatte.

„Nein!", schrie Ifur gellend auf.

„Keine Angst!"

Pan durchschnitt die Nabelschnur und legte der Königin das kleine Mädchen in die Arme. Es hatte vollkommen weiße Haut mit einem leichten Schimmer und weißes Haar. Die Augen waren von hellem Blau.

„Sie ist wunderschön.", raunte die Königin.

Pan nickte. „Wie soll sie heißen?"

„Siva", flüsterte Ifur und strich ihrer Tochter sanft über das kleine Köpfchen. Das Neugeborene bewegte suchend den Kopf.

„Ich muss sie schnell zu einer Amme bringen. Sonst wird sie verhungern."

„Einen Moment, gib mir noch einen Moment.", bat die Königin und Pan spürte die tiefe Traurigkeit in ihr. Es war eine Betrübtheit, die ihrer nicht unähnlich war. Bisher hatte sie nie ein Gefühl bei der Königin gespürt, vielleicht hatte die Geburt es ausgelöst.

Wieder fragte sich Pan, ob es falsch war, die Königin hier zurückzulassen. War es nicht ihre, Pans Aufgabe, das Gegengewicht zu ihr zu bilden? War es nicht Unrecht, ein anderes Wesen in Gefangenschaft zu halten?

Auch wenn Ifur Böses getan hatte, war Böses mit Bösem zu sühnen?

War die Welt nicht besser, wenn man stattdessen Liebe in ihr verteilte? Konnte man die Königin mit Liebe heilen? Mit der Liebe ihrer eigenen Tochter?

Die Gedanken rasten durch Pans Kopf. Doch sie hatte es versprochen und sie konnte es nicht riskieren.

Irgendwann, wenn sie stark genug war, konnte sie vielleicht den Gegenpol zu ihr bilden. Doch nun war nicht der richtige Zeitpunkt. Sie musste es tun. Es gab keine andere Lösung.

„Ich werde mich um deine Tochter kümmern.“

Die Königin sah auf. Einen Moment lang umklammerte sie das kleine Kind fest. Pan dachte schon, sie würde es nicht hergeben. Doch dann stand sie auf und drückte Pan das winzige Wesen in die Arme. Pan nickte und wandte sich ab.

„Pan?“

Sie sah noch einmal zur Königin zurück.

„Mein Name ist Ifur.“

Pan nickte. „Ich kenne deinen Namen, Ifur. Sorg dich nicht um deine Tochter. Vielleicht sehen wir uns wieder, eines Tages.“

Dann wandte sie sich endgültig ab und ließ die Königin zurück.

Der riesige Saal würde für lange Zeit das Heim Ifurs bleiben. Pan ging hinaus. Sie schritt einfach durch das schwarze Material, das sie selbst erschaffen hatte. Aus ihrer eigenen Finsternis war eine Wand entstanden, die die Königin niemals würde durchdringen können.

Schon zuvor waren die Wände und die Kuppel des Saales mit Metallen durchwebt gewesen, die die Kräfte der Unsterblichen behinderten. Dies wurde nun noch von dem Material verstärkt, das jedes Licht verschluckte.

Ifur war ein Wesen des Lichtes und die Finsternis aus Pans Geist würde sie hier zusammen mit den metallverstärkten Wänden gefangen halten.

„Nutze die Dunkelheit", hatte Eklantas einst gesagt. Das hatte er gewiss anders gemeint.

Ihre eigene Sicherheit war ihr keineswegs vollkommen gleichgültig und sie vertraute der Königin nicht. Sie erschuf eine Zwischenwand hinter sich aus derselben undurchlässigen Dunkelheit. Erst dann wagte sie es, die Tür zu den Gängen Gards zu öffnen.

Draußen wurde sie erwartet. Noch ignorierte sie die Leute, die sich im Gang versammelt hatten.

Sie hob erneut die Arme, ließ über der dunklen Materie eine weiße Wand entstehen. Niemand würde hier jemals den Eingang zu Ifurs Gefängnis finden. Dann aber sah sie auf die winzigen Finger des Mädchens in ihrem Arm. Sie nahm die kleine Hand und legte sie an die Wand. Einen Moment lang leuchtete die Mauer an der Stelle, an der die winzigen Finger sie berührten. Schnell zog sie das Kind weg, als Schritte sich näherten.

„Wenn du deine Mutter eines Tages befreien möchtest...", flüsterte sie dem Kind ins Ohr. „...dann musst du nur deine Hand auf die Wand legen und die Finsternis verschwindet!"

Seth kam auf sie zu. „Ich dachte schon, du hättest es dir anders überlegt.", sagte er und sah dann auf das Neugeborene. „Ist das...?"

„Das ist das Kind der Königin. Ich hätte es nicht zurücklassen können. Ich musste die Geburt abwarten."

Seth nickte. Nun kamen auch Liar und Sachrod auf sie zu.

Der König folgte ihnen. „Ist es geschafft?“, fragte er. Sein Blick wandere sofort zu dem Kind.

„Es ist auch eure Tochter nehme ich an?“, fragte Pan.

Er schüttelte den Kopf. „Sie hat schon Jahre nicht bei mir gelegen. Ist sie gefangen? Hat es geklappt?“

Pan nickte. „Wollt ihr euch um das Kind kümmern?“

„Es ist nicht mein Kind. Das sagte ich schon. Und es hat etwas Unnatürliches an sich. Vielleicht ist es wie sie. Ich kann mich nicht um solch ein Wesen kümmern. Gard steht an erster Stelle, die Menschen hier stehen an erster Stelle.“

Verachtend sah Pan ihn an. „Dies ist ein Kind Gards. Aber keine Angst, bei solch einem Mann würde ich das Kind nicht lassen wollen. Ich habe Ifur versprochen, mich um sie zu kümmern und das werde ich. Ich werde sie wie mein eigenes Kind behandeln. Ich hatte mehr von euch erwartet.“

37. Familie

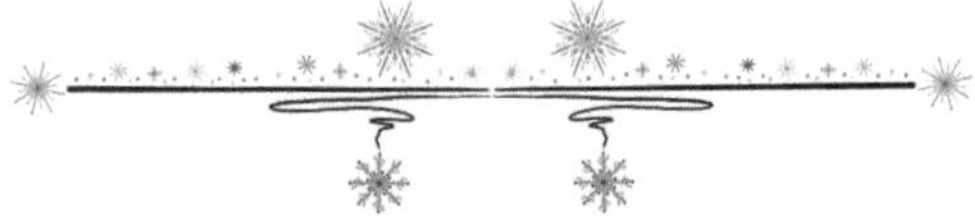

Versteckt in der Ebene vor Zurna lag in einer Senke ein winziges Waldgebiet. Die Bäume darin waren hochgewachsen und hatten geschwungene dunkelgrüne Blätter, auf denen ein silberner Glanz lag. Verborgen zwischen den dichtwachsenden Bäumen lag ein einzelnes niedriges Baumhaus.
Vor dem Haus tat sich eine Lichtung auf, die ein wahres Paradies bot.
Ein kleiner Teich umgeben von moosbewachsenen Felsen, tiefgrünen Farnen und bunten Blumen bot mancher Fischart ein Zuhause. Eine kleine Hand versuchte einen roten Frosch zu greifen, der entkam und mit

einem Platschen im dunklen Wasser des Teiches landete. „Oh nein." Enttäuscht sah das kleine Mädchen, zu dem die Hand gehörte, dem Tier hinterher.

„Lass doch den Frosch.", maulte ein Junge, der ihr zugesehen hatte. Beide Kinder hatten weiße Haut, die zu schimmern schien. Das war das Einzige, indem sie sich ähnlich sahen. Der Junge hatte schwarzes Haar und leuchtend blaue Augen, die den Himmel spiegelten. Das Mädchen hingegen hatte vollkommen weißes Haar und sehr helle blaue Augen.

„Kardas! Siva! Kommt nach Hause! Es gibt Essen!", hörte man eine männliche Stimme über die Lichtung hallen.

Siva hüpfte beschwingt davon, während ihr Bruder missmutig hinterher stapfte. Langsam kletterte er hinter ihr die kleine Leiter zum Baumhaus hinauf. Seine Schwester versperrte ihm die Sicht ins Haus und damit auf den Tisch, auf dem sicherlich schon das Essen stand.

Sein Magen knurrte. „Geh doch mal zur Seite!"

Endlich bewegte sich das Mädchen von der
Türe weg und sofort erhellte sich das Gesicht
des Jungen. Gebratene Rakpilze lagen in
einer schweren Pfanne, dazu gab es frisches
Brot und in einer Schüssel stand auch bereits
der Nachtisch bereit. Es gab eine Creme aus
Lonias, das waren seine Lieblingsfrüchte, die
eigentlich nur in Rashland wuchsen.
Aber seine Mutter konnte auch hier alles
wachsen lassen was man sich wünschte.
Er setzte sich neben Siva an den Tisch und
lächelte seine Schwester an. Der Missmut
war vergangen. Sie lächelte zurück und
ergriff seine Hand. Er ließ zu, dass sie sie
kurz drückte und entzog sie ihr dann wieder.
Seth saß seiner Mutter gegenüber am Tisch.
Sachrod holte einen frischen Krug Wasser
und stellte ihn zusammen mit ein paar
Bechern vor Kardas. „Schenk doch schonmal
ein, mein Sohn.", sagte er und holte einige
Schüsseln aus einem Regal.
Kardas goss in jeden Becher etwas Wasser
und Siva verteilte sie dann.
Wie immer warteten sie darauf, dass ihre
Mutter ein Gebet sprach, ehe sie gemeinsam
aßen.

„Esher, wir danken dir für all diese Gaben,
für unsere wundervolle Familie und diesen
Ort, an dem wir uns zu Hause fühlen dürfen.",
sagte Pan leise und nickte ihnen dann zu.
Kardas hielt ungeduldig seinen Teller seinem
Vater vor die Nase.
Sachrod zog die Brauen hoch und gab zuerst
Siva etwas von den Pilzen und dem Brot.
Dann aber ließ er Kardas nicht länger warten
und schaufelte eine große Portion auf seinen
Teller. Es wurde still, als alle aßen.
Seine Mutter hingegen beobachtete ihn leise
und nahm nichts zu sich. Sie aß nie etwas. Sie
schlief auch nicht. Manchmal waberte grauer
Nebel um sie herum und manchmal
verschwand sie einfach darin.
Kardas sah sie zwischen den hungrigen
Bissen immer wieder an. Sie lächelte dann
und einmal nickte sie ihm zu, so als wolle sie
ihn ermutigen, das Essen zu genießen.
Seine Schwester neben ihm aß viel langsamer
und gesitteter. Manches mal hatte sie ihn
gerügt, weil er das Essen so herunterschlang.
Draußen zog die Nacht herauf und Kardas
freute sich darauf. Sie brachte Gesellschaft
mit sich, die der Junge liebte. Ungeduldig

schaufelte er alles in sich hinein und wartete
dann auf die Nachspeise.

„Nur mit der Ruhe.", brummte sein Vater,
doch Kardas wusste, dass er nichts dagegen
hatte.

Kaum hatte Kardas das letzte bisschen aus
der Schüssel gekratzt, sprang er auch schon
auf.

„Nun lass dir doch Zeit. Es ist noch nicht so
weit. Es ist ja noch nicht richtig dunkel.",
sagte seine Schwester.

Pan hingegen lächelte. „Geh nur. Sie kommen
bald."

Schnell sprang er zur Tür hinaus und
kletterte eilig die Leiter hinunter. Er setzte
sich auf einen umgefallenen Baumstamm
und sah zu, wie die Dämmerung nach und
nach der Nacht wich.

Das machte er fast jeden Abend. Und er
wurde nicht enttäuscht. Kaum war es dunkel
erschienen die gelben Augen, die er ersehnte
und brachten Freunde mit sich, die er weit
mehr liebte als die Schattenalben seiner
Mutter.

Nachtalben.

Allen voran Eklantas, der die spannendsten Geschichten erzählte.

Kardas sprang auf und rannte ihnen entgegen. „Eklantas! Eklantas! Siva wollte heute Frösche fangen. Aber die sollen doch in Ruhe leben dürfen, oder? Die soll man nicht einfangen, was meinst du?" Das Kind hatte die Alben fast erreicht. „Was meinst du? Darf man Tiere einfangen? Oder sollen sie frei sein, so wie wir?"

„Sie sollten frei sein. Doch manchmal braucht der Mensch Tiere zu seinem Nutzen. Sonst könnten Menschen keine weiten Strecken zurücklegen. Das geht nur, wenn sie Reittiere nutzen. Und manche Menschen essen auch das Fleisch der Tiere."

„Ja, aber ich ess kein Fleisch. Die meisten Talraner essen kein Fleisch."

„Ein richtiger Talraner bist du aber nun auch nicht."

„Doch, meine Mama ist Talranerin!"

„Sie ist aber auch eine Gurdor und eine Nagur. Und dein Papa ist ein Rashu. Damit bist du eine Mischung. Usartar heißt das in der alten Sprache der Nagur. Das ist ein schönes Wort, findest du nicht auch?"

„Usartar.“, flüsterte der Junge. „Ja, das ist
schön. So will ich heißen. Kardas der Usartar.
Und Siva ist auch ein Usartar. Das gefällt mir .
Das muss ich ihr erzählen. Wenn sie nicht
schon schläft. Sie mag lieber den hellen Tag.
Ich mag die Nacht so gerne. Sie ist
geheimnisvoll und es gibt so viele kleine
Lichter in ihr.“
Eklantas nickte. „Da hast du recht. Aber
beides hat seine Berechtigung, der Tag und
die Nacht.“
Sie spazierten gemeinsam auf das Baumhaus
zu, vor dem nun Pan aufgetaucht war. „Lass
mich ein wenig mit deiner Mutter plaudern.“,
sagte der Nachtalb.
Kardas nickte und kletterte die Leiter hinauf.
„Gute Nacht, Kardas!“, rief Pan ihm
hinterher.
Doch der Junge dachte gar nicht daran,
schlafen zu gehen.
Er kletterte leise auf das Dach und legte sich
flach auf den Rücken.
Dann sah er hinauf zu den Sternen und zu
Arengabur, dem dunklen Planeten, der die
Nacht mit sich brachte.

Usartar, überlegte er verträumt. Er malte sich
aus, wie er einst hinauswandern würde aus
dem Wald, wie er die Städte Arenlais
erkunden würde und alles sehen, von dem er
in den Geschichten der Nachtalben gehört
hatte.
So vieles lag vor ihm und seiner Schwester.

ENDE

Inhaltswarnung

Entführung

Gewalt

Sexualisierte Gewalt

Missbrauch

Gefangenschaft

Verführung

Selbstverletzung

Mord

Drogenkonsum

Tod

Eifersucht

Hass

Psychische Erkrankung

Depression

Liebe Leser*innen,

Vielen Dank für den Kauf meines Buches. Ich hoffe sehr, ich konnte damit ein paar fantastische Stunden bescheren. Wenn es gefallen hat, würde ich mich über eine Rezension freuen. Rezensionen stellen für Autor*innen eine wichtige Form der Unterstützung dar, daher ist es ein besonderes Zeichen der Wertschätzung, wenn sich Leser*innen ein paar Minuten nehmen, um das Buch zu bewerten und einige Zeilen zu schreiben.

Vielen Dank

Alex C. Weiss

<u>**Weitere Bücher von Alex C. Weiss:**</u>

<u>**Fantasy:**</u>

**Wörterbuch zur alten Sprache Sirnie
Arenlai Pan
Demnächst: Arenlais Kinder**

<u>**Poesie:**</u>

**Leinwandpoesie - Glücksmomente
Leinwandpoesie - Tränenmomente
Leinwandpoesie - Wutmomente
Leinwandpoesie - Traummomente
Leinwandpoesie – 500 Poesiemomente
Leinwandpoesie - Frühlingsmomente
Leinwandpoesie – Sommermomente
Leinwandpoesie – Herbstmomente
Leinwandpoesie – Wintermomente
Leinwandpoesie – Weihnachtmomente
Leinwandpoesie – Jahreszeiten**